Marie Caroline Bonnet ist das Pseudonym der Kieler Autorin Jessica Weber. Wenn sie nicht gerade in einer ihrer Geschichten versinkt, arbeitet sie freiberuflich als Lektorin und Korrektorin. Neben der Arbeit ist das Reisen ihre Leidenschaft. Sei es auf Buchmessen, zu Lesungen, im Schreib-Urlaub, zu Besuch bei Autoren- und anderen Freund:innen, zur Recherche oder auf der Suche nach neuen Schauplätzen für ihre Geschichten – sie und ihr kleines blaues Auto sind immer unterwegs. Außer historischen Romanen mit und ohne Romantik schreibt sie Kurzgeschichten im Genre Phantastik, liebt Gemeinschaftsprojekte mit Autorenkolleg:innen und ist Herausgeberin mehrerer Anthologien. Sie ist Mitglied im Phantastik-Autoren-Netzwerk (PAN) e. V. und in der Schreibgruppe WOBBS.

MARIE CAROLINE
BONNET

DAS ERBE DER FREIHEIT

STURMTÖCHTER

SAGA

Überarbeitete Neuausgabe April 2024

Copyright © 2024 dp Verlag, ein Imprint der
dp DIGITAL PUBLISHERS GmbH
Made in Stuttgart with ♥
Alle Rechte vorbehalten

Das Erbe der Freiheit

ISBN 978-3-98998-106-5
E-Book-ISBN 978-3-98998-051-8

Covergestaltung: Jasmin Kreilmann
Umschlaggestaltung: ARTC.ore Design
Unter Verwendung von Abbildungen von
depositphotos.com: © kathysg, © OlezzoSimona, © flotsom,
© Panmaule, © jeneva86, © davidschrader
Lektorat: Daniela Höhne
Satz: dp DIGITAL PUBLISHERS GmbH
Druck und Bindung: Books on Demand GmbH, Norderstedt

VORWORT

Liebe Leser:innen,

herzlich willkommen an der stürmischen französischen Atlantikküste und bei meiner historischen Familiensaga um die junge Lianne und ihre Abenteuer. Ich freue mich sehr, dass die Trilogie nun noch einmal ein neues Gewand bekommen hat, um so noch mehr Lesende zu begeistern.

Dieses Buch war mein Debütroman, und auch nach inzwischen 10+ Veröffentlichungen liebe ich es immer noch sehr. Viele „erste Male" stecken in diesem Buch: das erste Mal eine komplette Geschichte im Voraus geplottet (und beim Schreiben dann doch festgestellt, dass Charaktere manchmal ein Eigenleben entwickeln), das erste Mal unzählige Stunden Recherche in einen Roman gesteckt (und dabei meine Leidenschaft für diesen Teil des Schreibprozesses entdeckt), das erste Mal ein Lektorat erhalten (und wahnsinnig viel dabei gelernt). Das erste Mal angstschlotternd auf Rezensionen gewartet (und viele tolle – lobende, aber auch konstruktiv kritische – Rückmeldungen erhalten), das erste Mal eine Lesung gehalten (und überrascht festgestellt, wie sehr ich es trotz meiner Schüchternheit liebe). Das erste Mal dem Leben, das ich mir schon lange erträumt hatte und das ich heute führen darf, ein großes Stück näher gekommen: dem Leben als freiberufliche Autorin.

Auch meine Heldin Lianne hat Träume und setzt alles daran, sie sich zu erfüllen. Gegen alle Widerstände kämpft sie um ihre Freiheit, ihre Kunst und ihr Glück. Der Roman ist schon einige Jahre alt, aber sein Thema wird es wohl nie werden: die Sehnsucht, sein Leben so zu leben, wie man es sich wünscht; selbstbestimmt, ohne Zwänge, zufrieden. Frei.

Viel Freude mit Lianne, Luc und all ihren Lieben (und natürlich auch ihren Gegenspieler:innen) wünscht

Marie Caroline Bonnet

1

Saint-Malo, Mai 1688

Grau. Wie die Zeit zwischen Nacht und Tag, nur dass diese Nacht niemals vergeht.
Ich sah an mir hinab. Immer nur grau, tagaus, tagein. Farbe meines Kleides, Farbe meines Lebens. Grau wie

die Fassade des Hauses, in dem ich lebte, wie die ganze Kalksteinstadt und die Mauern, die sie umgaben.

Das Quietschen des Fensters schmerzte in meinen Ohren, als ich beide Flügel aufstieß, um mehr Licht in den hohen Raum zu lassen. Ich beugte mich hinaus, sog die frische Morgenluft ein und reckte den Hals, um einen Blick auf die Bürgersfrauen zu erhaschen, die die nahe Querstraße entlang nach Saint-Vincent schritten. Sie folgten dem Klang der Glocken, die zum Gottesdienst riefen, und ihre goldbestickten Hauben und samtenen Gewänder glänzten in der Frühsommersonne. Ich drängte das aufkeimende Neidgefühl zurück und rückte mein eigenes schlichtes Leinentuch auf dem Kopf zurecht.

Wenigstens muss ich mich nicht in ein Korsett schnüren lassen!

Lautes Lachen zwang mich, in die entgegengesetzte Richtung zu schauen. Die drei halbwüchsigen Söhne der Nachbarsfamilie und ihre jüngere Schwester waren einmal mehr ihrer Kinderfrau entwischt und tollten in der Gasse umher, während sich die Ärmste mühte, sie wieder einzufangen. Mein Blick blieb an dem Mädchen haften. Die Wangen gerötet und eine Stoffpuppe umklammernd, versuchte sie, mit ihren Brüdern Schritt zu halten. Trotz der Anstrengung kicherte sie so heftig, dass sie sich verschluckte. Ich musste die Augen schließen. War ich je ein Kind gewesen? Ich konnte mich nicht erinnern ...

Das Glockengeläut dröhnte durch den Morgen, doch nach mir rief es nicht. Sonntag, Tag der Ruhe und des Gebets. Nicht jedoch für Dienstmädchen. Nicht im Hause Bellier.

»Lianne!«

Die Stimme übertönte das Läuten wie ein Peitschenknall. Ich riss die Augen auf.

»Denkst du, eine solche Faulheit steht dir zu?«

Java stand im Morgenrock in der Tür und rümpfte die Nase. Das strohblonde Haar fiel ungekämmt über ihre Schultern, die in mühevoller Arbeit aufgedrehten Ringellöckchen des Vortages hatten sich in schlaffe Wellen verwandelt.

»Ich bin nicht faul!«

Auch wenn ich meine Tätigkeit kurz unterbrochen habe, bin ich wenigstens angezogen zu dieser Stunde!

Ich biss mir auf die Unterlippe, um der Versuchung zu widerstehen, den Gedanken laut zu äußern. Ein leichtes Kopfschütteln angesichts der Widersinnigkeit der Anschuldigung erlaubte ich mir dagegen.

»Sei nicht so patzig, Dienstmagd! Du dachtest wohl, alle seien in der Kirche und du könntest müßig sein, was?«

»Warum *seid* Ihr nicht in der Kirche, Mademoiselle Java?« Mühsam hielt ich meine Stimme im Zaum. Ich war mir meiner Stellung bewusst, doch die verzogene Tochter des Hauses brachte mich regelmäßig dazu, innerlich vor Wut zu schäumen.

»Keine Lust.« Das Mädchen hob die Schultern, sichtlich bemüht, Gleichgültigkeit zu zeigen, obgleich seine Augen blitzten. »Nachdem wir gestern endlich einmal Gesellschaft hatten, wollte ich mir nicht den Morgen mit dem Singsang des Pfarrers verderben. Ich sagte, dass ich mich unwohl fühle, da hat Vater mir gestattet, zu Hause zu bleiben.« Sie warf ihr Haar zurück. »Er tut eben immer, was ich will!«

»Schön für Euch.«

Ich wandte mich wieder meinem Wassereimer und der Bürste zu, kniete nieder und fuhr fort, die Dielen im Arbeitszimmer des Hausherrn zu schrubben. Dies tat ich jede Woche, sobald der Herr zur Kirche ging. An allen anderen Tagen war es mir verboten, den Raum allein zu betreten.

Java reckte den Hals, was unnötig war, da ich ohnehin schon am Boden hockte. Wenn man sie so sah, wusste man, woher der Ausdruck *hochnäsig* rührte.

»Ich wünsche, mein Mittagessen heute im Bett einzunehmen!« Damit schlug sie die schwere Eichenholztür hinter sich zu.

Das Krachen ließ mich zusammenfahren, obwohl ich die übliche Art Javas, ein Zimmer zu verlassen, längst kannte. Sie würde ihrem Vater erzählen, dass sie mich untätig erwischt hatte, und den Bericht gewiss noch gehörig ausschmücken. Es hätte mir gleichgültig sein können, wäre das Verhältnis zu meinem Herrn nicht in letzter Zeit äußerst angespannt gewesen. Ich hatte keine harte Strafe zu befürchten, und doch wurde mir bang. Ich kannte Javas Boshaftigkeit und machte mir keinerlei Hoffnung, dass sie bei der Wahrheit bleiben würde. Seit ihrer Kindheit war sie zu maßlosen Übertreibungen und Niedertracht fähig wie zu kaum etwas anderem.

Das Mädchen war nur ein knappes Jahr jünger als ich, und ich konnte mich deutlich an Java in ihren frühen Jahren erinnern. Dagegen schien es mir, als sei ich selbst nie Kind, sondern immer schon Dienstmagd gewesen. Ein Ereignis aus meinen ersten Tagen im Hause der Familie Bellier erschien mir so lebhaft vor Augen, als sei es erst gestern geschehen.

»Putz meine Schuhe!«, fauchte die winzige Java und warf mir ihre Pantoffeln vor die Füße. Ich hob sie schweigend auf und betrachtete sie von allen Seiten. Verkrusteter Matsch bedeckte das Leder. Mein Blick ging zum Fenster; die Sonne brannte vom Himmel, wie schon seit Tagen. Der Boden musste staubtrocken sein

…

Seufzend blickte ich auf meine nassen Hände hinab, die die Bürste hielten. Die Haut war rau und aufgesprungen, und auf meinem rechten Handrücken breitete sich ein wässriger Blutfleck aus. Ich rutschte auf Knien voran, bearbeitete gründlich Stück für Stück den Boden des Arbeitszimmers, damit der Herr nur ja keinen Grund fand, mich zu sich zu rufen. Durch das geöffnete Fenster drang das Sonnenlicht herein, schaffte es jedoch nicht, die Düsternis aus dem Raum zu verdrängen. Zu viel dunkles Holz, zu viel Schwere. Zu viel von meinem Herrn. Ich schüttelte mich und arbeitete schneller.

Das Glockengeläut endete mit dumpfem Nachhall, und in der folgenden Stille war mein Schrubben das einzige Geräusch. Ich hielt inne und lauschte. Offenbar hatte das Kindermädchen von nebenan Erfolg gehabt. Auch in unserem Hause war kein Laut zu hören. Bald jedoch würde es vorbei sein mit der Ruhe. Aus der Küche würde das Scheppern von Töpfen und Geschirr erklingen, die donnernde Stimme des Herrn und Javas verlogenes Jammern. Nur meine Herrin verursachte kaum je Geräusche. Obgleich sie nur einmal wöchentlich ausging, um die Kirche zu besuchen, schien es stets, als sei sie gar nicht vorhanden. Äußerlich ähnelte sie Java mit ihrer hellen Haut und dem blonden Haar, sie war jedoch von viel zarterer Gesundheit. Madame musste häufig das Bett hüten oder saß im Sessel und stickte. Sie aß selten mit der Familie. Brachte ich ihr stattdessen einen reich gefüllten Teller auf das Zimmer, so sah er, wenn ich ihn später wieder abholte, so aus, als hätte lediglich ein Vögelchen daran gepickt. Die wenigen Worte, die sie an mich richtete, waren stets freundlich. Laute Äußerungen und jegliche Art von Aufregung schienen sie zu schwächen, sodass sie darauf verzichtete. Ganz im Gegensatz zur übrigen Familie ...

Der Gedanke an meinen Herrn brachte mich zurück in die Wirklichkeit, und ich fuhr rasch mit dem

Schrubben fort. Die Zeit drängte, denn der Boden musste getrocknet sein, wenn Monsieur Bellier aus der Kirche kam. Seit Jahren erledigte ich die immer gleichen Arbeiten gewissenhaft, doch neuerdings hatte ich Mühe, mich zu konzentrieren.

Als Marthe nach mir rief, tat ich eben die letzten Bürstenstriche.

»Komm endlich, Mädchen, das Gemüse putzt sich nicht von allein!«

Ich eilte in die Küche, wusch mir die Hände mit sauberem Wasser und griff nach Messer und Rüben. Es waren einmal mehr die großen blassen Dinger mit dem üblen Geruch anstatt der süßen roten oder dunkelgelben. Nur zu den seltenen Gelegenheiten, wenn die Herrschaften Besuch empfingen, glichen die Mahlzeiten denen der anderen wohlhabenden Familien. Die Köchin berichtete oft von den Köstlichkeiten, die ihre Freundinnen zubereiten durften, und beklagte sich in der Abgeschiedenheit unserer Räume bitterlich über den eintönigen Dienst im Hause Bellier. Rüben, Kohl, derbes Fleisch Tag für Tag. Zu viel Genuss schien dem Hausherrn nicht zu behagen. Wenn Marthe zuweilen frische Kräuter auf dem Markt erstand, um etwas mehr Geschmack an die Gerichte zu bringen, erntete sie bereits Stirnrunzeln.

Die Küche füllte sich eben mit dem wenig angenehmen Duft des Mittagessens, als lautes Poltern die Ankunft des Herrn und seiner geräuschlosen Gattin ankündigte. Die schweren Stiefel krachten auf die Holzdielen, und augenblicklich tönte Javas Wehklagen vom oberen Stockwerk hinab. Ich spähte durch die halb geöffnete Küchentür in die Diele und sah einen Zipfel des blassgelben Kleides der Herrin um die Ecke entschwinden. Nicht einmal der Stoff gab ein Rascheln von sich. Dann erschien die mächtige, dunkle Gestalt des Herrn. Er blieb stehen und wandte sich in meine Richtung. Ich fuhr zurück und hielt den Atem an. Augenblicke später donnerten die Stiefel die Treppe hinauf.

»Dass sich der Herr weigert, nach der Mode zu gehen«, raunte die Köchin und schüttelte ihren runden Kopf. »Dieser Lärm! Und die kostbaren Dielen wird er auch noch zerstören! Wenn ich da an die anderen Herrschaften denke, die feinen Spangenschuhe ...«

Marthe sah so entzückt aus, als würde im nächsten Augenblick ein hübsch gekleideter Kavalier in die Küche stolzieren, um sie zum Tanze aufzufordern. Ich musste lächeln. Mein Herr in zierlichen Schuhen? Nein, gewiss nicht. Er genoss seine lautstarken Auftritte zu sehr.

Als hätte ich es heraufbeschworen, ertönte das Poltern der derben Stiefel erneut, und die Küchentür flog auf.

»Meine werte Familie ist wieder einmal unpässlich«, schnaubte der Hausherr. »Da jede der Damen auf ihrem Zimmer zu speisen wünscht, werde ich dasselbe tun.« Er streckte die Rechte aus, und die Köchin reichte ihm eilfertig einen reichlich gefüllten Teller. Wortlos verschwand er in Richtung seines Arbeitszimmers.

Als er fort war, konnte ich wieder atmen. Ich hatte eben begonnen, Rüben und Fleisch für die Damen anzurichten, als ich die Stimme des Herrn meinen Namen bellen hörte. Marthe nahm mir den Fleischspieß aus der Hand und sah mich mitleidig an. Sie dachte wohl, dass ich nun Ärger bekäme. Wenn sie gewusst hätte ... Ich schluckte und machte mich auf den Weg über den Flur.

Im Arbeitszimmer angekommen, fiel mein Blick sogleich auf den vergessenen Wassereimer. Ich spürte die Röte in meinem Gesicht aufsteigen, murmelte eine Entschuldigung und wollte den Eimer aufnehmen, doch da stand mein Herr schon dicht neben mir. Ich wagte nicht, ihn anzusehen, und umso deutlicher nahm ich seinen allzu vertrauten Männergeruch wahr. Leder und Schweiß, kaum überdeckt von einem Hauch Parfüm. Ich begann zu zittern.

»Sieh mich an.«

Gehorsam blickte ich zu meinem Herrn auf. Er stand so nah, dass ich den Kopf weit in den Nacken legen musste, um ihm ins Gesicht zu sehen. Er kratzte sich den kurzen, pechschwarzen Bart und musterte mich mit einer mir unerklärlichen Mischung aus Abscheu und Verlangen. Dann nahm er mein Kinn in eine Hand und flüsterte: »Noch biete ich dir ein Geschäft an. *Noch.* Ich bin es gewohnt zu bekommen, was ich begehre. Und für gewöhnlich gewährt man es mir *freiwillig.* Insbesondere wenn ich bereit bin zu bezahlen. Doch falls du nicht in meinen Vorschlag einwilligst, so bin ich durchaus in der Lage, mir auch ohne deine Zustimmung zu nehmen, was ich will. Wenn du mein weiches Bett verschmähst, soll es meinetwegen hier auf den Dielen geschehen, die du so brav geschrubbt hast. Ich werde nicht mehr lange warten!«

Er ließ mich los, stieß mich von sich und wandte sich seinem Schreibtisch zu. Ich ergriff den Putzeimer und eilte zur Tür, da ertönte die tiefe Stimme hinter mir.

»Bedenke, ob du mich wirklich zum Feind willst. Solltest du mit dem Gedanken spielen, in einen anderen Haushalt zu wechseln, so sei dir sicher, dass ich das zu verhindern weiß. Du gehörst mir. Ich vermag deinen Ruf in dieser Stadt mit Leichtigkeit zu zerstören. Und wohin würdest du gehen ohne eine neue Anstellung? Zu deiner *Mutter?*«

Er spuckte das letzte Wort aus und ließ ein kurzes, spöttisches Lachen hören. Ich floh vor der Stimme, die mich bis in meine Träume verfolgte, hinaus in den Hof, ließ den Eimer fallen und verkroch mich zwischen der aufgehängten Wäsche, bis sich mein Atem beruhigt hatte.

Der Tag verging, ohne dass ich erneut auf den Hausherrn traf. Ich sehnte in jüngster Zeit die Abende herbei, und als ich endlich die Tür meiner Kammer hinter mir schließen und den Riegel vorschieben konnte, war mir, als fiele eine gewaltige Last von meinen Schultern. Ich entzündete eine Kerze, ließ mich auf dem schmalen Bett nieder und nahm meinen Handspiegel vom Nachttisch, das einzig Wertvolle, das ich besaß. Ich wusste, ich hatte ihn mit in den Haushalt der Belliers gebracht, doch die Erinnerung, ob meine Mutter oder eine andere Person ihn mir überlassen hatte, wollte sich nicht einstellen. Und dies war nicht das Einzige, was ich vergessen hatte. Meine Vergangenheit war nur eine Ansammlung von verschwommenen Bildern und Gefühlen ...

Mit den Jahren hatte das Silber seinen Glanz verloren und war schwarz angelaufen, doch noch immer schenkte es mir Freude und Trost, dieses winzige Stück Kindheit zu betrachten. Ich fuhr mit dem Finger die eingravierten Blüten auf der Rückseite nach, die zarten Blätter und verschlungenen Ranken, dann drehte ich den Spiegel um.

Ein blasses, müdes Gesicht blickte mir entgegen, mit Augen so grau wie die Haube auf dem Kopf. Ich nahm sie ab, löste das Haarband und schüttelte mich. Glatt und braun fielen die Strähnen über meine Schultern. Wie der Rest von mir war mein Haar nichts Besonderes. Weder strohblond wie Javas noch pechschwarz wie das so vieler Mädchen in dieser Gegend, auch nicht goldlockig wie das meiner jüngsten Schwester. Was fand der Herr nur an mir, dass er mir um jeden Preis näherkommen wollte, notfalls mit Gewalt? Gewiss, mit den Jahren in seinem Hause war ich vom kleinen Mädchen zur jungen Frau geworden, was er jedoch kaum bemerkt haben konnte unter den unförmigen Kleidern, die ich trug. Warum war seine Gleichgültigkeit in Verlangen umgeschlagen? Was sollte ich gegen sein Drängen tun?

Nichts, flüsterte es in mir. *Er hat doch recht, wohin sollst du schon gehen?*

Auf keinen Fall zu meiner Mutter. Das wäre noch unerträglicher als der Zustand im Haushalt der Belliers. Nichts war so schlimm wie die Kälte, die diese Frau verströmte und die mich jedes Mal umfing, wenn ich sie und meine jüngeren Geschwister besuchte. Am nächsten Tag war es wieder so weit, und schon jetzt breitete sich bei dem Gedanken ein dumpfer Schmerz in mir aus. Am Vormittag würde ich das vornehme Kaufmannshaus meines Dienstherrn verlassen, um meine Verwandten in der Handwerkergasse zu besuchen. In der früheren Schreinerei würde ich meine Mutter treffen und ihr das Geld übergeben, das ich in der vergangenen Woche erarbeitet hatte.

Ich wusste erst seit etwa eineinhalb Jahren von meinen Geschwistern. Nachdem ich in den Haushalt der Belliers gekommen war, hatte ich meine Mutter nicht mehr gesehen. Ich hatte die Frau nicht erkannt, die an meinem sechzehnten Geburtstag im Trauergewand vor mich getreten war, unlängst Witwe geworden und mit zwei kleinen Kindern an den Händen, das dritte im Tuch vor die Brust gebunden. Seit jenem Wintertag, der auf mehr als eine Art frostig gewesen war, erhielt ich den Lohn für meine Arbeit jeden Montagmorgen ausgezahlt und brachte ihn sogleich zu meiner Mutter. So hatte diese es bestimmt, als ich sie nach Jahren wiedergesehen hatte, und ich tat, was sie von mir erwartete. Was sonst hätte ich tun sollen? Mein Leben war die Arbeit. Ich hatte kein Zuhause wie die Köchin, die abends zu Mann und Kindern heimkehrte. Ich war für alle nur *das Mädchen.* Mein einziges Bestreben durfte es sein, die Herrschaft zufriedenzustellen.

Zu den ersten Besuchen war ich mit der Zuversicht aufgebrochen, bei meiner Mutter ein Stückchen Familie zu finden, etwas Freundlichkeit, vielleicht gar Liebe.

Diese Hoffnung hatte sich jedoch als töricht erwiesen, denn bisher war ich jedes Mal enttäuscht und traurig ins Haus der Belliers zurückgekehrt. Die Herzlichkeit meiner Geschwister vermochte mich nicht über die Kälte der Mutter hinwegzutrösten. Irgendwann konnte ich mir nicht mehr einreden, dass sie nur Zeit brauchte, mich kennenzulernen. Ihr Verhalten hatte sich in den vergangenen Monaten nicht verändert. Sie nahm mein Geld an, doch sie gab mir nichts dafür zurück. Und ich erduldete es, obwohl es mir das Herz brach. Meine Mutter war nicht einfach eine kalte Person, denn meinen Geschwistern gegenüber verhielt sie sich überaus liebevoll. Was hatte ich ihr getan, dass sie mich so hasste?

Ich starrte mein Spiegelbild an. Graue Augen, von Schatten umrahmt, starrten zurück, riesengroß in dem blassen Gesicht. Das einzig Farbige waren die Lippen, die obere zu schmal, die untere zu voll, beide zu rot. War ich jemand, den man hassen musste? Ich war gewiss nicht schön, doch zum Fortlaufen hässlich auch nicht. Und ich hatte, seit ich denken konnte, nie einem Menschen etwas zuleide getan.

Ich drehte den Spiegel hin und her und betrachtete mich von allen Seiten. Sah ich meinem Vater ähnlich? Ich wusste nicht, wer er war, ob er lebte oder bereits tot war. Ich erinnerte mich nicht, ihn je gesehen zu haben, und meine Mutter verweigerte jede Auskunft über ihn.

Ihr ähnelte ich kaum, außer im Wuchs und in wenigen Gesichtszügen. Auch wenn die meiner Mutter so viel verhärmter waren als meine eigenen. Obwohl – zeichneten sich nicht auch auf meinem Gesicht schon die Falten der Bitterkeit ab? Schnell lächelte ich mein Spiegelbild an, und die Züge meiner Mutter verschwanden. Nein, so wollte ich nicht aussehen, wenngleich mein Leben und meine Zukunft nichts Gutes verhießen.

Was wäre wohl aus mir geworden, wäre ich nicht in Armut geboren? Wie oft fragte ich mich, was hinter diesen grauen Augen steckte und für immer unentdeckt bleiben würde. Wäre ich klug genug gewesen, all die Dinge zu lernen, die Java lernen durfte? Sie verabscheute den Unterricht, und ich wünschte mir nichts sehnlicher, als ihren Platz einnehmen zu dürfen. Das Leben war ungerecht!

In letzter Zeit fiel es mir schwerer und schwerer, in meiner Rolle der Dienstmagd zu verharren. Immer wieder musste ich mich daran erinnern, dass mir Widerworte nicht zustanden. Monsieur Bellier gegenüber hätte ich ohnehin nie welche geäußert, und Madame würde gewiss zu Staub zerfallen, wenn man ein unerwartetes Wort an sie richtete. Java hingegen ... Ich wusste, ich sollte es, doch ich fühlte mich ihr nicht unterlegen. Was machte sie zu einem besseren Menschen, als ich es war? Sicherlich nicht ihr Umgang mit anderen. Ihr Aussehen? Vielleicht, aber konnte dies so wichtig sein? Am Ende blieben es doch nur ihre Herkunft und ihr Geld, die sie von mir unterschieden. Und es erzürnte und betrübte mich gleichermaßen, dass sie die Möglichkeiten nicht nutzte, die ihr zur Verfügung standen und die ich so gern gehabt hätte.

Ich seufzte und schüttelte mich. Solche Gedanken waren sinnlos und standen mir nicht zu. Ich war und blieb eine Dienstmagd, hatte kein Recht auf eine eigene Persönlichkeit, Hoffnungen und Wünsche. Wie mich Java stets wissen ließ, waren Dienstboten allein zur Bequemlichkeit der Herrschaften auf der Welt. So stünde es geschrieben, behauptete sie, und ich konnte mir gut vorstellen, dass ein hoher Herr, vielleicht gar der König, diese Regel aufgestellt hatte. Er war es schließlich, der die Gesetze schuf, denen sich alle Menschen im Lande beugen mussten.

Eine Sache jedoch gab es, die ich mir erlaubte, so ungehörig es für eine Magd auch sein mochte. Mein Geheimnis, der einzige Teil von mir, der nur mir allein gehörte. Meine einzige Freude, wenn mir mein vorbestimmtes Leben wieder einmal zu eng wurde, wenn es in mir schrie: *Da gibt es noch mehr!*

Ich griff unter das Bett und holte meinen Schatz hervor, ein Stückchen Kohle aus dem Herd und einen dünnen Stapel Papierreste. Der Herr verlangte von mir, alles Papier ins Feuer zu werfen, das er achtlos auf dem Boden seines Arbeitszimmers verteilte, sobald er es nicht mehr benötigte. Manchmal aber glättete ich ein zerknülltes Blatt oder riss von einem bekritzelten Stück ein noch unbeschriebenes Eckchen ab, und so hatte ich heimlich meinen Schatz zusammengetragen. Wenn ich dann abends in meiner Kammer saß, das Kohlestückchen über das Papier gleiten ließ und nach und nach ein Bild entstand, wie klein es auch sein mochte, versank ich in einer Welt, die schöner war als jeder Traum.

2

»Lianne!«

Drei kleine Körper flogen mir entgegen. Sechs Ärmchen umfingen mich, kaum dass ich in die Gasse der Handwerker eingebogen war.

»Guten Tag, meine Schätze.« Ich küsste die bleichen Gesichter meiner Geschwister.

Jean, mit fast sieben Jahren der Älteste, drängte seine Schwestern beiseite und strahlte mich an. »Ich habe gestern einen Fisch gefangen!«

»Das ist wundervoll, Jean.« Ich tätschelte ihm das Haar, dann riss sich der Junge von mir los. Er stieß die Tür zu seiner Behausung auf und schlüpfte hinein, dicht gefolgt von den Mädchen.

»Frau Mutter, Lianne ist da!«

Ich holte tief Luft und trat mit eingezogenem Kopf durch den niedrigen Durchgang neben der mit Brettern vernagelten Schreinerei. Meine Mutter hätte die Werkstatt weiterführen dürfen, doch der einzige Geselle hatte sich nach dem Tode des Meisters aus dem Staub gemacht, und den beiden Lehrjungen war es nicht erlaubt gewesen, in einem Witwenbetrieb ohne Gesellen zu bleiben.

»Du kommst spät«, ertönte es aus einer Ecke des Zimmers.

Wenn du wüsstest, wie langsam ich gegangen bin, nur um nicht anzukommen ...

»Guten Tag, Frau Mutter.«

Die Gestalt löste sich aus den Schatten der düsteren Behausung und trat auf mich zu. Eine Weile hielt ich dem Blick der schwarzen Augen stand, dann senkte ich zuerst die Lider.

»Hier ist das Geld.« Ich streckte meiner Mutter einen Beutel entgegen.

»Ist es diesmal mehr?«

Ich schüttelte den Kopf. Meine Mutter ergriff den Beutel, leerte ihn in ihre Schürzentasche und gab ihn mir zurück. Dann deutete sie auf einen der beiden Stühle, die vor dem Kamin standen. Ich setzte mich und starrte in die kalte Asche. Meine Geschwister hatten abermals kein warmes Frühstück bekommen.

»Geht hinaus und spielt, meine Kleinen.«

Die liebevolle Stimme meiner Mutter versetzte mir einen Stich. Wie gern hätte ich einmal, nur ein einziges Mal, diesen Klang an mich gerichtet vernommen. Doch ich kannte den Ablauf der wöchentlichen Besuche zu genau, um noch Hoffnung zu haben. Meine Mutter hatte mich fortgeschickt, als ich ein kleines Mädchen gewesen war, und noch immer schien es in ihrem Leben keinen Platz für mich zu geben außer der Verpflichtung, meinen Lohn abzuliefern. Ich erinnerte mich nur undeutlich an die Zeit vor meinem Umzug in den Haushalt Bellier, wohl aber an das Gefühl, als ich das Haus hatte verlassen müssen, das mein Zuhause gewesen war. Lange Jahre hatte ich mir gewünscht, zurückgeholt zu werden, doch es war nie geschehen.

»Nun bringst du mir seit einem Jahr jede Woche die gleiche Summe.« Mutter setzte sich nicht, sondern blickte von oben auf mich herab. Ich fröstelte. »Es ist zu wenig für uns alle, so können wir nicht überleben! Gibt es wirklich keine Möglichkeit, uns mehr zu bringen?«

Ich starrte auf meine rissigen Hände und schüttelte den Kopf.

»Du arbeitest wohl schlicht nicht gut genug! Lebst ja auch bequem in dem feinen Haushalt, hast es warm und isst die besten Dinge«, die Stimme wurde schneidend, »während deine armen Geschwister hartes Brot nagen, tagein, tagaus.«

In mir regte sich Widerstand, ein ungewohntes Gefühl, das einer Dienstmagd nicht zustand und das ich bisher nur Java gegenüber nicht immer hatte unterdrücken können. Ich besiegte den Wunsch, Mutter die Meinung zu sagen, und bemühte mich um einen versöhnlichen Tonfall.

»Ich bekomme ja erst seit kurzer Zeit Lohn. Es ist doch besser als nichts. Vorher ...«

»Vorher«, fiel Mutter mir ins Wort, »konnte ich noch die fertigen Gegenstände und Werkzeuge aus der Schreinerei verkaufen, um uns am Leben zu halten. Zum Glück wurdest du gerade rechtzeitig sechzehn Jahre alt, als das Geld zu Ende ging.«

»Warum habe ich früher nie Lohn bekommen?«

»Einem Kind, das man durchfüttert, Lohn zahlen? Das wäre wohl zu viel verlangt, nicht wahr? Anscheinend hast du mit sechzehn endlich angefangen, mehr einzubringen, als du kostest. Das ist der Grund. Aber es ist nicht genug! Es muss doch eine Möglichkeit geben, mehr zu verdienen. Los, sag schon! Ich erkenne, dass du etwas verheimlichst! Willst du, dass ich Jean arbeiten schicken muss? Weißt du, wie klug er ist? Er könnte die Schule besuchen! Dazu wird es jedoch nicht kommen, da du nicht bereit bist, deine Familie nach besten Kräften zu unterstützen!«

Inzwischen rannen Tränen mein Gesicht hinab. Dabei hatte ich mir so fest vorgenommen, diesmal nicht zu weinen! Doch meine Mutter stand über mich gebeugt, eine finstere, bedrohliche Gestalt, und mein Herz zog sich vor Angst zusammen. Ich wollte die Worte nicht sagen, und doch kamen sie heraus.

»Ja, es gibt eine Möglichkeit. Der Herr verlangt andere Dienste von mir, die er auch bezahlen will. Doch das kann ich nicht tun! Ich kann es nicht!« Ich schluchzte auf und schlug die Hände vor mein Gesicht.

»Du kannst es nicht? Oh doch, du kannst. Und du wirst! Sollen deine Geschwister betteln gehen? Soll deine Mutter eine Dirne werden, damit uns der Hungertod erspart bleibt?«

Ich blickte auf, sah ihr in das verbitterte Gesicht, und die Wut gewann die Oberhand über die Verzweiflung.

»Dasselbe verlangt Ihr auch von mir!«

Kaum hatte ich ausgesprochen, traf mich Mutters flache Hand hart auf die Wange.

»Das ist etwas vollkommen anderes! Bist du dir zu fein für deinen Herrn? Du solltest dich geehrt fühlen, immerhin bist du keine Schönheit. Weißt du, wie viele Weibsbilder ihn begehren?«

»Frau Mutter, das darf nicht Euer Ernst sein, dass ich mich verkaufen soll«, flüsterte ich, wissend, dass es sehr wohl ihr Ernst war. Dennoch hoffte ich verzweifelt darauf, sie würde mir das Gegenteil beweisen.

»Warum nicht? Du wirst ohnehin nie aus jenem Haushalt herauskommen. Da kannst du auch das Beste daraus machen.«

»Das Beste? Frau Mutter, wie könnt Ihr so etwas sagen? Wünscht Ihr Euch denn nicht für mich, dass ich glücklich werde? Dass ich mich einmal verliebe und heirate und ...«

»Liebe?« Das Wort klang wie ein Schwerthieb. »Sieh dir an, wohin mich die Liebe gebracht hat. Ich weiß kaum, wie ich überleben soll. Vergiss diese Träumereien und sorge dafür, dass ich nächste Woche mehr Geld erhalte!«

Ich sprang auf und rannte aus dem Raum. In der Gasse spielten meine Geschwister mit anderen Handwerkerkindern, doch selbst ihr Lachen und der Anblick der kleinen Köpfchen mit den in der Sonne glänzenden Haaren ließen mein gefrorenes Herz nicht auftauen.

Schnell huschte ich in entgegengesetzter Richtung fort. Es war mir unmöglich, mit ihnen zu sprechen.

Als ich außer Sichtweite war, verlangsamte ich meine Schritte, trottete durch die Straßen zum Haus der Belliers und grübelte, nicht zum ersten Mal, wodurch meine Mutter so hart geworden war. Die Bitterkeit über den frühen Tod ihres Ehemannes war verständlich und entschuldbar, aber wie konnte sie so von der Liebe sprechen? Sie war es nicht, die die Familie in Armut gestürzt hatte. Meine Mutter hatte einen anständigen Mann gehabt, Marthe hatte mir von seinem guten Ruf als Schreiner berichtet. Und obwohl ich wusste, dass ich als Dienstmagd leben und sterben würde, so sollte doch eine Mutter Besseres für die Tochter erhoffen und ihr nicht im Gegenteil alle Zuversicht nehmen. Ich seufzte und rieb mir mit dem Ärmel das Gesicht. Es war aussichtslos, die Frau verstehen zu wollen.

Ich wählte den Weg vorbei an Saint-Vincent. Obwohl ich den Gottesdienst nie besuchen durfte, liebte ich die mächtige Kathedrale, die so hoch vor mir aufragte, als wollten ihre Türme und Dächer die Wolken aufspießen. Mein Blick fiel auf ein zerlumptes, schmutziges Mädchen, das vor den Toren der Kirche kniete und bittend die Hand ausstreckte. Rasch wandte ich den Kopf ab, doch es half nichts. Im Geiste sah ich meine Geschwister dort hocken. Sie allein hatten mich liebevoll aufgenommen und waren mir in dem einen Jahr, das wir uns nun kannten, so wichtig geworden. Doch war es meine Aufgabe, sie zu versorgen? Ich gab, was ich konnte. Musste ich auch noch meinen Körper, meine Ehre hergeben für sie? Jean war klug genug, um zur Schule zu gehen, hatte meine Mutter gesagt. Hatte sie je darüber nachgedacht, ob ich vielleicht ebenfalls klug war? *Du bist kein Kind mehr, Lianne. Hör auf zu träumen.*

Nein, kein Kind mehr. Aber warum sollte ich nicht träumen dürfen? Auch wenn ich für niemanden mehr war als *das Mädchen*, wollte ich nicht den letzten Rest von mir hergeben, nur weil meine Mutter es forderte! So lange hatte ich alles getan, was von mir verlangt wurde, hatte gedient, verdient, nie etwas für mich behalten. *Gehörte* ich deshalb den anderen? Konnten sie mit mir machen, was ihnen beliebte?

Ja, hallte es in meinen Ohren.

Nein!, wollte ich schreien.

Da war es wieder, dieses neue Gefühl, dieses Auflehnen gegen eine Wirklichkeit, die unabänderlich war. Stand es mir zu, Nein zu sagen? Wer war ich, mich zu widersetzen?

Was sollte ich nur tun?

3

Le Havre, Januar 1670

Das Klappern von zwei Paar Schuhabsätzen hallte durch die stille Gasse. Wenige Menschen waren an diesem Winterabend unterwegs, und von ihnen hatte es kaum jemand so eilig wie Robina. Das lange Kleid bis zu den Knien gerafft, hastete sie voran.

»Mademoiselle, so wartet doch!«

Robina hörte das Schnaufen der Zofe hinter sich, dachte jedoch nicht daran, langsamer zu werden. Zu wichtig war es ihr, dem Vater von dem heutigen Unterricht zu erzählen. Etwas so Aufregendes hatte sie noch nie gelernt!

So rannte sie mit wehendem Umhang und lautem Lachen um die nächste Hausecke, uneinholbar für die ältere Frau. Die Haube glitt ihr vom Haar, doch es bekümmerte sie nicht. Sie wusste, die Zofe würde das feine Stück aufheben. Da verstummten auch schon die Schritte hinter ihr, und leises Schimpfen drang an ihr Ohr. Dann war sie zu weit voraus, um die Zofe hören zu können. Später hatte sie eine Strafpredigt zu erwarten, doch Robina fürchtete diese nicht. Letztlich tat jeder der Dienstboten, was sie wollte. Dafür sorgte ihr Vater, und sie dankte es ihm mit gebührender Bewunderung und vorbildlichem Gehorsam – wann immer er in der Nähe war. War er es nicht, fand sich stets die eine oder andere Gelegenheit, den eigenen Willen durchzusetzen… Ihr war bewusst, wie glücklich sie sich über diesen Zustand schätzen konnte, denn sie erlebte in den

Häusern ihrer Freundinnen andere Sitten. Deren Väter waren nicht wie ihrer, längst nicht so liebevoll, großherzig und fröhlich!

Als Robina endlich ihr Zuhause erreichte, musste sie sich mit aller Kraft gegen die schwer beschlagene Eingangstür stemmen, damit sich diese öffnete. Dann stürmte sie mit glühenden Wangen in die Diele und den endlosen Flur entlang, dass die langen Haare flogen. Sie rannte vorbei an den Gemälden und Statuen, auf das Arbeitszimmer des Hausherrn zu. Sie brannte darauf, ihm zu berichten, was sie an diesem kalten Tag gelernt hatte. Wie gut, dass ihr Vater es ihr erlaubte, zusammen mit den Töchtern der Blanchets in deren Haus Unterricht zu erhalten.

»Herr Vater!« Das Laufen nahm ihr den Atem, doch sie verlangsamte ihre Schritte nicht. »Ich habe so viel über Indien erfahren! Nun kenne ich sogar ein paar Worte der Sprache! Wenn erst das Schiff ankommt, werde ich den Kapitän ...«

Ihre Mutter trat ihr so plötzlich in den Weg, dass Robina gegen sie prallte und ins Straucheln kam. Nur mit Mühe konnte sie sich auf den Beinen halten.

»Frau Mutter, warum erschreckt Ihr mich so?«

Das Gesicht bleich und versteinert, sprach die Ältere: »Es wird kein Schiff ankommen.«

»Kein Schiff? Aber ...«

»Es ist alles verloren. Das ganze Geld. Dein Vater. Du und ich.«

»Was – wo ist Herr Vater?«

Die Mutter schwieg. Sie bemühte sich nicht einmal, Robina aufzuhalten, als diese sich an ihr vorbeidrängte und voller schrecklicher Vorahnungen in das Arbeitszimmer stürzte.

Ihr Vater lag rücklings am Boden, der Hausdiener hockte neben ihm, ein abgeschnittenes Stück Seil in den Händen. Der Rest davon hing am Deckenbalken.

Ein umgestürzter Stuhl lag mitten im Raum. Robina schrie auf. Sie starrte auf das blau angelaufene, leblose Gesicht des Vaters, die hervorquellenden Augen und die blutroten Striemen, dort, wo der Hausdiener eben erst das Seil entfernt hatte. Sie fühlte sich, als läge um ihren eigenen Hals ebenfalls eine Schlinge, die sich fester und fester zog und ihr den Atem nahm. Sie fiel auf die Knie, heftiges Würgen erschütterte ihren Körper, sie vermochte jedoch nicht, den Blick von dem Grauen abzuwenden, das dort vor ihr lag. Ihr herzensguter Vater, das Liebste in ihrem Leben – es durfte nicht sein! Ihre Augen sahen die Tatsachen, doch ihr Herz weigerte sich, sie zu begreifen. Sie sprang auf, packte ihn bei den Schultern und schüttelte ihn, richtete den schlaffen Oberkörper auf, wollte ihren Vater zurückholen, wie er am Morgen gewesen war, heiter, zu Späßen aufgelegt, trotz der mürrischen Miene der Mutter. Sie flehte, küsste das starre Gesicht, dann ließ sie entsetzt den Körper fallen, als die Wirklichkeit sie mit einem Schlag einholte. Ihr Schrei schien nicht enden zu wollen.

Schließlich wurde eine Decke über den Toten gelegt. Die Zofe erschien und schleppte Robina mithilfe des Dieners in ihr Zimmer. Sie legten sie auf das weiche Bett, wischten ihr mit kühlen Tüchern die Stirn ab und redeten beruhigend auf sie ein. Als dies keinen Erfolg brachte, schlug ihr die Zofe ins Gesicht, einmal, zweimal, doch es half alles nichts. Bald schon hatte sie sich heiser gebrüllt, doch sie konnte nicht aufhören, der Schrecken wollte nicht nachlassen, das Bild ihres Vaters erschien wieder und wieder vor ihren Augen. Als ihr die Zofe einen Becher an den Mund hielt und bittere Flüssigkeit hineingoss, verschluckte sich Robina, und erst der nachfolgende Hustenanfall ließ sie verstummen, da er ihr den Atem nahm. Dann setzte die Wirkung der Arznei ein, ein Gefühl der Lähmung breitete sich in Robinas Körper und auch in ihrem Geiste aus, und sie sank ermattet in die Kissen.

Die folgenden Tage durchlebte Robina wie von einem dichten Nebel umgeben, der alle Sinne dämpfte. Sie fühlte weder Hitze noch Kälte, sie schmeckte nicht, was die Zofe sie zu essen und zu trinken zwang. Worte erklangen undeutlich, ein stetiger, stummer Tränenschleier nahm ihr die Sicht. Sie wandelte ziellos durch das Haus, auf der Suche nach etwas, von dem sie wusste, dass sie es nicht finden würde. Menschen kamen und gingen, manche sprachen freundlich mit ihr, die meisten jedoch scherten sich nicht um die junge Tochter des großen Handelsherrn, der zu hoch hinaus gewollt hatte und so tief gefallen war. Laute, ärgerliche Stimmen ertönten, wenn Geschäftspartner ihr investiertes Geld zurückforderten, das so leichtsinnig verspielt worden war. Robina hörte die anklagenden Worte.

Größenwahnsinniger. Leichtgläubiger Narr. Marodes Schiff. Falsche Jahreszeit.

Und über allem schwebte die wohlklingende Stimme des von der Mutter beauftragten Advokaten, beschwichtigend, vermittelnd. Die Hausherrin selbst ließ sich nicht blicken. Aus ihrem Zimmer erklang kein Laut. Sie rief nie nach ihrer Tochter.

Schließlich, Tage später, ging Robina von sich aus zu ihr, auf der Suche nach ein wenig Halt. Die Mutter saß aufrecht im Stuhl, das Trauergewand mit dem steifen Kragen hochgeschlossen, das Gesicht unbeweglich wie das einer Statue.

Robina schluckte und sprach: »Frau Mutter, ich bin so traurig.«

Sie streckte die Arme aus, hoffte entgegen jeglicher Erfahrung, ihre Mutter würde sie an sich ziehen und trösten, doch diese streifte sie nur mit einem Blick und murmelte: »Noch ein Problem, das ich lösen muss.«

Robina wurde übel. Mit einem Schlage wurde ihr bewusst, dass sie kein geliebtes, behütetes Kind mehr war, nie mehr sein würde. Sie war ein *Problem*. Unbändige Wut stieg in ihr auf, die die tagelangen Tränen augenblicklich versiegen ließ. Sie schlug die Tür zum Zimmer der Mutter zu, rannte in ihr eigenes und schloss sich ein. Dann begann sie, die Wände mit Schlägen und Tritten zu bearbeiten.

»Warum, Herr Vater? Wie konntet Ihr mich allein lassen? Mit dieser Frau, von der Ihr genau wusstet, dass ich ihr nichts bedeute? Ich war immer Euer Kind, niemals ihres!«

Brennender Schmerz schoss in ihre Hände und Gelenke, doch sie hörte nicht auf, genoss vielmehr das Gefühl, noch am Leben zu sein. Sie schlug und trat und schrie, bis ihr das Haar nass von Schweiß am Kopf klebte und sie erschöpft zusammenbrach.

In diesem Augenblick fühlte Robina ihr Herz zu Stein werden.

Fortan weinte und wütete sie nicht mehr. Scheinbar gleichgültig nahm sie alles an, was ihr die Tage brachten. Und es waren zahlreiche Veränderungen, die sie durchmachen musste. Als Erstes verbot ihre Mutter den Unterricht, den sie sich nicht länger leisten konnten. Die Wände der Flure zierten statt der Gemälde nur noch eckige Flecken, auf den Holzdielen lagen keine Teppiche mehr. Schließlich musste Robina ihre Kleidertruhen leeren, durfte nur eines der schönen Gewänder behalten, die übrigen wurden ebenso verkauft wie ihre Ketten und Schmuckspangen. Sie tat, wie ihr befohlen wurde, und beklagte sich nicht. Das Personal wurde entlassen, auch die Zofe. Diese war zwar streng gewesen, aber dennoch Robinas einzige weibliche Vertraute im Hause, da ihre Mutter nie als eine solche aufgetreten war. Dennoch nahm sie gefasst Abschied von der älteren Frau.

Von nun an war Robina gezwungen, allein für ihre Wäsche und ihr Essen zu sorgen. Dieses fiel so bescheiden aus, dass sie kaum je satt wurde. Jedes Mal, wenn sie die Mutter um eine Münze bitten musste, um auf dem Markt die nötigsten Lebensmittel zu erstehen, schnürte es ihr die Kehle zu. Doch selbst wenn sie schwitzend über die Töpfe gebeugt in der Küche stand, das Haar unter einem Tuch verborgen und die Schürze des ehemaligen Hausmädchens über dem schlichten Trauerkleid, erklang kein Jammern aus ihrem Munde. Wen hätte es auch gekümmert? Die Mutter und ihr parfümierter Advokat waren selten zu sehen, und Freunde kamen nicht mehr in das Haus, das früher stets ein Ort fröhlicher Zusammenkünfte gewesen war. Nun herrschte Stille über die breiten Flure und die hohen Räume.

Ebenso wenig kam es für Robina infrage, ihrerseits Besuche bei ihren einstigen Freundinnen zu unternehmen. Weder besaß sie derzeit die angemessenen Kleider für gesellschaftliche Treffen, noch hätte sie die mitleidigen Blicke oder höhnischen Bemerkungen ertragen, die mit Sicherheit nicht ausgeblieben wären. Nicht einmal die Töchter der Blanchets hatte sie wiedergesehen seit dem Abend, an dem ihre Welt aus den Angeln gehoben worden war. Seit diesen letzten fröhlichen Stunden, bevor das Unheil über sie hineingebrochen war. Sie konnte sich kaum noch an das Gefühl erinnern, glücklich gewesen zu sein.

Die meiste Zeit des Tages verbrachte Robina in der Einsamkeit ihres Zimmers. Sie las in den Aufzeichnungen, die sie während der vergangenen Jahre im Unterricht gemacht hatte, und schwor sich, nicht zugrunde zu gehen. Das Leben musste doch noch etwas für sie bereithalten, selbst wenn die Vorzeichen nun so ungünstig standen …

4

»Komm herein, Mädchen. Unser Besuch wird bald hier sein.«

Die Mutter und der unvermeidliche Advokat standen im Salon und deuteten auf einen der acht hochlehnigen Stühle, die um den langen Tisch aufgestellt waren. Stumm trat Robina näher. Ihr war schleierhaft, warum sie bei dem Treffen mit Monsieur Lefèvre dabei sein musste, doch sie hatte ihre Mutter nicht gefragt. Ohnehin sprach Robina nur das Allernötigste mit der Frau, die sie geboren hatte und für die sie nun ein *Problem* war. Darüber hinaus machte die beständige Anwesenheit des Beraters in der langen schwarzen Robe, ohne den die Hausherrin kaum noch anzutreffen war, die Situation im Hause nicht einfacher.

Robina verabscheute den Mann, obwohl dieser ihr gegenüber stets eine ausgesuchte Höflichkeit an den Tag legte, die ihr ebenso heuchlerisch wie unangebracht erschien. Nun stand er dort neben ihrer Mutter und lächelte unter seinen künstlichen weißen Locken hervor. Robina wäre am liebsten fortgelaufen, doch sie wagte nicht, die Anordnung ihrer Mutter zu missachten, was auch immer diese damit bezweckte.

Monsieur Lefèvre war einer der Geschäftsleute, die durch ihren Vater ein Vermögen verloren hatten. Sie mochte den Mann, einen Tuchhändler aus Saint-Malo, nicht besonders. Was konnte er von ihnen wollen? Geld war in diesem Hause mit Sicherheit nicht mehr zu holen, so sehr es ihm auch zustand. Robina schüttelte leicht den Kopf und setzte sich. Sie hoffte, der Händler würde nicht zu allem Überfluss seinen Neffen mitbringen. Nicht dass dieser ein unangenehmes Äußeres oder ein schlechtes Benehmen hatte, doch wann immer sie den jungen Mann traf, beschlich sie ein ungutes Gefühl. Er pflegte sie anzustarren wie eine Katze den Milchtopf...

Robina ließ ihren Blick durch den Salon wandern, um sich von dem unerfreulichen Gedanken abzulenken. Wie leer der Raum wirkte ohne die Bilder, ohne die Schränke und Teppiche. Nur Tisch und Stühle waren übrig, trotz ihrer Größe verloren in seiner Mitte. Robina schluckte die Tränen herunter, die in ihr aufzusteigen drohten, als sie an die Empfänge und Feste dachte, die das Zimmer gesehen hatte, an all die Fröhlichkeit, die nun der Vergangenheit angehörte. Dies waren wahrlich nicht die richtigen Überlegungen, um ihr zu besserer Stimmung zu verhelfen, und so wandte sie den Blick ab und richtete ihn auf ihre Hände. Erstaunt bemerkte sie, dass ihre Finger leise auf die Tischplatte trommelten. Sie verschränkte sie so fest, dass die Knöchel hervortraten, und rief sich zur Ordnung. Keinesfalls mochte sie der Mutter ihre Gefühlsregungen offenbaren!

Die verräterischen Hände wollten jedoch nicht still bleiben. Erst fuhr sich Robina über die aufgesteckten Zöpfe, die sich unbedeckt um ihren Kopf wanden. Dann zupfte sie an ihrem Kleid, strich den Rock glatt und richtete die Rüschen an den Ärmeln. Sie trug ihr einzig verbliebenes feines Kleidungsstück, ein dunkelblaues Samtgewand mit breitem Schulterausschnitt, das sie seit Wochen nicht getragen hatte. Das Gefühl war so ungewohnt, als stecke sie in der Kleidung einer Fremden.

»Weshalb musste ich mich zurechtmachen, Frau Mutter? Ich fühle mich unwohl damit. Ich sollte noch Trauer tragen nach so kurzer Zeit.«

Und warum tragt Ihr kein Schwarz mehr? Ist der Gemahl, der Euch jahrelang ein bequemes Leben ermöglicht hat, bereits vergessen?

»Kein Mann findet eine Frau in Trauerkleidung anziehend.«

Für einen Moment war Robina verwirrt. Sie hatte die letzten Worte doch nicht laut gesagt? Dann erst begriff sie, dass sie selbst gemeint war.

»Mann? Welcher *Mann*?«

In diesem Augenblick unterbrach die Türglocke das Gespräch. Das dumpfe Schellen hallte durch das stille Haus, und die Hausherrin eilte aus dem Raum. Der Advokat legte einen Stapel Papier so behutsam auf den Tisch, als seien die Blätter ein Vermögen wert. Dann rückte er seine Perücke zurecht und lächelte Robina auf eine Art an, die ihr Übelkeit verursachte. Ihre Gedanken überschlugen sich, doch sie kam zu keinem Ergebnis, was die Worte der Mutter zu bedeuten haben mochten.

Augenblicke später erschien diese mit Monsieur Lefèvre, einem Mann mittleren Alters, dessen feine Kleidung seinen Stand als wohlhabender Kaufmann offenbarte. Hinter den beiden betrat eine weitere Person den Raum, und Robina schluckte. Es war der Neffe.

Der Advokat begrüßte die Ankömmlinge, dann wandten sich die Männer ihr zu und blickten auf sie herab.

»Mademoiselle.« Lefèvre deutete eine Verbeugung an und strich sich mit der rechten Hand über die lange Knopfreihe seines seidenen Überrocks. Mit einer herrischen Bewegung der Linken winkte er seinen Begleiter zu sich. »Setz dich.«

Der junge Mann gehorchte. Robina hielt den Blick starr auf die Tischplatte gerichtet und spürte dennoch die dunklen Augen auf sich. Ein eisiges Prickeln breitete sich auf ihrer Haut aus.

Nachdem alle Anwesenden Platz genommen hatten, ergriff Robinas Mutter das Wort.

»Wir freuen uns, dass Ihr kommen konntet, Monsieur Lefèvre.«

Der Mann schien es nicht für nötig zu halten, die Höflichkeit zu erwidern. »Das möchte ich stark bezweifeln, Madame. Schließlich schuldet Ihr mir ein Vermögen.«

»Nun, dieses Gespräch ist dazu bestimmt, jene unglücklichen Umstände auszuräumen. Ihr könnt mir glauben, dass mir sehr daran gelegen ist.« Alle Freundlichkeit war aus dem Tonfall der Mutter gewichen.

»Wie dem auch sei ... Ihr kennt meinen Neffen Lexius, den Sohn meiner Schwester? Da mir eigene Söhne nicht vergönnt waren, wird er das Kontor übernehmen. Schon jetzt leistet er so wertvolle Arbeit, dass in ganz Saint-Malo von ihm gesprochen wird.«

»Willkommen in meinem Hause, Monsieur.«

Als Robina weiterhin beharrlich schwieg, stieß ihre Mutter ihr den Ellbogen in die Seite. Widerwillig blickte sie auf und starrte den jungen Mann eindringlich an, bis dessen Gesicht rot anlief. »Guten Tag«, sagte sie betont kühl, dann senkte sie den Blick auf ihre Hände, die nun wieder ineinander verkrampft auf der Tischplatte lagen, um ihr Zittern zu verbergen.

»Sie müssen das Verhalten meiner Tochter entschuldigen. Sie trauert sehr um ihren Vater.«

»Ja, er war etwas Besonderes«, sagte Lefèvre spöttisch. »Immer schnell damit bei der Hand, anderer Leute Geld in aussichtslose Unternehmungen zu stecken. Wie dumm von mir, ihm zu vertrauen! Ich höre noch seine Versprechungen. Edelstes Tuch aus Indien! Nur dass es nie in Le Havre ankam, nicht wahr?«

Robina sog scharf die Luft ein, setzte zu einer Erwiderung an und fing sich einen erneuten Ellbogenstoß ihrer Mutter ein.

»Wer wüsste diese Dinge besser als ich, Monsieur? Seht mich an: Eine wohlhabende Handelsherrengattin war ich, und nun bin ich eine mittellose Witwe.«

»Oh, über gewisse *Mittel* verfügt Ihr dennoch, nicht wahr?«

»Ganz recht.« Der Unterton in der Stimme der Mutter brachte Robina dazu, alarmiert aufzuschauen. Sie fing den Blick des Tuchhändlers auf, der sie musterte.

»Schön ist sie ja mit ihrem rabenschwarzen Haar und den dunklen Augen. Was meinst du, Lexius?«

»Ja, das ist sie.« Ein Lächeln erschien auf dem Gesicht des Neffen, doch Robina ließ sich nicht erweichen und blickte weiterhin eisig in die Runde.

»Nun? Willst du sie haben?«

Der junge Mann errötete erneut. »Sollten wir sie nicht fragen?«, raunte er.

Sein Onkel reagierte mit dröhnendem Lachen. »Fragen? *Das Mädchen*? Also wirklich, Lexius! Wenn überhaupt jemand gefragt werden müsste in einem Haus ohne Herrn, so wäre es ja wohl die Mutter. Aber die hat kaum eine Wahl, nicht wahr? Würde sie ablehnen, nähme ich ihr das Haus, die Einrichtung und jeden Fetzen Stoff an ihrem Körper. Das weiß sie so gut wie ich. Ich denke, die Fragerei erübrigt sich damit.« Er blickte die ältere Frau scharf an.

»Selbstverständlich«, versicherte diese eilig.

Das Zimmer drehte sich um Robina. Sie konnte nicht fassen, was sie hörte. Sie wollte schreien, brachte jedoch keinen Ton heraus.

»Nun, willst du sie?«, fragte der Tuchhändler seinen Neffen erneut.

»Sehr gern sogar.«

»Gut. Herr Advokat, ich gehe davon aus, dass die Mitgift noch in der besprochenen Höhe zur Verfügung steht?«

»Aber ja. Ich habe den Vertrag schon vorbereitet.« Er schob ein Dokument über den Tisch. Der Kaufmann ergriff und überflog es. Ab und zu nickte er.

»Es sieht alles rechtmäßig aus. Wir kommen nächste Woche zur Unterzeichnung und besprechen dann die Übergabe.«

»Sie wird bereit sein.«

»Das sollte sie besser. Sie wird bis zur Hochzeit bei der Schwester meiner Frau leben. Ich erwarte, dass sie sich dort vorbildlich führt.«

»Das wird sie.«

Sie. Übergabe. Hochzeit. Robina wurde speiübel.

»Damit ist alles geklärt. Guten Tag. Komm, Junge.« Mit einem knappen Kopfnicken erhob sich Monsieur Lefèvre. Lexius lächelte Robina noch einmal zu und folgte seinem Onkel.

»Ich bringe die Herren hinaus!« Der Advokat sprang auf, um den Besuchern die Tür zu öffnen. Dann waren die beiden Frauen allein.

Die Wut kehrte zurück, und jede Gleichgültigkeit wich aus Robinas Herzen. Sie schluckte die Übelkeit hinunter und brüllte: »Mutter! Habt Ihr mich soeben *verkauft?*«

Der Schlag in ihr Gesicht kam so unerwartet, dass Robina erschrocken verstummte.

»Sei still, bis die Herren aus dem Haus sind, du dummes Kind! Willst du, dass sie deine Aufsässigkeit bemerken? Am Ende nehmen sie dich doch nicht!«

Robina rieb ihre brennende Wange. Kaum hörte sie die Haustür ins Schloss fallen, hob sie wieder an: »Frau Mutter, das könnt Ihr nicht tun!«

Die Ältere zuckte mit den Schultern. »Ich tat es bereits. Und was hätte ich sonst tun sollen? Er ist der Gläubiger, der am meisten verloren hat. Wenn ich ihn durch deine Mitgift besänftigen kann, bleibt mir das

Geld vom Verkauf des Hauses, um die übrigen Investoren auszuzahlen, und vielleicht noch eine Kleinigkeit zum Leben.«

»Leben? Was ist mit *meinem* Leben?«

»Es wird dir nicht schlecht ergehen. Lexius scheint ein ehrgeiziger junger Mann zu sein. Er wird dich versorgen können.«

»Das soll alles sein – *versorgen*? Das hätte Vater niemals ...«

»Dein Vater ist tot!« Die Stimme der Mutter schien die Luft im Raum zu zerschneiden, und ebenso schnitt sie mitten durch Robinas Herz. »*Ich* entscheide jetzt hier, und du wirst verlobt! Mein törichter Gatte hat aus übergroßer Liebe zu dir versäumt, Vorkehrungen für eine Vermählung zu treffen. Ich gedenke nicht, den gleichen Fehler zu begehen. Wenigstens hat der Dummkopf deine Mitgift sicher beiseitegelegt und mir damit die Möglichkeit gegeben, das Problem mit Monsieur Lefèvre zu lösen.«

Dummkopf. Problem. Robina ballte die Fäuste.

»Ihr habt kein Recht, mich zu verkaufen! Ich bin Eure Tochter und kein Möbelstück!«

Erneutes Schulterzucken. »Bleibt mir denn eine andere Wahl?«

»Ihr könntet ihm meine Mitgift einfach auszahlen und ...«

»Und dich für immer und ewig durchfüttern? Nein danke.«

»Ich finde einen Mann, der mich ohne Mitgift nimmt!« Robinas Augen füllten sich mit Tränen. »Einen, der mich liebt und den ich liebe!«

»Liebe? Sieh dir an, wohin mich die Liebe gebracht hat!« Die Mutter sprang auf, rannte aus dem Salon und schlug die Tür hinter sich zu. Das Echo des Krachens hallte in Robinas Kopf, und es formte ein Wort, wieder und wieder.

Verkauft.

5

Saint-Malo, Mai 1688

»Lianne! In mein Arbeitszimmer!« Die Stimme des Hausherrn gellte durch die stillen Flure bis zur Küche. Ich ließ das Messer sinken.

Ist es jetzt so weit?

Zitternd erhob ich mich und zwang mich, einen Fuß vor den anderen zu setzen.

Werde ich jetzt eine ...

Ich verbot mir, das Wort zu denken. Mein Klopfen an der Tür, so zaghaft es war, klang in meinen Ohren wie Donnerhall.

»Nun komm schon herein!«, rief der Herr ungeduldig. Ich atmete tief ein und betrat das Arbeitszimmer. Auf dem Schreibtisch lagen haufenweise Papiere wild durcheinander, und dahinter saß er, Monsieur Bellier, riesig selbst noch hinter dem mächtigen Möbel, mit gerunzelter Stirn über die Unordnung gebeugt. Er fischte mit spitzen Fingern ein Schriftstück heraus, rollte es zusammen und versiegelte es. Ich beobachtete, wie die blutroten Wachstropfen auf das gelbliche Papier trafen, einer neben dem anderen, bis sie einen Fleck bildeten, der groß genug für das Widderkopfsiegel des Handelshauses Bellier war. Als er es hineinpresste und das Wachs an den Seiten hervorquoll, musste ich an eine offene Wunde denken, und Übelkeit kroch in mir hoch. Diese Farbtöne, rot auf hell, Blut auf Haut – grässlich, und doch stellte ich mir vor, mit ihnen zu malen. Hätte ich solche Farben und Leinwand statt des gestohlenen Papiers, was könnte ich damit erschaffen!

Der Herr erhob sich, trat hinter dem Schreibtisch hervor und baute sich vor mir auf. Ich starrte auf die Spitzen der klobigen Stiefel, die die Köchin so verabscheute, da sie nicht der neuen Mode aus Paris entsprachen.

»Sieh mich an.« Widerwillig blickte ich auf. Mit einer schnellen Bewegung riss mir der Herr die Haube vom Kopf und löste mein Haarband. Ich fühlte, wie die schweren Strähnen herabfielen. Der große Mann begann, mit erstaunlicher Sanftheit darüber zu streicheln.

»Warum schaust du, als wärest du auf dem Weg zum Henker, Mädchen? Weißt du, wie viele Frauen sich glücklich schätzen würden, von mir begehrt zu werden?«

Ich konnte es mir vorstellen. Mehr als einmal hatte ich andere Dienstboten tratschen hören, wie beliebt Monsieur Bellier bei der Damenwelt war.

»Warum dann ich?« Hatte ich die Frage laut gestellt? Ich kniff die Augen zu, hielt den Atem an und wartete auf das Gewitter.

Es gab keines. Erst dachte ich, er würde nicht antworten, dann jedoch murmelte mein Herr: »Ich kann es mir selbst kaum erklären.«

Diese Worte und der Unterton in seiner Stimme brachten mich dazu, den Blick zu heben. Für einen winzigen Augenblick meinte ich, in dem vertrauten, angsteinflößenden Gesicht eine Spur von Traurigkeit zu erkennen.

Der Eindruck verflog, sobald mein Herr erneut den Mund öffnete und mich anfuhr: »Binde deine Haube, Mädchen. Leider erlaubt mir die Zeit nicht, mich näher mit dir zu beschäftigen. Diese Nachricht muss unverzüglich überbracht werden, ich kann auf keinen Boten warten.«

Ich beeilte mich, mein Haar unter das graue Tuch zu stopfen, denn der Herr streckte mir das versiegelte Papier entgegen und tappte ungeduldig mit dem Fuß. Als ob *ich* an der Verzögerung die Schuld trug!

»Hier, nimm. Bring dieses Dokument zum Hafen. Du weißt, wo das Handelshaus Duchamp ist? Schnell, die Nachricht wird dort eilig erwartet!«

Ich ergriff das Schriftstück und rannte aus dem Haus, ohne einen Umhang anzuziehen. Als ich auf die Straße trat, bemerkte ich erst, wie schön das Wetter an diesem frühen Sommertag war. Am liebsten hätte ich innegehalten und tief die frische Luft eingesogen, doch aus Angst vor meinem Herrn hastete ich voran. Dennoch nahm ich mir fest vor, rasch die Nachricht zu überbringen und dann die seltene Gelegenheit zu nutzen, einen Augenblick am Hafen zu verweilen und meine Nase in die Seeluft zu strecken. Vielleicht konnte ich dort für eine kleine Weile vergessen, was mich bei meiner Rückkehr erwartete.

Der Hafen summte und brummte vor Betriebsamkeit. Rufe gellten hin und her, aus den Luken der Lagerhäuser und von Bord der Schiffe. Fässer, Ballen und Kisten wurden ein- und ausgeladen, jedermann schien in Eile, denn die Flut war da. Die Kapitäne wollten sie um jeden Preis zum Auslaufen nutzen, um nicht noch einen halben Tag an Land festzusitzen. Ich ermahnte mich, an meinen Auftrag zu denken, doch mein Blick war gefesselt von der Vielzahl der großen und kleinen Handelsschiffe, die unter vollen Segeln auf ihre Abfahrt warteten. Sie schienen so unruhig, als seien es Lebewesen, schwankten auf und ab wie tänzelnde Pferde, jederzeit zum Aufbruch bereit. Der Himmel über dem Meer blitzte nur fetzenweise zwischen der Fülle von Masten, Tauen und Planen hervor.

Ich schloss die Augen und atmete tief. Der salzige Seegeruch drang in meine Nase, die unzähligen Geräusche um mich vereinten sich zu einem dumpfen Gemurmel, das nur vom Kreischen der Seemöwen übertönt wurde. Ich spürte die Sonne im Gesicht; sie wärmte schon, ohne jedoch zu brennen. Bunte Kreise tanzten hinter meinen Lidern, vermischten sich wie die Farben auf der Palette des Malers, den ich einmal voller Neid beim Porträtieren Javas beobachtet hatte. In mir breitete sich eine Ruhe aus, die zu empfinden mir selten vergönnt war.

Könnte ich doch nur ewig hier verweilen ...

»Mädchen, schläfst du im Stehen?« Grob wurde ich angerempelt und riss die Augen auf. »Du bist im Weg!« Ein stämmiger Mann mit einem Sack auf den Schultern schob mich mit seinem Körper zur Seite, sodass ich gegen eine Frau taumelte, die sogleich zu keifen begann.

Verwirrt trat ich näher an die Hafenkante und lief ein paar Schritte nach rechts, um der Menschenmenge vor dem riesigen Frachtschiff zu entkommen. So kam ich vor einem anderen, kleineren Schiff zum Stehen, vor dem es ruhiger zuging. Ich reckte den Hals, um an der Bordwand hinaufzuschauen. An Deck eilten Männer hin und her, obwohl die Verladung abgeschlossen zu sein schien. Man machte sich bereit zum Ablegen, doch noch hielten dicke, straffe Taue das Schiff am Ufer fest. Wie sie sich wohl anfühlten? Ich streckte die Hand nach einer der Leinen aus – und bemerkte mit Schrecken das versiegelte Schriftstück darin. Mein Auftrag! Panisch wandte ich mich um und versuchte, über die wimmelnden Menschen hinweg zu erkennen, welches der Handelshäuser in der Straße das Haus Duchamp war. In welche Richtung musste ich laufen? Mein Blick raste die Gebäudereihe auf und ab, doch die Furcht lähmte mich so sehr, dass ich nichts erkannte. Ich hätte mich ohrfeigen können für meine Träumereien! Ich entschied, den nächstbesten Menschen anzusprechen und nach dem Handelshaus Duchamp zu fragen.

Der nächstbeste Mensch war ein wichtig dreinblickender Mann mit Papier und Stift in der Hand, der den Arbeitern an Deck Anweisungen zurief. Schüchtern tippte ich ihn am Arm an. Der Blick, der mich traf, war so ungeduldig, dass ich nur stottern konnte.

»Verzeiht, Herr. Ich – ich suche ...« Hilflos hob ich die Hand und zeigte ihm das Schriftstück.

»Ah, endlich, die Nachricht für den Kapitän. Rasch an Bord mit dir, Mädchen.«

Diese Worte steigerten meine Verwirrung noch. Ich hob an, die Sache richtigzustellen, da packte mich der Mann am Arm und zog mich vorwärts.

»Los, hier entlang!« Er schob mich auf die Planke, die an Deck des Schiffes führte. »Nun geh schon, hurtig! Oder soll ich dir Beine machen?«

Erschrocken rannte ich die steile Stiege hinauf. »Links herum!«, brüllte mir der Mann nach, dann wurde er von jemandem abgelenkt und wandte den Blick von mir. Ich sah mich verzweifelt um. Wenn ich jetzt wieder herunterstiege, die Nachricht noch immer in der Hand, würde mich der Mann gewiss ins Wasser werfen!

Unschlüssig ging ich ein paar Schritte nach links, doch was sollte ich schon beim Kapitän? Die Botschaft war nicht für ihn bestimmt. Welch ein Zufall, dass er ebenfalls auf eine solche wartete!

Zufall? Oder etwas anderes? Mein Blick fiel auf die geöffnete Ladeluke, in der zunächst ein haarloser Kopf erschien und einen Augenblick später der ganze Mann, der sich scheinbar mühelos auf das Deck schwang.

»Alles verstaut!«, rief er seinen Kameraden am Bug des Schiffes zu und entfernte sich, ohne mich zu beachten – und ohne die Luke zu schließen. Ich starrte die Öffnung an. Sollte ich … Ich umklammerte das Schriftstück. Was wäre, wenn Monsieur Duchamp es nie erhielt?

Was wäre, wenn die Botin einfach verschwinden würde?

Meine Gedanken rasten. Ich dachte an Monsieur Bellier und daran, was mich erwartete. An die Worte meiner Mutter, wenn ich ihr mehr Geld brachte. Wäre sie je zufrieden, oder würde sie mich zu weiteren Abscheulichkeiten zwingen?

Ich sah meine kleinen Geschwister vor mir, und mein Herz zog sich zusammen. Durfte ich sie alleinlassen? Doch wen hatte es geschert, als ich alleingelassen worden war? Was hielt mich in dieser Stadt, in diesem Leben, das keines war? Sollte ich, ich braves Dienstmädchen, meine Pflichten vernachlässigen und einfach …

Ja! Dies war kein Zufall. Es war mein Schicksal!

Ich huschte zur Luke, schwang mich hinab und fand mich in einem riesigen Laderaum wieder, der mit unzähligen verschnürten Ballen gefüllt war. Die Luft war stickig und roch nach Teer und Staub. Rasch schlüpfte ich zwischen der Ladung hindurch bis an die hintere Wand des Raumes. Dort hockte ich mich nieder und versuchte, meinen rasenden Atem zu beruhigen.

Mir wurde schwindelig. Was hatte ich getan? Ich spähte an den Ballen vorbei in Richtung Eingang. Eine schmale Stiege lehnte in der Luke und ermöglichte es mir, meinen törichten Plan eben noch selbst zu vereiteln. Doch wenn mich jemand aus dem Laderaum klettern sah, bekäme ich unweigerlich Ärger. Würde man meiner Beteuerung glauben, ich sei aus Unachtsamkeit hineingefallen? Ja, das könnte gelingen. Ich erhob mich, stopfte das gesiegelte Papier in den Beutel an meinem Kleid, um die Hände zum Hinaufklettern freizuhaben – nur um mich gleich darauf wieder auf den Boden fallen zu lassen. Ich konnte nicht zurück, denn wenn ich jetzt umkehrte, würde mich Monsieur Bellier zu seiner Mätresse machen. Ich hörte im Geiste schon seine Stimme. »*Nun hab dich nicht so. Was soll daran schlimm sein? Selbst unsere geschätzten Könige erfreuen sich an anderen Bettgenossinnen als der eigenen Gattin, das ist vollkommen alltäglich!*«

Ich schüttelte mich. Nein, diese Dienste sollte mein Herr von mir nicht erhalten! Ich hatte meine Flucht begonnen, nun musste ich sie zu Ende bringen!

Oder?

Ein Krachen ertönte, ich fuhr zusammen, und der Laderaum versank in Dunkelheit. Schrecken durchzuckte mich. Nun gab es kein Zurück in mein altes Leben. Es war zu spät.

Wohin würde mich mein Weg führen? Zum Glück hatte es mich auf ein kleineres Frachtschiff verschlagen, sodass ich zumindest nicht in Indien oder der Neuen Welt ankommen würde. Doch fuhr dieses Schiff nach Süden oder Norden? Wo würde sich die Gelegenheit ergeben, es zu verlassen? Käme ich überhaupt ungesehen an Land, oder – Ach! Die Gedanken wirbelten durch meinen Kopf und waren gänzlich sinnlos, denn ich hatte keine freie Entscheidung mehr. Ich musste abwarten, was mit mir geschah. So wie ich es bereits mein Leben lang tat.

Noch ... *Noch* hatte ich keine freie Entscheidung. Mit einem Schlag wurde mir bewusst, dass es schon in naher Zukunft so weit sein würde! Dass ich, sobald ich dieses Schiff verließ, zum ersten Mal in meinem Leben meinen Weg selbst bestimmen durfte, ja musste, ich, ich und niemand sonst! In welche Himmelsrichtung sollte ich meine Schritte lenken, diese Straße hinunter oder jene, links oder rechts herum? In der Stadt bleiben, weiter fortgehen, und wenn ja, wohin? Ich würde die Wahl treffen, ich allein! Frei!

Über meinem Kopf dröhnten Fußtritte an Deck. Dann erschollen Rufe, gedämpft durch die Bordwand.

»Leinen los!«

Ein Rucken ließ das Schiff und meinen Körper erzittern. Ich hielt den Atem an. Saint-Malo, die einzige Stadt, die ich in meinem Leben gekannt hatte, würde bald hinter mir liegen. Wohin ging die Reise? Wie lange musste ich in diesem Versteck bleiben? Fragen über Fragen, auf die mir niemand eine Antwort zu geben vermochte, am allerwenigsten ich selbst. Ich hoffte, dass ich weit genug fort an Land gelangen würde, sodass *er* mich nicht finden konnte, und doch nicht so weit weg, dass mir alles unbekannt wäre, die Menschen, die Sprache ...

War es ein Abenteuer, oder war es tödlicher Leichtsinn, was ich tat?

Ich wartete; etwas anderes konnte ich nicht tun. Während mein Körper zur Untätigkeit verdammt war, wechselten meine Gedanken und Gefühle stetig die Richtung. Mal war ich voller Hoffnung, dass sich meine Lage zum Guten wenden würde, dann wieder nahm mir die Angst allen Mut. Wenn sich Schritte der Ladeluke näherten, zog sich mein Herz krampfhaft zusammen und ich hielt den Atem an. Entfernten sie sich, entspannte sich auch mein Körper.

Bald verlor ich jegliches Gefühl für die Zeit. Ab und zu trappelten winzige Pfoten an mir vorbei, und einmal streifte mich ein Rattenschwanz an der Hand, doch ich verspürte keine Angst vor den Tierchen. Selbst im vornehmen Hause Bellier waren sie nicht unbekannt. Der scharfe Teergeruch, den das Holz um mich herum ausströmte, betäubte meine Sinne. Die Wellen schwappten dumpf und gleichförmig gegen die Bordwand. Ich durfte den Gedanken nicht übermächtig werden lassen, dass ich mich unterhalb der Wasseroberfläche befand. Dass sich auf der anderen Seite dieser hölzernen Bohlen und unter meinen Füßen Fische und weiteres Meeresgetier tummelten. Denn sobald die Vorstellung zu bildlich wurde, begann mein Herz zu rasen, und ich schnappte nach Luft, als sei ich selbst ein Fisch auf dem Trocknen. War dieses Schiff stabil und vertrauenswürdig, alle Ritzen dicht? Ich tastete an der Bordwand entlang, um zu fühlen, ob nicht doch Wasser eindrang. Im nächsten Augenblick schalt ich mich ein törichtes Ding. Selbstverständlich war das Schiff sicher, denn sonst würde niemand seine kostbaren Stoffballen darauf verladen lassen!

Mein Geist schien mit dem Fortschreiten der Stunden schwächer und die Furcht immer größer zu werden. Auch meine Erschöpfung nahm stetig zu. Das regelmäßige Klatschen der Wellen ließ meine Augen zufallen. Ich lauschte auf die Geräusche um mich herum, das Rauschen des Meeres, die Schritte und Rufe der Männer, das Pfeifen des Windes, vertraut und beängstigend zugleich, und langsam, ganz langsam, entspannten sich Körper und Geist ...

Ich schrak auf und starrte in die Dunkelheit. Der Wellenschlag war noch immer zu hören, doch alle menschlichen Laute waren verklungen. Es musste Nacht sein. Die Stickigkeit war gewichen, und eine unangenehme Kälte, die mich schaudern ließ, hatte sich im Laderaum ausgebreitet. Plötzlich knurrte mein Magen vernehmlich. Ich hatte zuletzt zum Frühstück ein wenig Brei gegessen und einen Schluck Wasser getrunken. Mein Mund fühlte sich ausgedörrt an, und mit einem Mal wurde mir bewusst, dass ich über so vieles nicht nachgedacht hatte. Selbst den nächsten Hafen zu erreichen, würde Tage dauern. Wie sollte ich überleben, ohne etwas zu trinken? Ich hatte jetzt schon Durst, und wir waren kaum einen halben Tag unterwegs. Und weit und breit nur fest verschnürte Ballen von Stoff.

Plötzlich schienen mich die Wellen auszulachen, schwappten gegen die Bordwand und murmelten: *»Du willst Wasser? Hier draußen ist Wasser, jede Menge davon! Doch nicht zum Trinken!«*

Verzweiflung ergriff von mir Besitz; ich begann zu weinen und konnte mich kaum beruhigen. Salzige Tränen rannen in meinen Mund und machten mich noch durstiger.

Was hatte ich mir nur dabei gedacht? Als ob ich je frei sein würde! Ich dumme Gans!

Wütend auf mich selbst sprang ich auf. Auf und ab, wieder und wieder, rannte ich zwischen der Ladung umher, passte meinen Gang dem schwankenden Untergrund an. Die Bewegung tat mir gut, und die bösen Gedanken ließen nach. So stolperte ich durch das Dunkel im Bauch des Schiffes und vertrieb mir die allzu lange Zeit. Ich begann, die Schritte zu zählen, die ich von einer Bordwand zur gegenüberliegenden benötigte, um die Stoffballen herum, einen Fuß vor den anderen. Bei zwanzig musste ich von vorn anfangen, zwei Hände voll Finger, zwei Füße voll Zehen, weiter kannte ich die Zahlen nicht. Verfluchte Java, die Unterricht bekam und es hasste! Ich wäre dankbar gewesen.

Eins, zwei, drei, dem Herrgott bin ich einerlei, vier, fünf, sechs, immer vorwärts unter Deck, sieben, acht, die Ratten halten mit mir Wacht, neun, zehn, weiter geh'n.

Das Reimen hielt die Grübeleien fern, doch das Gehen machte mich müde, so müde ... Bald musste ich mich hinlegen. Immerhin war mir warm geworden, der Durst jedoch war schlimmer als zuvor. Ich rollte mich zusammen und fuhr fort, mir Verse auszudenken. So war ich wenigstens beschäftigt.

Elf, zwölf, dreizehn, wenn er mich findet, wird's mir schlecht ergeh'n. Vierzehn, fünfzehn, sechzehn, auch wenn mich niemand findet, wird dies nicht gut ausgeh'n. Siebzehn ...

Siebzehn. So alt war ich im letzten Winter geworden. Würde ich einen weiteren Geburtstag erleben? Tränen stiegen erneut in mir auf, ich presste die Augenlider zusammen, damit sie nicht herausquellen konnten. Weinen hatte doch keinen Sinn, nichts hatte mehr Sinn, nichts! Alles war fort. Es gab nur noch das Rauschen des Meeres, das Schlagen der Wellen, das Schwanken des Schiffes, den Durst und die Schläfrigkeit. Dumme Gans. Armes Ding.

Durstiges, müdes, verlorenes Ding.

6

Saint-Malo, Mai 1688

Duchamp stand vor der Tür des Hauses Bellier und hämmerte mit beiden Fäusten dagegen.

»Aufmachen!«

Erbost stellte er fest, dass man ihn offenbar nicht einlassen wollte, und so malträtierte er die Tür noch ärger. Je mehr er polterte, desto heißer wurden seine Wangen. Schweiß tränkte bereits sein feines Rüschenhemd unter dem samtenen Wams, und er bereute seinen überstürzten Entschluss, Bellier persönlich die Meinung zu sagen, anstatt einen Boten zu schicken.

Ihm schien eine Ewigkeit vergangen zu sein, bis endlich geöffnet wurde. Dies war seiner Laune nicht zuträglich, und so war er drauf und dran, die unverschämt träge Dienstmagd anzufahren. Er sah sich jedoch nicht der Magd, sondern der stämmigen Köchin gegenüber, die ihn mit gerunzelter Stirn und erhobenem Fleischmesser musterte. Ein einzelner Blutstropfen rann langsam an der langen Klinge herunter.

»Entschuldigung. Das Mädchen sitzt wohl auf seinen Ohren. Wie kann ich Euch helfen?«

Duchamp war so überrascht, dass er zunächst nur stottern konnte, während er beobachtete, wie der Tropfen die Hand der Köchin erreichte und eine rote Linie auf die Haut malte. Dann jedoch kehrte seine Wut zurück, und ungeachtet des Messers drängte er sich an der Frau vorbei und stürmte das Arbeitszimmer des Hausherrn.

»Bellier! Wo ist die Nachricht, die Ihr mir schicken wolltet? Es sind Stunden vergangen! Ihr hattet doch verstanden, dass dieses Schreiben äußerst wichtig ist. Mein Schiff! Es sollte eben ablegen, nun jedoch ...«

Bellier sprang von seinem Schreibtischstuhl auf und starrte den Besucher an. Sein dunkles Gesicht wurde blass.

»Die Nachricht ist nicht bei Euch eingetroffen, Monsieur Duchamp?«

»Selbstverständlich nicht! Hätte ich sie erhalten, stünde ich keinesfalls hier, sondern würde mich meinen Geschäften widmen, wie es einem Handelsherrn gebührt!«

»Aber, werter Herr, ich schickte meine Dienstmagd schon vor Stunden zu Euch.« Ein verwirrter Ausdruck zeichnete sich auf dem Gesicht des Hausherrn ab.

»Eure *Dienstmagd*? Habt Ihr keinen besser geeigneten Boten gefunden?«

»Da die Nachricht so eilig war, entsandte ich die erstbeste Person, die mir über den Weg lief.«

»Seid Ihr sicher, dass Euer Mädchen weiß, wo sich mein Handelshaus befindet? Sie ist schließlich nur ein dummes Ding!«

»Sie weiß es, sie hat doch meine Tochter schon zu Euch begleitet.«

»Ah, die kleine graue Maus ist es, die Ihr zu mir geschickt hattet. Nun, vielleicht ist sie verloren gegangen. Oder ist sie gar – fortgelaufen?«

Bellier starrte auf Duchamp herab und ballte die Fäuste. »Das will ich ihr nicht raten! Fortgelaufen! Niemals! Sie hätte keine Ahnung, wohin sie gehen sollte. Sie kennt nichts außer diesem Haus.«

»Ihr solltet Euren Weiberhaushalt besser unter Kontrolle behalten!«, feixte Duchamp in seiner Wut und fing sich einen flammenden Blick des Hausherrn ein. Rasch hob er die Hände. »Nun, nun ... So etwas kommt in den besten Familien vor. Immer wieder läuft einer fort, obwohl die Dienerschaft genau weiß, welche Strafen drohen.« Dann verstummte er und fragte sich besorgt, ob er Bellier hatte besänftigen können.

Es hatte nicht den Anschein. Das Gesicht des großen Mannes war verzerrt mit einem Ausdruck, wie ihn Duchamp noch nie bei einem Menschen gesehen hatte. Er vermochte nicht zu deuten, ob der Hausherr schlichtweg wütend war oder etwas anderes hinter seinem seltsamen Verhalten steckte. Er meinte, in der Miene und der gesamten Körperhaltung seines Gegenübers eine Mischung aus Hass und Verzweiflung zu erkennen, die dem Ärger über einen entlaufenen Dienstboten nicht gerecht wurde.

Er fuhr zusammen, als Bellier unerwartet brüllte: »Marthe! Java!«

Die Köchin erschien kaum einen Wimpernschlag später in der Tür, was Duchamp der pummeligen Frau schwerlich zugetraut hätte. Und selbst die verwöhnte Tochter des Hauses sah sich durch den Tonfall ihres Vaters offenbar genötigt, sich schleunigst in das Arbeitszimmer zu begeben.

»Wo ist das Mädchen?«, presste Bellier zwischen zusammengebissenen Zähnen hervor.

»Lianne? Ihr habt sie doch fortgeschickt, Monsieur.«

»Das weiß ich selbst! Sie sollte längst zurück sein, und die Nachricht, die ich ihr gab, ist nie angekommen. Wo ist das Mädchen? Java!«

»Ich sehe in ihrer Kammer nach, Herr Vater!« Java machte kehrt und rannte davon.

»Und du, Marthe, stellst notfalls das ganze Haus auf den Kopf. Ich will wissen, ob das dumme Ding zurück ist!«

Für einen Augenblick starrte Bellier den beiden Frauen hinterher, dann wandte er sich ab.

Sein Blick fiel auf Duchamp, der sich während des Ausbruchs seines Geschäftspartners wohlweislich im Hintergrund gehalten hatte. Nun aber traute er sich, zu sagen: »Nehmt es nicht so schwer, Bellier. Jeder hat einmal Ärger mit der Dienerschaft.«

»Habt Dank, Duchamp«, sprach der Hausherr mit beinahe gefasster Stimme, dann schritt er zu seinem Schreibtisch, wühlte die Papiere durch und fischte ein frisch beschriebenes Blatt heraus. »Dies ist meine Kopie des Dokumentes, das Euch zugestellt werden sollte. Ich benötige sie nicht, ich vertraue Euch. Die Urschrift wird mit der schwachköpfigen Magd zu mir zurückkehren. Nehmt, sodass Euer Schiff auslaufen kann.«

»Ich danke Euch, Bellier. Und ich bin Euch nicht übel gesinnt. Ich hoffe, Ihr könnt Eure Schwierigkeiten rasch in Ordnung bringen. Vielleicht ist das Mädchen ja nur mit einem hübschen Jungen durchgebrannt und kommt bald reumütig zurück?« Er brach in solch schallendes Gelächter aus, dass sein ganzer verschwitzter Leib bebte und die Rüschen an seinem Hemd auf und ab hüpften. Doch das Lachen blieb ihm im Halse stecken, als er sah, wie Belliers Gesicht urplötzlich flammend rot anlief und seine Hände sich zu Fäusten ballten. Duchamp murmelte einen Gruß und rannte mit seinem Schriftstück aus dem Haus, ohne die Tür hinter sich zu schließen.

Im Stillen wünschte er dem armen Dienstmädchen, es möge tatsächlich fortgelaufen sein und nicht zurückkehren. Er wagte gar die Vermutung anzustellen, sie wäre besser bedient, wenn sie ins Meer gefallen und ertrunken wäre ...

***

Java kehrte als Erste zurück in das Arbeitszimmer ihres Vaters und sah diesen auf- und abgehen, das Gesicht

53

zu einer grimmigen Maske verzerrt. Entgegen ihrer Natur sprach sie ihn scheu an: »Herr Vater? Ich konnte Lianne nicht finden.«

Belliers rechter Fuß verharrte einen Augenblick in der Luft, dann fuhr er mit seinem Schreiten fort, ohne Java zu beachten. Während diese noch darüber nachdachte, ob sie erneut sprechen sollte, erschien Marthe im Türrahmen. Auch die Köchin trug einen seltenen, ängstlichen Gesichtsausdruck zur Schau.

»Entschuldigt, Herr. Das Mädchen ist nirgends zu entdecken.«

Ohne innezuhalten, sprach Bellier: »Danke, Marthe. Du kannst vorerst gehen.«

Das ließ sich die Köchin kein zweites Mal sagen. Sie machte augenblicklich kehrt und verschwand. Java sah ihr nach, wagte jedoch nicht, ebenfalls den Raum zu verlassen. Verwirrt betrachtete sie den Hausherrn in seinem ruhelosen Lauf. Was hatte all dies zu bedeuten? Sie hatte ihren Vater schon wütend gesehen, nicht zuletzt oft genug auf sie selbst, doch niemals hatte sein Gesicht einen derartigen Ausdruck getragen.

Je länger sie so dastand, desto mehr kehrte ihre gewohnte Selbstsicherheit zurück. Schließlich hatte sie nichts falsch gemacht! Und diese Wut in den Augen des Vaters konnte nur bedeuten, dass es Lianne an den Kragen ginge, sobald er ihrer habhaft würde! Java lächelte und wickelte sich eine goldene Haarsträhne um den Finger. Sie hatte das Mädchen von Anfang an nicht leiden können, dieses unscheinbare Ding, das so plötzlich und gänzlich ohne Grund in ihren Haushalt gekommen war. Ein weiteres Kind neben ihr selbst, älter zudem, wenngleich nur eine Dienstmagd. Und die Mutter hatte die blöde Gans auch noch gemocht und stets in Schutz genommen. Wenn sie nur häufiger ihr Zimmer verließe, dann würde sie sehen, was Java in letzter Zeit beobachtet hatte, und ihre Meinung schnell ändern.

Wie der Vater das Mädchen ansah ... Java wusste, was das bedeutete. Sie war schließlich nicht dumm und kein Kind mehr! Aber das war nun gewiss vorbei.

»Lianne ist also nicht zurückgekehrt. Was werdet Ihr tun, wenn Ihr sie in die Finger bekommt, Herr Vater?« Sie konnte ein schadenfrohes Grinsen nicht unterdrücken.

Mit einem Satz war Bellier bei ihr. »Schweig!«, brüllte er so nah vor ihr, dass ihr sein heißer Atem ins Gesicht schlug. Das Lächeln verging ihr gründlich, und sie senkte den Blick. Totenstille legte sich über den Raum.

Einen Augenblick später atmete Bellier tief ein und aus. Dann wies er seine Tochter mit eisiger Stimme an: »Durchsuche die Kammer des Mädchens. Sieh, ob du etwas finden kannst, das uns einen Hinweis auf ihren Aufenthaltsort geben könnte.«

»Vielleicht hat sich das dumme Ding nur verlaufen. Seid doch nicht ärgerlich auf mich! Ich habe schließlich nichts getan.« Java versuchte es mit ihrem üblichen Schmollmund, ihr Vater jedoch strafte sie nur mit einem abfälligen Blick, woraufhin sie sich beeilte, seiner Anweisung nachzukommen. Erneut schob sie die Tür der winzigen Kammer neben der Küche auf.

Jetzt ist Vater deinetwegen wütend auf mich. Na warte!

Java ließ bei ihrer Suche keine Sorgfalt walten. Zuerst trat sie das Nachtschränkchen um, sodass der kleine Handspiegel klirrend zu Boden fiel und sein Glas in tausend Stücke zersplitterte.

Er war ohnehin zu schön für das dumme Ding!

Die Tür des Schränkchens sprang auf, und Liannes wenige Kleidungsstücke kamen zum Vorschein. Java schüttelte die Schürzen und Kleider aus, konnte jedoch nichts Verdächtiges dazwischen finden. Dann riss sie die Laken vom Bett, musste aber zu dem gleichen Ergebnis kommen. Ihre Wut wuchs mit jedem Augenblick. Schließlich schleuderte sie die Matratze so heftig in eine Ecke des Raumes, dass die Strohfüllung herausquoll, und blickte durch das Bettgestell auf den Boden darunter.

»Was ist das?« Java zerrte die Gegenstände hervor, die sie zwischen den Holzlatten gesehen hatte. »Na so was– die sind ja meisterhaft!« Sie blätterte durch den Stapel Papier, den sie entdeckt hatte. Zuoberst lag das Bild eines Zweimasters, bereit zum Auslaufen. Java meinte, den Wind zu fühlen und die Rufe der Seeleute zu hören, die winzig klein an Deck abgebildet waren. Dann folgte eine Zeichnung der Kathedrale Saint-Vincent. Java blätterte weiter – und fuhr zurück. Das Dienstmädchen blickte ihr von dem Papier entgegen, so lebensecht, als stünde es vor ihr. Auch die folgenden Bilder zeigten Gesichter. Hübsche Kinder, eine verhärmte Frau, Marthes pausbackiges Antlitz – und dann sie selbst, Java, mit einer boshaft grinsenden Miene!

»Das ist ja ungeheuerlich! So sehe ich doch wohl nicht aus!«

Hat Lianne dies alles gezeichnet? Wie kann sie es wagen, mich zu zeichnen? Wie kann sie es überhaupt wagen? Wenn Vater das erfährt!

»Hast du sie gefunden, oder sprichst du mit dir selbst?«

Java fuhr zusammen, als der, an den sie eben gedacht hatte, nun zu ihr sprach.

»Mit mir selbst, Herr Vater. Seht, was ich entdeckt habe!« Eifrig hielt Java ihm die Zeichnungen hin. Er beachtete sie jedoch nicht, sondern blickte sich in der kleinen Kammer um.

»Was ist hier geschehen?«

»D-das war ich nicht, das mit dem Schrank!«, beeilte sich Java, ihm zu versichern. »Der war schon vorher umgefallen!«

Bellier antwortete nicht, denn inzwischen war sein Blick auf die Zeichnungen gefallen. Er riss seiner Tochter die Blätter aus der Hand und trug sie aus dem spärlich beleuchteten Raum, um sie in der Küche bei Licht zu betrachten.

»Das Papier muss sie Euch gestohlen haben, Herr Vater. Sie ist eine Diebin, Ihr müsst sie hart bestrafen!«

»Sei endlich still, sonst bestrafe ich dich!«, fuhr Bellier seine Tochter an. Java hütete sich, ein weiteres Wort zu sagen, bis ihr Vater jede der Zeichnungen eingehend betrachtet hatte. Dann konnte sie nicht mehr an sich halten, zu stark war der Wunsch, das entlaufene Dienstmädchen zu finden und ihre Züchtigung mit anzusehen.

»Wenn sie nicht bald zurückkehrt, könnten wir dieses Bild von ihr herumzeigen. Es hat sie sicherlich jemand gesehen, vielleicht spüren wir sie so wieder auf!«

Ruckartig wandte Bellier seiner Tochter das wutverzerrte Gesicht zu, und Java wollte schon die Flucht ergreifen, doch dann schienen ihre Worte bei ihrem Vater anzukommen.

»Das ist ein guter Gedanke, Kind. Vorher werde ich noch jemandem einen Besuch abstatten, aber wenn sie dort auch nicht ist, komme ich auf deinen Vorschlag zurück. Und nun bring dieses Zimmer in Ordnung.«

»Was – ich? Ach, Herr Vater! Kann das nicht das ...«

»Das *Mädchen* machen?«, donnerte Bellier. »Das ist zurzeit wohl kaum möglich, nicht wahr? Und eine solche Unordnung in meinem Hause werde ich keinesfalls dulden, nicht einmal in der Kammer der Magd. Dies ist ein ordentlicher Haushalt! Deshalb werde ich die dumme Gans auch finden und zurückholen!« Seine Stimme überschlug sich, sodass er innehalten und tief durchatmen musste. Ruhiger fuhr er fort: »Mach dich an die Arbeit. Und übrigens: Sie hat dich auf der Zeichnung treffend abgebildet.« Damit wandte sich Bellier um und ließ eine beleidigt schnaufende Java zurück.

Marthe, die sich in eine Ecke der Küche verzogen hatte, konnte sich ein heimliches Lachen nicht verbeißen.

***

Krachend flog die niedrige Tür auf.

»Wo ist sie? Ist sie hier?«

Die polternde Stimme des Mannes schien den winzigen Raum erzittern zu lassen. Das jüngste der drei Kinder begann zu weinen und rannte zu seiner Mutter. Diese nahm das kleine Mädchen in den Arm und streichelte geistesabwesend über die goldenen Locken.

»Ist wer hier?«

»Wer schon, Lianne natürlich! Hältst du sie versteckt, Weib? Du weißt, sie gehört mir!«

»Das weiß ich. Hier ist sie nicht, zuletzt sah ich sie am Montag. Was hat das alles zu bedeuten?«

»Sie ist fort. Hast du Kenntnis davon?«

»Selbstverständlich nicht. Warum sollte ich etwas über ihren Verbleib wissen?«

»Du bist ihre Mutter!«

»Ja. Leider. Doch von *mir* hat sie das Fortlaufen nicht geerbt!«

Der Besucher lachte boshaft auf, wandte sich um und verließ das Haus. Krachend schlug die Tür hinter ihm zu. Die Frau atmete auf.

»Ganz ruhig, meine Kleinen. Es ist vorbei.«

Dann jedoch kam ihr zu Bewusstsein, was der Mann eben gesagt hatte. Lianne war fort? Wie sollte sie jetzt für die Kinder sorgen ohne den Verdienst ihrer Ältesten? Sie konnte es sich nicht leisten, dass Lianne auch nur einen Tag keinen Lohn erhielt!

Die Frau spürte eine unbändige Wut in sich aufsteigen, die der ihres Besuchers in nichts nachstand. Das sah dem dummen Ding ähnlich, seine Pflichten derart zu vernachlässigen. Genau dies war zu erwarten gewesen!

Hätte ich doch damals ...

Das Kind in ihrem Arm begann zu weinen, da bemerkte sie, dass sie es in ihrem Hass beinahe zerquetschte. Rasch ließ sie los und küsste das lockige Haar.

Und aus ihrem Zorn wurde Verzweiflung, heiße Tränen rannen aus ihren Augen. Sie hatte Lianne fast so weit gehabt, ihre Forderungen zu erfüllen, das hatte sie beim letzten Besuch der Tochter deutlich gespürt. Bald hätte sie mehr Geld erhalten, hätte endlich einmal wieder etwas Gutes zum Essen auf den Tisch bringen können. Die Kleinen hätten neue Schuhe bekommen und sie selbst vielleicht ein Kleid. Der Herr wäre mit Sicherheit großzügig gewesen, und nun dieses Unglück!

Wie viele böse Streiche wollte ihr das Leben noch spielen?

7

Robina saß auf der Truhe, die ihre verbliebenen Habseligkeiten barg, vor dem Haus ihrer Kindheit und wusste nicht, in welche Richtung sie blicken sollte. Die Möbelpacker schleppten schon seit dem Morgen Gegenstände des neuen Eigentümers hinein. Es war ihr gerade noch gelungen, all die Dinge, die ihr am Herzen lagen, aus ihrem Zimmer zu bergen, bevor dieses von zwei kleinen Mädchen in Beschlag genommen wurde. Die Mutter hatte keine Zeit verloren, das Erbe ihres Mannes abzustoßen und mit dem Advokaten zu verschwinden. Ihr weinte Robina keine Träne nach, doch es zerriss ihr das Herz, das Haus ihres Vaters in fremden Händen zu sehen. So drehte sie dem Heim, das sie unwiederbringlich verloren hatte, den Rücken zu.

Was erwartete sie in der anderen Richtung? Zunächst einmal ein Schiff, das sie nach Saint-Malo bringen sollte. Und dann? Ein Stadthaus in der besten Gegend, so hatte man ihr erzählt. Und ein Leben als Gattin eines angesehenen Kaufmanns, das sich nicht allzu sehr von dem der Tochter eines Handelsherrn unterscheiden dürfte. Sie würde wieder schöne Kleider tragen, Dienstmädchen haben. Nicht mehr kochen, nicht mehr waschen müssen. Vielleicht hätte sie sogar die Möglichkeit, ihre Studien fortzusetzen. Das war die eine Seite. Und die andere? Ein Ehemann, der ihr bestenfalls gleichgültig war, und die Pflichten, die damit zusammenhingen. Ihm zu Willen sein, seine Kinder gebären.

Die Träume von der wahren Liebe, von der ihr Vater ihr
vorgeschwärmt hatte und die sie immer in ihrem Herzen getragen hatte, waren mit ihm gestorben.

*Wenn Ihr wüsstet, Vater, dass Eure wahre Liebe Euer
Eigentum verschachert und sich verlobt hat, ohne die
Trauerzeit abzuwarten ...*

Robina schloss die Augen, bis sie von einem Boten angesprochen wurde. Dieser geleitete sie und ihre Truhe
zu der jämmerlichen Bark im Hafen, auf der die Mutter
für so wenig Geld wie möglich ihre Überfahrt veranlasst hatte. Die Zuständigkeit der Lefèvres begann erst
mit ihrer Ankunft in Saint-Malo, so hatte ihr der Advokat den Inhalt des Ehevertrages in nüchternen Worten
erklärt. Dort am Hafen ihrer neuen Heimatstadt würde
sie in das Eigentum der Familie ihres Verlobten übergeben werden. In die lebenslange Gefangenschaft, die das
Schicksal für sie ausersehen hatte ...

Robina schluckte, straffte die Schultern und schritt
über den schmalen Steg an Bord des Schiffes. Die hel-
fende Hand des Boten lehnte sie ab, ebenso wie die, die
ihr ein Schiffsjunge entgegenstreckte, als sie oben ankam. Noch war sie für sich selbst verantwortlich, und
diese letzten freien Stunden ihres Lebens wollte sie sich
nicht nehmen lassen!

Den größten Teil der Reise verbrachte Robina an
Deck. Der Seewind peitschte ihr Gesicht, doch sie zog
die wollene Decke fester um sich und genoss den kalten
Schmerz. Er schien ihrem wunden Herzen ein wenig
Linderung zu verschaffen. Sie starrte auf das bewegte
Wasser, das rau und grau den Schiffsrumpf umspülte,
und ließ ihre Gedanken schweifen. Sie dachte mit Liebe
an den Vater, mit Gleichgültigkeit an die Mutter und
mit Besorgnis an ihren Zukünftigen. So vergingen die
Stunden, bis es Zeit war, die kurze Nachtruhe in der
winzigen Koje unter Deck zu verbringen. Sobald der
Morgen graute, zog es sie wieder hinaus.

Sie hielten sich nahe der zerklüfteten Küstenlinie. Als gegen Mittag des zweiten Tages die Klosterinsel von Saint-Michel in der Ferne auftauchte, wusste sie, dass ihre Reise bald zu Ende war. Nun war es nicht mehr weit bis Saint-Malo.

Saint-Malo. Stadt der Seefahrer und Korsaren. Je näher ihr Ziel rückte, desto stärker verwandelte sich Robinas Sorge in Aufregung. Ihr Vater hatte ihr Geschichten von den mutigen Männern und Frauen erzählt, die im Auftrage ihres mächtigen Königs holländische und englische Handelsschiffe überfielen, um für den Staat und sich selbst Reichtümer zu erbeuten. Bei dem Gedanken, vielleicht bald einem dieser Korsaren zu begegnen, hüpfte Robinas Herz vor Freude. Sie hatte an den Verhandlungen bezüglich ihrer Vermählung nicht teilnehmen dürfen, aber sie hoffte, dass ihr ein wenig Zeit für eigene Erkundungen ihrer neuen Umgebung blieb, bevor es so weit war.

Und dann tauchte sie auf, die graue Kalksteinstadt, vollständig umschlossen von hohen Mauern und mit einem Hafen, der von Lebendigkeit und Tatkraft bebte. Robinas eiskalte Hände umklammerten die Reling, und sie suchte mit den Augen die am Kai liegenden Schiffe ab. Es waren allesamt schwere Handelsschiffe, manche unter vollen Segeln, bereit zum Auslaufen, auf denen die Seeleute umherwimmelten wie die Ameisen, andere unbemannt und still. Sie konnte keines der berühmten flinken Korsarenschiffe ausmachen.

Dann legten sie an, und Robinas zittrige Vorfreude erstarb augenblicklich, als sie ihren zukünftigen Gatten erblickte. Der junge Mann stand am Kai und wirkte, als trüge er die Kleidung eines Fremden, so wenig wollten die zarten Spangenschuhe, die roten Strümpfe und der feine dunkelbraune Überrock zu seiner kräftigen Gestalt passen. Das dichte schwarze Haar war ordentlich gekämmt und glänzte, und Robina musste zugeben, dass er durchaus als gut aussehend beschrieben werden konnte. Dennoch fühlte sie eine Abneigung gegen ihn, seit sie ihm zum ersten Mal begegnet war, und die Umstände ihrer Verlobung machten ihr den Mann nicht angenehmer. Er hatte sie sich von seinem Oheim schenken lassen! Sie glaubte nicht, dass sie diese Tatsache je würde vergessen können.

Robina fühlte sich, als seien ihre Hände an der Reling festgefroren. Steif und bewegungslos verharrte sie, bis einer der Seeleute sie am Arm nahm und von Bord führte. Dann stand sie vor ihrem Verlobten.

»Robina! Es ist schön, Euch zu sehen.« Er schien sich ehrlich zu freuen, und so zwang sie sich zu einem Lächeln, als sie zu ihm aufblickte.

Das nachfolgende angespannte Schweigen wurde von einem gellenden Ruf durchbrochen.

»Die *Faucon*! Seht, da ist sie!«

Robina hatte von dem berüchtigten Korsarenschiff gehört. Sie reckte den Hals, vermochte jedoch nicht, über die Köpfe der Menschenmenge zu blicken, die sich am Kai versammelte, um die Ankunft der Freibeuter nicht zu verpassen.

»Kommt fort von hier. Dies ist kein Anblick für junge Damen.« Robinas Verlobter nahm ihre Hand und zog sie mit sich. Sie sträubte sich und wollte widersprechen. Da legten sich die langen Finger ihres zukünftigen Ehemannes mit hartem Griff um ihr Gelenk und zeigten ihr deutlich, dass Gegenwehr nicht von Erfolg gekrönt sein würde. Sie musste sich damit abfinden, der Besitz dieses Mannes zu sein, ein Gefühl, das ihr Vater ihr nie gegeben hatte. Zum ersten Mal hatte sie es empfunden, als ihre Mutter sie verkauft hatte wie das Hab und Gut ihres Gatten. Die Machtlosigkeit entfachte ihre Wut, und die Unfähigkeit, diese auszudrücken, machte sie nur noch hilfloser. Sie ließ sich fortzerren,

doch sie schwor sich, sich zumindest bis zu ihrer Hochzeit nicht einsperren zu lassen. Sie würde ein Schlupfloch finden und diese aufregende Stadt erkunden,
koste es, was es wolle!

8

Saint-Malo, Februar 1670

Robina stand am geöffneten Fenster ihres Zimmers und blickte hinaus. Ihr Atem ließ weiße Wölkchen vor ihrem Gesicht entstehen. Der Tag war frostig, aber sonnig, und der Himmel über der Stadt leuchtete strahlend blau. Madame Barthez hatte ihr einen freundlichen, hellen Raum im ersten Geschoss zugewiesen, doch dass sie nicht über die Dächer hinweg zum Meer blicken konnte, stimmte Robina traurig. Sie sog die salzige Luft ein und seufzte. Daheim in Le Havre hatte man sie an solch schönen Tagen nicht im Hause halten können. Und es hatte auch niemand versucht. Die ganze Stadt hatte sie erkundet, den Fischern im Hafen zugesehen und den Schiffbauern bei ihrer Arbeit an den riesigen Holzgerippen. Zuweilen hatte sie einfach am Kai gesessen und das Meer beobachtet, das hier im Norden des Landes so rau und kraftvoll war und ihr dennoch wie ein Freund erschien. Sie hatte in die Wellen gestarrt und von ihrer Zukunft geträumt. Erneut seufzte Robina. So hatte sie sich ihr Leben gewiss nicht vorgestellt. Seit fünf Tagen fühlte sie sich nun schon eingesperrt, und ihr ersehntes Schlupfloch hatte sich noch immer nicht aufgetan. Es fehlte ihr an nichts, und doch ...

Sie lehnte sich weit aus dem Fenster, um zum Ende der schmalen Straße blicken zu können. Im Geiste rannte sie die Treppen hinab, hinaus aus der Tür, die

Gasse entlang, links um die Ecke, die Querstraße hinunter bis zu der Mauer, die die Stadt vom Meer abgrenzte. Von dort aus konnte man die felsigen Inselchen sehen, die bei Ebbe zu Fuß zu erreichen waren und die bei Flut so viel kleiner und entfernter wirkten. Einmal erst war sie an jener Stelle unten am Wasser gewesen, in Begleitung von Madame und nur so kurz, dass sie es nicht hatte genießen können. Robina schloss die Augen, um die Erinnerung an das Gesehene wachzurufen. Eine eisige Windböe fuhr ihr ins Gesicht, und sie musste lächeln. Sie meinte, die Rufe der Seeleute zu hören und den kalten Stein der Stadtmauer unter ihren Händen zu fühlen.

Als die Stimme der Hausherrin von unten ertönte, kehrten ihre Gedanken in ihr Zimmer zurück, und sie bemerkte, dass es nicht die Mauer am Meer war, sondern nur der Fenstersims, den ihre Finger umklammerten.

»Komm herunter, Kind! Dein Verlobter möchte dich sehen.«

Ein letztes Mal atmete Robina tief die frische Luft ein, dann schloss sie das Fenster. Im Hinausgehen blickte sie in den goldgerahmten Spiegel über ihrer Kommode. Sie trug kein Schwarz mehr, sondern eines der Kleider, die Madame für sie erworben hatte, ein schweres dunkelrotes Ding, das ihr die schmalen Schultern niederzudrücken schien. Der eckige Ausschnitt war viel zu tief für ihren Geschmack. Schließlich hatte sie nicht vor, ihrem Verlobten einen Anblick zu bieten, der ihn dazu brachte, sie noch eindringlicher anzustarren. So zog und zerrte sie, bis der Stoff endlich den Ansatz ihrer winzigen Brüste bedeckte. Freudlos lächelte sie ihr Spiegelbild an. Die Winterkälte hatte eine zarte Röte auf ihre Wangen gezaubert. Sie hoffte, ihr Verlobter würde es nicht für ein Zeichen der Aufregung über sein

Erscheinen halten, doch sie befürchtete genau dies. Dabei hätten ihre Gefühle kaum gegenteiliger sein können. Langsam verließ sie ihr Zimmer und ging die Treppe hinab.

Lexius stand im Salon seiner Tante und blickte Robina erwartungsvoll entgegen. Diese verspürte den unwiderstehlichen Drang, umzukehren und fortzurennen. Sie unterdrückte das Verlangen, straffte die Schultern und nahm die Schachtel an, die er ihr hinstreckte. Sie mochte die Süßigkeit aus Mandeln und Honig, die sich darin befand, doch sie wünschte, er würde ihr nicht bei jedem Besuch ein Geschenk mitbringen.

»Ich habe Euch am Fenster gesehen, meine Schöne. Ihr saht aus, als träumtet Ihr. Ich hoffe, ich kam in Euren Gedanken vor.«

Was hätte sie sagen sollen? *Nein, Ihr als Allerletztes?* Selbstverständlich nicht. Robina zwang sich zu einem Lächeln, das alles bedeuten konnte. Der junge Mann jedoch schien zufrieden. Dann bat Madame Barthez zum Tee.

Als das Treffen endlich vorüber war und ihr Verlobter das Haus verlassen hatte, sah sich Robina dem durchdringenden Blick ihrer Gastgeberin gegenüber.

»Du warst schweigsam heute Nachmittag. Tatsächlich bist du nie sonderlich gesprächig, doch wenn mein Neffe dich besucht, ist es noch ärger. Was ist mit dir, Kind?«

»Nichts, Madame Barthez«, beeilte sich Robina, zu versichern. Es ist alles in Ordnung.«

Die Hausherrin lächelte. »Das glaube ich dir nicht. Ich bin zu alt, als dass du mich täuschen könntest. Bist du nicht erfreut über deine Verlobung?«

Robina zögerte, doch die ältere Dame nickte ihr aufmunternd zu. Da fasste sie sich ein Herz und sprach: »Ich wurde nicht gefragt, ob ich mich vermählen will. Meine Mutter ...«

»Ich weiß um die Umstände«, unterbrach Madame. »Erzähl mir von deinen Gefühlen. Du vermisst dein Zuhause?«

»Ja.« Robina schluckte und schloss die Augen. »Mein Heim, meinen Vater. Und meine Eigenständigkeit.«

»Dein Vater hat dir viel Freiheit gelassen?«

»So viel ich wollte. Ich durfte lernen, lesen, singen, herumspazieren, Freundinnen besuchen, am Meer sein. Frische Luft atmen, den Arbeitern zusehen. Zum Markt gehen. Ich durfte …«

»Sieh mich an.«

Robina öffnete die tränenblinden Augen und blickte in das freundliche Gesicht der Älteren.

»Du willst noch gar nicht heiraten.« Es war keine Frage, sondern eine Feststellung, die Madame Barthez mit wissendem Kopfnicken begleitete.

»Ich habe nie darüber nachgedacht. Sicher möchte ich früher oder später die Ehe eingehen, aber nicht auf diese Art. Ich dachte, ich würde mich – verlieben.« Sie schüttelte den Kopf und wischte sich mit dem Ärmel über die Augen. »Ich weiß ja, dass mir keine Wahl bleibt. Es ist nur nicht – einfach.«

Madame Barthez musterte sie eine Weile schweigend. Dann sagte sie: »Du bist sehr tapfer. Leider kann ich dir nicht helfen, denn die Vereinbarung ist getroffen und unterzeichnet. Doch solange du bei mir wohnst, werde ich versuchen, dir ein wenig von deiner Freiheit zurückzugeben. Wenn du mir versprichst, auf dich achtzugeben.«

»Ich verspreche es!« Hoffnung keimte in Robina auf. »Ich bin es gewohnt, auf mich aufzupassen.«

»Dann wirst du morgen früh für mich zum Markt gehen. Und lass dir ruhig Zeit!« Madame zwinkerte ihr verschwörerisch zu, und Robina lächelte zurück. Innerlich machte sie Freudensprünge. Nun würde sie ihren Schwur doch noch erfüllen können! Das Schlupfloch hatte sich unerwartet aufgetan ...

Früh am nächsten Morgen nahm Robina Geldbeutel und Einkaufskorb von Madame Barthez entgegen und rannte, so geschwind sie konnte, durch die Gassen zum Markt. Dabei hüpfte sie über Bordsteine und um Hindernisse herum und stürmte so rasch um die Ecken, dass sie beinahe mit einem alten Mann zusammenstieß. Als sie ankam, musste sie einen Augenblick innehalten und nach Luft schnappen, denn die Kälte stach nach dem schnellen Lauf schmerzhaft in ihrer Brust. Doch das Hochgefühl, der Gefangenschaft entkommen zu sein, ließ alles andere unwichtig werden. Sie lehnte sich an eine Mauer und betrachtete glücklich das rege Treiben. Die Marktstände waren nicht so üppig gefüllt wie zu wärmeren Jahreszeiten, doch es gab noch immer frischen Fisch, Fleisch und reichlich Gemüse des vergangenen Herbstes. Gewissenhaft erledigte Robina ihre Einkäufe, dann streifte sie durch die umliegenden Gassen. Sie besah sich die Bürgerhäuser aus grauem Stein und die hier und da herumliegenden Überreste der vor Jahren verbrannten Holzhäuser, den mächtigen Bau der Kathedrale Saint-Vincent mit dem riesigen bunten Rosettenfenster, und sie genoss das Gefühl der Freiheit zum ersten Mal, seit ihr Leben in Stücke geborsten war.

Schließlich fand sie sich an der Mauer wieder, zu der sie sich am Vortag geträumt hatte, fühlte – diesmal wahrhaftig – den kühlen Stein unter ihren Händen. Der Tag war grau und stürmisch, und das Morgenhochwasser schien die Stadt verschlingen zu wollen. Eisige Spritzer trafen Robina im Gesicht, als die Wellen gegen die Stadtmauern schwappten, und sie lachte unwillkürlich auf und leckte sich das Salz von den Lippen.

Dann riss sie sich die Haube vom Kopf, löste die Flechten und fühlte, wie der Wind von ihrem Haar Besitz ergriff. Sie stützte das Kinn in die Hände und blickte zufrieden auf das tobende Meer. Wieder wanderten ihre Gedanken zum Vater und seinem Schicksal. Wie anders wäre ihr Leben verlaufen, hätte er nur ein einziges Mal Glück gehabt ...

»Ich nenne es *Die träumende Schönheit*«, erklang eine Stimme neben Robina. Sie schrak zusammen und starrte den jungen Mann an, der ihr ein Blatt Papier entgegenstreckte. »Da, nehmt.«

Robina griff nach dem Papier, und der Mann sprang mit einem Satz auf die Mauer und grinste sie von oben herab an.

»Nun, wie gefällt es Euch?«

Sie konnte nichts erwidern. Entzückt betrachtete sie die Zeichnung ihres Gesichts im Profil. Sie schien nur aus wenigen grauen Strichen zu bestehen, und doch spiegelte sie genau die Gefühle wider, die sie eben bei dem Gedanken an ihren Vater empfunden hatte. Das Bildnis wirkte so lebendig, dass sie meinte, ihr Haar würde im Wind wehen und die angedeuteten Wellen im Hintergrund sich bewegen. Sie sah zu dem jungen Mann auf, der noch immer bubenhaft lächelte.

»Es ist wunderschön«, brachte sie endlich hervor.

»*Ihr* seid wunderschön!« Er ließ sich auf sein Hinterteil fallen, stopfte die Zeichenutensilien in einen Leinenbeutel und schlenkerte mit den langen Beinen. »Wie ist Euer Name?«

»Robina.« Ihr Familienname wollte ihr nicht über die Lippen kommen. Schließlich hatte ihre Familie sie allein gelassen, auf die eine oder andere Weise.

»Robina.« Er sprach ihren Namen langsam und so sanft aus, als schmecke er süß wie Honig, dann lächelte er. »Das passt zu Euch. Mich nennt man Jacquo. Jacquo Cartier, nach dem großen Entdecker Jacques Cartier.

Nein, wir sind nicht verwandt, leider! Meine Eltern bewundern ihn jedoch sehr, daher nannten sie mich nach ihm. Oh, ich rede zu viel, nicht wahr?«

Doch Robina wünschte sich, er würde nie mehr aufhören zu sprechen. Die Stimme dieses Jacquo Cartier versprühte grenzenlose Lebensfreude und Frohsinn, sodass es ihr nur allzu recht war, ihm zu lauschen. Sie schüttelte den Kopf und lächelte.

»Ich freue mich, Euch kennenzulernen, Monsieur Cartier.«

»Die Freude ist ganz auf meiner Seite.« Der junge Mann sprang von der Mauer und verneigte sich vor Robina. »Ihr müsst neu in der Stadt sein, Mademoiselle. Sonst hätte ich Euch sicherlich früher bemerkt.«

»Ja, ich bin erst seit sechs Tagen in Saint-Malo. Ich komme aus Le Havre.«

»Oh, die bedeutende Schiffbauerstadt, Sitz der französischen Westindienkompanie. Nicht übel! Ich dagegen habe schon immer hier in Saint-Malo gelebt.«

»Auch nicht übel, oder? Die große Korsarenstadt, Heimat der Entdecker, einst gar unabhängig von unserem geliebten Mutterland *France*.«

»Korsarenstadt, richtig! Und ein Korsar steht vor Euch! Nun ja, ein zukünftiger zumindest.« Die grauen Augen blitzten.

»Ihr wollt ein Freibeuter werden?«

»So bald wie möglich! Kein so grausamer wie dieser Engländer Morgan selbstverständlich, das nicht! Doch gern ebenso erfolgreich. Am liebsten würde ich die *Faucon* augenblicklich übernehmen und für König und Reichtum in See stechen! Leider hat sie bereits einen Kapitän, der nicht einmal gewillt ist, mich mitzunehmen. Zu jung, sagt er. Pah! Achtzehn Jahre – zu jung! Unser geschätzter Landesvater sitzt schon auf dem Thron, seit er – äh ...« Jacquos Hand fuhr in sein wirres braunes Haar, er kratzte sich und setzte ein verlegenes Gesicht auf.

Robina lachte und schüttelte in gespielter Empörung den Kopf. »Seit er vier Jahre alt ist. Wie konntet Ihr das vergessen?«

»Oh, eine gebildete Frau steht vor mir!«

»Ihr klingt verwundert. Hättet Ihr mich nicht angesprochen, wenn Ihr es gewusst hättet?«

»Ich hätte Euch in jedem Falle angesprochen. Auch wenn das gewiss ungehörig von mir war. Ihr habt zweifelsohne einen Gatten, der mich im nächsten Augenblick töten wird, nicht wahr?«

Die Worte trafen Robina wie Hammerschläge, und das Lächeln wich aus ihrem Gesicht. Für einen kurzen Moment war sie wieder das Mädchen von früher gewesen, frei und glücklich, in ein anregendes Gespräch mit einem gut aussehenden Fremden vertieft. Nun war die Wirklichkeit in ihr Bewusstsein zurückgekehrt. Sie wandte sich ab und starrte in die Wellen, die mit unverminderter Kraft gegen die Mauern klatschten.

»Habe ich Euch verletzt?« Die Stimme des jungen Mannes war so leise, dass Robina ihn kaum verstand. Sie seufzte und blickte auf. Ein Windstoß fuhr in das lange, notdürftig von einem Zopfband gehaltene Haar ihres Gegenübers und blies es aus dem Gesicht, aus dem alle jungenhafte Fröhlichkeit gewichen war.

»Es ist nicht Eure Schuld. Ihr habt mich nur an das erinnert, was ich am liebsten vergessen würde.«

Die Brauen über den grauen Augen zogen sich fragend hoch.

Robina fasste sich ein Herz. »Ich bin verlobt. Unglücklich und gegen meinen Willen. Meine Mutter hat es verlangt.«

»Oh. Jemand, den ich kennen sollte?«

»Lexius, der Erbe des Handelshauses Lefèvre.«

»Der ist allerdings bekannt. Zweifellos ein gut aussehender Mann. Etwas steif, nicht wahr?«

»Sein Oheim hat mich für ihn *gekauft*.« Sie spie das Wort aus. »Allein das macht ihn mir widerwärtig!«

»Das verstehe ich gut. Wann soll die Hochzeit sein?«

»Nicht so bald, hoffe ich. Ich bin noch in Trauer um meinen Vater, das scheint er zu respektieren.«

Jacquo blickte Robina so unverwandt an, dass ihre Wangen heiß wurden. Er streckte die Hand aus, wickelte eine ihrer langen Haarsträhnen um seine Finger und sprach: »Ich kann nachvollziehen, dass er Euch besitzen will. Welcher Mann würde das nicht wollen? Ihr seid so jung und schön. Dieses pechschwarze Haar, diese Augen wie glühende Kohlen!«

»Oh, hört auf, mir zu schmeicheln!« Trotz ihrer unglücklichen Stimmung musste Robina lächeln.

Unbeirrt fuhr Jacquo fort: »Es ist falsch, Euch zu kaufen. Ihr solltet umworben werden, man müsste Euch die Welt zu Füßen legen! Die Ehe darf doch kein Geschäft sein, sondern Liebe! Nichts als Liebe, Kameradschaft, Lachen und Spaß! Das ganze Leben sollte ein großer Spaß sein!«

Robina konnte es nicht fassen. Er klang wie ihr Vater! Das waren genau seine Worte, seine Überzeugungen gewesen. Tränen traten in ihre Augen, und sie betrachtete den jungen Mann glücklich. Welch schicksalhafte Fügung, dass sie sich begegnet waren!

Da schlug Saint-Vincent zur zehnten Stunde, und Robina schrak auf. »Ich muss gehen! Wenn ich zu spät komme, lässt sie mich womöglich nicht wieder hinaus!«

»Sie?«

»Die Tante meines Verlobten. Ich lebe bis zur Hochzeit bei ihr. Sie ist verständnisvoll und will mir ein wenig Freiheit lassen. Aber die Köchin benötigt jetzt den Einkauf und ...«

Jacquo zupfte an der Haarsträhne, die er immer noch hielt. »Seid nicht so furchtsam, meine Schöne! Vergesst nicht, Mademoiselle, das Leben zu genießen, solange es etwas zu genießen gibt. Denkt daran, alles ist ein Spaß! Und ein klein wenig Abenteuer.« Er zwinkerte ihr zu. »Werde ich Euch wiedersehen?«

»Möchtet Ihr denn?«

»Es liegt an Euch. Ihr seid verlobt und in Trauer. Ich bin ein freier Mann.«

»Mein Verlobter ist mir gleich, und mein Vater hätte Euch gemocht, da bin ich sicher! Ihr seid ihm ähnlich, wisst Ihr? Er war ein Abenteurer. Er hat auch an die Liebe und das Leben geglaubt.«

Bis er sich eingestehen musste, dass er sich übernommen hatte, flüsterte es in ihr. Die Worte der Geschäftspartner ihres Vaters klangen ebenfalls in ihren Ohren: *Größenwahnsinniger. Leichtgläubiger Narr. Aussichtslose Unternehmungen. Versprechungen.*

Robina schüttelte sich, um die bösen Gedanken zu vertreiben. Sie war froh, als Jacquo erneut das Wort ergriff.

»Dann sehen wir uns also wieder? Ich würde Euch gern etwas zeigen – dort drüben.« Er wies auf die kleine Insel nahe der Stadt, inmitten der tobenden See. »Das ist *Petit Bé.* Heute zur zweiten Nachmittagsstunde, bei Niedrigwasser, wird sie zu Fuß zu erreichen sein. Möchtet Ihr mit mir gehen?«

»Ich will versuchen, hier zu sein. Wenn es mir gelingt, bin ich die Eure.«

»Fürs Erste würde ich gern die Zeichnung von Euch behalten. Falls uns das Schicksal ein Treffen verwehren sollte, wird sie mich für immer an diesen besonderen Morgen erinnern.«

Robina gab dem jungen Mann das Blatt zurück, lächelte ihn ein letztes Mal an, ergriff ihren Korb und lief nach Hause. Sie kam eben noch pünktlich, um der Köchin die Zutaten für das Mittagsmahl zu übergeben. Und da sie so frisch und glücklich aussah, hatte Madame nichts dagegen, sie am Nachmittag nochmals gehen zu lassen.

So gelang das Treffen mit Jacquo noch am selben Tag, und sie war, wie versprochen, die Seine. Sie wanderten über den freiliegenden Meeresboden, vorbei an glänzenden Knäueln aus Seegras, immer auf der Hut, nicht die Muscheln zu zertreten, die auf die Rückkehr der Flut warteten. Und was er ihr auf der kleinen Insel *Petit Bé* zeigen wollte, war eine Felsspalte an der Seite, die dem offenen Meer zu- und der Stadt abgewandt war und die sie vor allen Blicken anderer Spaziergänger und Muschelsammler schützte. Als sie dort von dem jungen Mann den ersten Kuss ihres Lebens bekam, fühlte es sich so gut und richtig an, dass sich ihr Gewissen nicht im Mindesten regte.

In den folgenden Tagen und Wochen führte Robina zwei Leben, die unterschiedlicher nicht hätten sein können. Immer schwerer fielen ihr die schweigsamen Treffen mit ihrem Verlobten, die quälenden Abendessen bei ihrer zukünftigen Schwiegermutter und die endlosen Stunden im Hause von Madame Barthez, die sie sich mit dem Lesen der zahlreichen Bücher ihrer Gastgeberin zu vertreiben versuchte.

So gern sie früher gelesen hatte, so wenig konnte sie sich nun darauf konzentrieren. Manchmal starrte sie eine volle Stunde auf eine Buchseite, während ihre Gedanken auf Wanderschaft gingen. Sie fieberte den Verabredungen mit Jacquo entgegen. Nie erlebte sie ihn missmutig, stets schäumte er über vor Lebensfreude. Seine Erzählungen von Korsaren, Schiffen und dem Meer waren voller Farben, nicht wie die trüben Berichte ihres Verlobten über Tuche, Geld und Familie.

So sehr sie versuchte, sich zusammenzunehmen – Robina konnte an nichts anderes denken als an Jacquos Küsse und seine wunderbaren Worte. Spürte sie bei ihren Tagträumen zuweilen Röte in ihrem Gesicht aufsteigen, wandte sie sich schnell ab, damit Madame Barthez keinen Verdacht schöpfte. Sie wurde zu einer Expertin für die Gezeiten, und hätte sich die alte Dame dafür interessiert, wäre ihr sicherlich aufgefallen, dass ihr Gast stets zu der Zeit des *marée basse* das Haus verlassen wollte. Robina verfluchte die Tage, an denen das Niedrigwasser zu so späten oder frühen Stunden kam, dass sie unmöglich einen Ausflug rechtfertigen konnte. Doch zum Glück waren dies wenige.

Von Tag zu Tag wurde ihre Sehnsucht nach Jacquo größer. Wenn sie gemeinsam im feuchten Sand saßen und an die Felsen gelehnt auf das weite Meer blickten, fühlte Robina eine solche Glückseligkeit in sich aufsteigen, dass sie den anderen Teil ihres Lebens für einige kostbare Momente vergessen konnte. Sie lauschte Jacquos Erzählungen über seine glorreiche Zukunft als Freibeuter, lachte mit ihm, ließ ihn mit ihrem Haar spielen, das ihn zu faszinieren schien. Sie erlaubte ihm, sie zu zeichnen, kokettierte und neckte und reizte ihn, bis er sie wie von Sinnen küsste, wieder und wieder. Mehr als einmal vergaßen sie die Zeit und mussten vor der Flut davonrennen, um eben noch rechtzeitig die sichere Stadt zu erreichen. Robina bemühte sich, nicht Madames Missfallen zu erregen, und bisher war es ihr gelungen, ihre Pflichten zu erfüllen und sich nicht verdächtig zu machen. Sie wollte keinesfalls riskieren, ihre Freiheiten wieder zu verlieren!

Mit der Zeit begann sie, eine diebische Freude ihrem Verlobten gegenüber zu empfinden, für den sie stets das keusche, stille Mädchen spielte. Wenn sie ihm gegenübersaß und teilnahmslos in das verhasste Gesicht blickte, das sie anbetend betrachtete, dachte sie: *Wenn du wüsstest! Du glaubtest, mich kaufen zu können, nicht wahr? Da hast du dich gründlich getäuscht! Ich muss dir vielleicht gehorchen, aber gehören werde ich dir nie!*

Denn sie gehörte bereits einem anderen, mit Haut und Haar und vor allem mit ihrem Herzen ...

Als sie sich wieder einmal für eines ihrer kostbaren Treffen ankleidete und vor dem Hinausgehen in den Spiegel schaute, nahm sie mit Erstaunen wahr, wie sehr sie sich veränderte. Ihr blickte kein kleines Mädchen mehr entgegen. Sie war dabei, erwachsen zu werden, und nur noch der letzte Schritt fehlte, um sie gänzlich zur Frau zu machen.

Und es soll nicht Lexius sein, mit dem ich dies erlebe, das schwöre ich!

9

Ich erwachte von Schritten und Rufen über meinem Kopf. Plötzlich fiel gleißendes Sonnenlicht in den Laderaum, ein eisiger Windstoß folgte, und in der Luke erschien ein Mann. Rasch presste ich mich an einen Stoffballen und hoffte, er würde mich nicht entdecken.

»Alles in Ordnung hier unten, die Ladung hat die Nacht gut überstanden!«, brüllte der Seemann nach oben, dann hörte ich Tritte auf der Stiege. Kurz darauf versank mein Versteck wieder in Finsternis. Erleichtert wollte ich ein Dankgebet wispern, doch mein Mund war so trocken, dass mir die Zunge am Gaumen festklebte. Dann kam mir auch schon mein stechender Durst wieder zu Bewusstsein. Wenn wir nicht bald einen Hafen anliefen, würde es mir schlecht ergehen.

Mit dem Fortschreiten der Stunden wich die Erleichterung, nicht entdeckt worden zu sein, dem Wunsch, der Mann hätte mich doch bemerkt. Dann hätte ich sicherlich etwas zu trinken bekommen. Oder hätten sie mich sogleich über Bord geworfen? Mit der Zeit wurde sogar diese Vorstellung erträglicher als die, hier unten langsam zu vertrocknen. Zumindest wäre die Qual damit schnell vorbei gewesen. Meine Lippen begannen, vom vielen Darüberlecken aufzuspringen und zu schmerzen, ich schmeckte Blut, und die Kälte kroch mir in die Glieder. Zitternd rollte ich mich auf den Bodenplanken zusammen. Verzweiflung ergriff erneut von mir Besitz, so wie in der vergangenen Nacht, doch

78

in meinem Körper schien nicht einmal mehr genug
Flüssigkeit für Tränen zu sein. So schluchzte ich nur
trocken und versuchte, nicht den Verstand zu verlieren. Ich zwang mich, die Gedanken von meiner unan-
genehmen Lage zu lösen, und ließ sie wandern, aber sie
fanden nichts, woran sie sich festhalten konnten. Bilder meiner Geschwister erschienen mir, doch nur im
ersten Augenblick brachten sie mir Erleichterung.
Dann veränderten sie sich, ich sah Jean, wie er eine
schwere Last trug, ein Mann mit einer Peitsche hinter
ihm. Die kleine Sophie, wie sie bettelnd vor Saint-Vincent kniete, und die Jüngste, Agnès, fast noch ein Säug-
ling, verhungert im Arm meiner Mutter, deren hasserfüllter Blick mir galt. Nein, diese Gedanken verschaff-
ten mir keine Linderung, und alle anderen, die mir kamen, waren nur noch schlimmer.

Vielleicht sollte ich wieder umhergehen und Reime
aufsagen? Die Beschäftigung hatte am Vortag doch gut-
getan. Ich rollte mich auf den Bauch, zog die Knie an
und stützte mich auf die Unterarme. Schnaufend blieb
ich so hocken. Es kam mir vor, als hätte ich soeben eine
Kiste Rüben vom Markt in die Küche geschleppt. Wie
konnte es sein, dass ich nach einem Tag ohne Essen
schon so schwach war? Verweichlichtes Ding! Andere
Menschen mussten doch auch einmal einen Tag hungern und schafften es dennoch, sich zu bewegen. Ich
rappelte mich auf und ging ein paar Schritte, doch
meine Beine fühlten sich an, als gehörten sie nicht zu
mir. Es gelang mir nicht mehr, das Schaukeln des Schiffes auszugleichen, und Reime wollten mir beim besten
Willen keine einfallen. Also gab ich es auf und sank
wieder in mich zusammen, obwohl meine Glieder von
dem ungewohnten Herumliegen schmerzten. So oft ich
auch die Seite wechselte, auf der ich lag, stets drückten
Hüftknochen und Rippen hart auf die Bodenplanken,
und von meinem wehen Nacken zog ein dumpfer

Druck den Kopf hinauf. Bei der Arbeit im Hause Bellier hatte ich nie Zeit gehabt, an die kleinen Unpässlichkeiten des Alltags zu denken. Hier jedoch, in der erzwungenen Untätigkeit, wurde ich wahrhaftig zum Weichling – und verabscheute mich dafür. Doch die Stunden vergingen, und Durst und Schmerzen wurden schlimmer und schlimmer.

Als es an Deck wieder still wurde und diese Ruhe mir zeigte, dass die zweite Nacht hereingebrochen war, war der Entschluss in mir gereift, mich zu stellen. Ich versuchte, mich aufzurichten, doch es gelang mir nicht mehr. Ich krallte die Fingernägel in die Bodenplanken, um mich vorwärts Richtung Luke zu ziehen. Ich wusste, die Stiege hinauf würde ich es nicht schaffen, aber bei der nächsten Kontrolle der Ladung wollte ich entdeckt werden. Nach wenigen Metern jedoch blieb ich erschöpft liegen. Meine Kraft reichte einfach nicht mehr aus.

Ich würgte, doch in mir gab es nichts, was ich hätte erbrechen können. Mein Körper wurde mit dem Wellengang hin- und hergeworfen, mein Kopf schlug hierhin und dorthin, der beißende Gestank aus den Bodenplanken, auf denen ich lag, nahm mir die Sinne. War das mein Ende? Und wenn schon, zumindest war es besser als ein Leben als Mätresse. Ich machte meinen Frieden mit Gott und rollte mich zum Sterben zusammen. Waren die Schiffsratten so ausgehungert, dass sie mich anknabbern würden? Ich meinte, bereits die winzigen Krallen in meinem Gesicht zu spüren ...

Ich sah in strahlend blaue Augen. War ich im Himmel, blickte ein Engel auf mich herab? Der Ausdruck in dem hübschen Gesicht jedoch war nicht engelhaft – vielmehr verwundert und ein wenig ärgerlich. Ich wollte sprechen, doch meine Zunge fühlte sich riesenhaft an und schwer wie ein Stein. Mein Kopf! Solche

Schmerzen! Ich schloss die Augen. Der Engel würde sich schon um mich kümmern ...

»Mädchen! Mach die Augen auf!«

Ich wollte nicht, wollte gar nichts, einfach nur liegen. Da fuhr ein Rütteln durch meinen Körper, und widerwillig hob ich die Lider. Der Engel blickte nun wahrlich verdrießlich drein.

»Du wirst nicht sterben, hörst du?«

Oh, dann war ich noch gar nicht tot und im Himmel. Dies bedeutete jedoch – Durst! Solchen Durst!

»Wasser ...« Hatte ich gesprochen? Ich hatte meine Stimme nicht gehört. Hatte er sie gehört?

»Was hast du dir nur dabei gedacht? Ein blinder Passagier, mitten zwischen Vaters Ladung. Unglaublich!«

Sprach er mit mir oder mit sich selbst?

»Was mache ich denn jetzt mit dir?«, murmelte der Engel, der anscheinend doch keiner war. »Wenn ich dem Kapitän Bescheid gebe, weiß ich schon, was er mit dir macht.« Er erhob sich und schritt auf das helle Licht zu, das in die Finsternis drang.

Nein, nicht gehen! Wasser! Hilf mir!

Er ging. Von oben erklangen Worte.

»Ein Teil der Ladung ist verrutscht, ich muss noch einmal hinunter.«

»Braucht Ihr Hilfe, Monsieur Lavie?«

»Nein, vielen Dank. Ich nehme mir eine kleine Stärkung mit, dann schaffe ich es schon.«

Stille. Dann Schritte auf der Stiege. Er war zurück, zerrte mich hoch, hielt etwas vor meinen Mund. Ich fühlte Wasser auf meinen Lippen, sog, schluckte, sog, hustete. Er stimmte in das Husten ein, übertönte mich. Bald war es wieder gut, ich trank nochmals, der Stein in meinem Mund wurde langsam beweglich. Ich leckte über meine rissigen Lippen.

»Trink alles aus. Hast du seit Saint-Malo nichts getrunken?«

Ich versuchte, den Kopf zu schütteln, doch die Bewegung verursachte mir Übelkeit. Ich begann zu würgen.

»Ganz ruhig, Mädchen. Versuch, das Wasser bei dir zu behalten.«

Er legte mich auf den Rücken, und ich konzentrierte mich darauf, nicht zu erbrechen. Nach einer Weile verging die Übelkeit, und meine Kräfte kehrten langsam zurück. Sogar das Hämmern in meinem Kopf ließ nach. Es kostete noch Mühe, mich aufzusetzen, aber es gelang mir mit der Hilfe des jungen Mannes, der kein Engel und andererseits doch einer war.

»Ich danke Euch, mein Herr.« Meine Stimme war kaum wiederzuerkennen, rau und heiser. Der Mann lächelte und strich sich eine dunkle Haarsträhne aus dem Gesicht, die sich aus seinem Zopf gelöst hatte.

»Alles hätte ich hier unten erwartet, doch kein fast verdurstetes Mädchen, dem ich die Ratten vom Hals jagen muss. Was hast du dir nur dabei gedacht, dich hier zu verstecken?« Er sprach leise, um mich nicht zu verraten. Dankbarkeit durchströmte mich, ich hätte ihn am liebsten umarmt.

»Ich – weiß nicht. Ich bin zufällig an Bord geraten, und dann ...«

»Bist du in den Laderaum gefallen?«

»Nein, gesprungen. Es war eine – ganz plötzliche Entscheidung, ich weiß es selbst nicht so genau.«

»Wohin wolltest du denn?«

»Das war mir gleich. Nur fort.«

Der junge Mann betrachtete mich fragend, doch mehr wollte ich ihm nicht erzählen. Er sah nett aus, doch von außen besehen tat Monsieur Bellier dies auch. Leider konnten die meisten Menschen zu gut verstecken, wie es in ihnen aussah.

»Wie ist dein Name?«

»Ich heiße Lianne.«

Im nächsten Augenblick hätte ich mich am liebsten geohrfeigt. Wie konnte ich so dumm sein, einem Fremden meinen wahren Namen zu verraten? Offensichtlich war nicht nur mein Körper, sondern auch mein Verstand ausgetrocknet.

»Freut mich, ich bin Luc.«

Ich versuchte trotz des Ärgers über mich selbst ein Lächeln.

»Ich danke Euch, Monsieur Luc.«

»Einfach nur Luc, bitte. Oh, hier, ich habe dir ein Stück Brot mitgebracht. Und ein Schluck Wasser ist auch noch im Becher.«

Nachdem ich das Brot verschlungen und mit Wasser nachgespült hatte, fühlte ich mich endgültig wieder bei Kräften. Ich kroch hinter einen nahen Stoffballen, damit ich von der Luke aus nicht zu sehen war, und der junge Mann folgte mir. Ohne den direkten Lichteinfall war sein Gesicht nur noch undeutlich zu erkennen, was ich seltsamerweise als höchst bedauerlich empfand.

»Luc, wohin fährt dieses Schiff eigentlich?«

»Nach La Rochelle. Dort lebe ich und arbeite für meinen Vater. Die Ladung ist für unser Kontor bestimmt, deshalb bin ich an Bord. Heute Abend legen wir an.«

Er sprach weiter, doch ich hörte nur noch mit halbem Ohr zu. La Rochelle. Ich hatte von den furchtbaren Ereignissen vor sechzig Jahren gehört, die die Bevölkerung der Stadt beinahe ausgerottet hatten. Java hatte nach einer ihrer verhassten Lehrstunden geprahlt, wie die aufrechten Katholiken die Stadt *befreit* hatten. Offenbar war dies eines der wenigen Themen ihres Unterrichts, die sie interessiert hatten. Ich war katholisch erzogen worden, wenn man denn davon sprechen konnte, dass ich überhaupt erzogen worden war, und den anderen Glauben hatte man uns stets als irregeleitet und falsch dargestellt. Von Politik wusste ich noch viel weniger als von Religion, doch ich hatte gehört, dass unser König vor einigen Jahren den Andersgläubigen alle Rechte entzogen hatte. Da ich nachempfinden konnte, wie das Leben ohne Rechte war, hatten die Menschen mir leidgetan.

»Lianne! Hörst du mir zu?«

»Äääh, natürlich! Ich dachte nur gerade – wie ist es so in La Rochelle?«

»Es ist noch immer eine schöne Stadt, das, was von ihr übrig ist. Sie soll etwas Besonderes gewesen sein vor der Belagerung. Mauern rundherum, eine stolze Stadt, ein Bollwerk. Davon ist nicht mehr viel zu erkennen. Überall liegt der Schutt der vergangenen Schönheit. Sie wollen die Befestigungsanlagen wieder aufbauen. Ohnehin wird viel gebaut in der Stadt, ihr Bild verändert sich täglich. Vielleicht nimmt das den Schmerz ein wenig, den sie ausstrahlt. Doch der Stolz wird nicht zurückkehren, fürchte ich. La Rochelle ist so königstreu wie jede andere Stadt im Land. Keine Spur mehr von Widerstand.«

Ich vernahm Bedauern in seiner Stimme.

»Seid Ihr kein Katholik, Luc?«

»Doch, doch. Natürlich. Meine Familie kam nach der Belagerung in die Stadt, als sie beinahe menschenleer war. Und nun jagt der König die verbliebenen Menschen fort. Mein Vater weiß bald nicht mehr, woher er seine Arbeiter nehmen soll. Die besten wurden vertrieben.«

»Dann mögt Ihr unseren König nicht?«

»Wie kann ich ihn mögen oder nicht mögen? Er ist mir so fremd wie der Mond. Allgegenwärtig und doch so weit entfernt. Obgleich es scheint, man wüsste alles über ihn, so viel, wie geredet wird.«

»Über den Mond?«

Luc lachte leise auf. »Du weißt genau, was ich meine. Nein, ich habe nichts gegen König und Religion. Mir gefällt nur die Idee der Rebellion.«

»Seid Ihr denn ein Rebell, Luc?«

Wieder ein Lachen, das herzlichste, das ich je gehört hatte. »Mein Leben ist auskömmlich, ich habe keinen Grund zu rebellieren. Doch ich fühle mit den Menschen, denen es schlechter geht. Es ist traurig, was mit denen geschieht, die sich nicht unterordnen möchten.«

»Zu denen gehöre ich nun auch. Was wohl mit mir geschehen wird?«

Luc rückte näher an mich heran und legte eine Hand auf meinen Arm.

»Jedenfalls werde ich nicht zulassen, dass du verhungerst. Nicht auf dem Weg nach La Rochelle, wo tausende Menschen verhungert sind, vielleicht sogar in meinem Hause. Ich weiß nicht, ob dort tatsächlich jemand gestorben ist, aber es ist gut möglich. Ein schlimmer Gedanke.«

Nun, mit dem Wissen der vergangenen zwei Tage, konnte ich das Leiden der dortigen Bevölkerung noch besser verstehen, die zwar keinen Durst, aber furchtbaren Hunger gelitten hatte. Ich sah Java vor mir, wie sie mir davon berichtet und dabei genüsslich in ein Butterbrot gebissen hatte.

Ich wollte Luc eben nochmals aus tiefstem Herzen für meine Rettung danken, als von der Luke her ein so dröhnender Ruf ertönte, dass ich zusammenzuckte.

»Lucien Lavie, seid Ihr dort unten eingeschlafen? Der Kapitän wartet auf Euch!«

Der junge Mann erhob sich rasch und flüsterte: »Ich komme zurück, wenn wir den Hafen erreichen. Mach dir keine Sorgen!«

Dann war er verschwunden. Ich hörte die Luke zuschlagen, und es wurde wieder finster.

Ich lehnte den Kopf gegen meinen Stoffballen und schloss die Augen. Die Wellen schaukelten das Schiff, und Lucs Stimme klang noch immer in meinen Ohren. Würde er zurückkommen? Ich hoffte es so sehr. Doch die Zeit verging, und meine Zuversicht, dass seine Worte aufrichtig gewesen waren, schwand mit dem Fortschreiten der Stunden. Bald war ich mir sicher, dass er nicht käme. Etwas später begann ich zu zweifeln, ob er überhaupt existierte. Hatte ich mir diesen jungen Mann nur eingebildet, lag ich nach wie vor verdurstend im Lagerraum eines Frachtschiffes? Oder war ich gar noch immer im Hause Bellier und hatte mich nur fortgeträumt, um dem Schrecken zu entfliehen? Ich hörte Monsieur Belliers Stimme, die nach mir rief, sah Javas höhnisches Grinsen und den anklagenden Blick meiner Herrin. Eine Tür öffnete sich knarrend und schlug dann zu.

»Lianne, ich bin zurück.«

Das Flüstern gehörte nicht Monsieur Bellier und auch sonst niemandem aus dem Haushalt. Verwirrt riss ich die Augen auf, um im Schein einer Laterne die feinen Gesichtszüge Lucs zu entdecken, die widerspenstige Haarsträhne und den leuchtend blauen Blick, der in mein Herz zu stechen schien. Es tat dann auch einen gewaltigen Hüpfer. Er war kein Traum gewesen!

Luc schob sich die Strähne aus der Stirn. »Wir laufen bald in La Rochelle ein, doch das Abendhochwasser kommt heute spät. Es dämmert bereits, und es wird noch eine ganze Weile dauern, bis ich dich holen kann. Hier.« Er streckte mir ein grob gewebtes Stück Tuch entgegen. »In diesen Sack musst du klettern und dich in der hintersten Ecke des Laderaums verstecken, bis alle Ballen entladen sind. Dann werde ich dich in der Dunkelheit von Bord tragen.«

»Ich danke Euch, Luc. Für alles.«

»Das musst du nicht. Allerdings könntest du mir zum Dank erzählen, wem ich eigentlich bei der Flucht helfe. Nur damit ich weiß, ob ich mich womöglich gesetzeswidrig verhalte. Hast du eine Missetat begangen, schlimme Schuld auf dich geladen?« Er zwinkerte mir zu und lächelte, als hielte er es für unmöglich, dass ich eine Verbrecherin war. Dabei war es ein strafbares Vergehen, wenn Dienstboten fortliefen. Sollte ich es ihm erzählen? Ich war es ihm schuldig, oder nicht? Doch würde er mir dann noch immer helfen? Es gab schlimmere Verbrechen, und ihm gefiel doch der Gedanke der Rebellion. Oder war er letztlich gesetzestreuer, als er zugab?

Er musste die Zweifel in meinem Gesicht bemerkt haben, denn sein Lächeln verschwand. *Wer bist du?*, fragten seine Augen, und ich wollte nicht, dass er schlechter von mir dachte, als ich verdient hatte.

»Ich bin eine Dienstmagd und meiner Herrschaft entlaufen«, stieß ich hervor und sah auf meine Hände. Eine Weile blieb es still, und ich spürte den blauen Blick auf mir.

»Das ist alles?«

Ich nickte, ohne aufzublicken. »Es ist ein Verbrechen, oder nicht?«

Erst als ich ein Glucksen hörte, wagte ich, Luc anzusehen.

»Oh, Mädchen!« Er lachte und schüttelte den Kopf. »Wenn du nicht deinen Herrn umgebracht hast, bevor du fortgelaufen bist, ist es in meinen Augen kein Verbrechen, egal was unser geschätzter König sagt. Manchmal kann ich kaum glauben, dass unsere Dienstboten nicht fortlaufen! So wie sie hinter Adelais und der Mutter her putzen müssen. Kleider vom Boden auflesen, Tiegelchen und Töpfchen für die Schönheitspflege bereitstellen und wieder forträumen, hier schnüren und dort frisieren ...«

»Solche Arbeiten sind üblich, dafür läuft man nicht fort.«

»Sie haben dich schlecht behandelt, nicht wahr?« Seine Stimme war ernst geworden. Ich wollte ihm nicht die ganze Wahrheit sagen, und so nickte ich nur, und Luc fragte auch nicht weiter nach. »Das ist nun vorbei, Lianne. Auf dich warten bessere Zeiten!«

Wenn er doch nur recht hätte!

Ein Rumpeln lief durch das Schiff, und der Boden unter mir erzitterte. Luc sprang auf.

»Wir legen an. Gleich werden die Arbeiter den Frachtraum erstürmen. Schnell nach hinten, und zieh den Sack über!«

Ich tat, was Luc verlangt hatte, und hockte zitternd in der hintersten Ecke des Laderaums, das kratzige Sacktuch vor meinem Gesicht, während kräftige Schritte die Planken zum Beben brachten. Hin und her, wieder und wieder, und immer näher kamen sie. War ich sicher, oder würden sie mich entdecken? Ich hielt den Atem an, bis ich nicht mehr konnte, und betete still.

Plötzlich flüsterte es an meinem Ohr: »Achtung, Lianne. Der letzte Ballen ist entladen, ich nehme dich jetzt hoch.« Ich wurde von den Füßen gehoben und schwankend davongetragen. Als ich bemerkte, dass er mich die Stiege hinaufschaffte, half ich mit, so gut ich konnte, und wir meisterten das Hindernis. Dann hörte ich Lucs Tritte auf dem hölzernen Steg und sein leises Schnaufen.

Schließlich stellte er mich auf die Füße und schälte mich aus dem Sack. Mein ganzer Körper bebte, als ich mich umblickte, doch wir standen im Schatten der Häuserreihe und konnten nicht gesehen werden.

»Hör zu, Lianne.« Lucs Stimme klang atemlos. »Ich muss fort, mein Vater steht dort drüben und erwartet mich. Es tut mir leid, dass ich dir heute Nacht nicht helfen kann, doch morgen möchte ich dich wiedersehen.

Wenn du Saint-Sauveur, die Seefahrerkirche, viermal schlagen hörst, geh von hier aus stadtauswärts an der letzten noch vorhandenen Befestigungsmauer entlang. Ich werde am *Tour de la Lanterne* auf dich warten. Du kannst ihn nicht verfehlen, er sieht ein wenig sonderbar aus. Sein Turm ist achteckig und zu lang für sein Unterteil, so als fehle ihm dort ein Stückchen. Wirst du da sein?«

»Natürlich. Luc, ich danke Euch so sehr!«

»Bis morgen.« Mit einer raschen Bewegung strich er mir über den Arm, dann eilte er davon. Im Licht einer Laterne, die vor einem Hauseingang hing, sah ich ihn einen älteren Mann herzlich umarmen. Als dieser über Lucs Schulter hinweg in meine Richtung blickte, zog ich mich schnell noch weiter in die Schatten zurück. Ich freute mich für Luc, dass jemand ihn erwartet hatte, doch mein Herz wurde schwer. Auf mich wartete niemand.

Obwohl ich tagelang nur untätig herumgelegen hatte, fühlte ich mich sterbensmüde. Ich hob den Sack auf, um wenigstens so etwas wie eine Decke zu haben, denn die Nächte an der Küste waren zu dieser Jahreszeit noch unangenehm kalt. Auf schwankenden Beinen ging ich voran, bis ich einen dunklen Hauseingang fand, ließ mich auf die Treppenstufen fallen und schlief augenblicklich ein.

10

La Rochelle, Mai 1688

Ich schrak hoch, als das Brüllen in meinen Traum drang. Es passte nicht hinein, denn er war schön gewesen, friedlich. Himmelblau.

Bellier!, war mein erster Gedanke, als der Schlaf wich. Doch die Gestalt, die sich im grauen Licht der Morgendämmerung vor mir aufgebaut hatte und drohend einen Besen schwang, war nicht mein Herr. Viel freundlicher aber schien dieser Mann auch nicht zu sein! Ich sprang auf, nur um sogleich eine Treppenstufe hinunterzustolpern und auf Händen und Knien aufzuschlagen. Der Schmerz nahm mir den Atem, doch ich rappelte mich hoch. Ich fror so sehr, dass meine Zähne klapperten und ich mich kaum bewegen konnte, aber der wütende Hausherr und sein Besen machten mir Beine. Schlotternd vor Angst und Kälte blieb ich an der nächsten Ecke stehen, lehnte mich gegen die Hauswand und schwor mir, keine weitere Nacht im Freien zu verbringen.

Erst als die Morgensonne erschien und langsam meine steifen Glieder aufwärmte, fühlte ich mich wieder wie ein Mensch. Vorsichtig bewegte ich Arme, Beine und Kopf und stellte fest, dass weder mein Sturz noch die unbequeme Reise Nachwirkungen hinterlassen hatten. Ich fand einen Brunnen, erfrischte mich und flocht mir das zerzauste Haar, dann schlenderte ich durch die Gassen der Stadt, die nun offenbar für eine Weile meine Heimat sein würde.

La Rochelle. Die Belagerung vor sechzig Jahren hatte ihre Spuren an den Gebäuden und mit Sicherheit auch in den Herzen der Menschen hinterlassen, obwohl ein Großteil der überlebenden Verfolgten die Stadt – und das ganze Land – verlassen hatte. Viele Einwohner waren nicht mehr übrig gewesen. Der damalige König und sein Erster Minister hatten La Rochelle zunächst von der Land- und später zudem von der Seeseite her belagern und von der Nahrungsmittelzufuhr abschneiden lassen. Java hatte von diesem Minister Richelieu so ehrfürchtig gesprochen, als sei er ein Held, mir jedoch fehlte jedes Verständnis dafür, wie ein Mann der Kirche so grausame Dinge tun konnte. Das Aushungern der gegen den König rebellierenden Bevölkerung hatte tausende Opfer gefordert, bis die Stadt schließlich aufgegeben hatte. Sie hatte alle Rechte und ihre Befestigungen verloren.

Doch als ich nun am Hafen entlanglief, spürte ich nicht den Schmerz, von dem Luc gesprochen hatte. Vielmehr fühlte ich ein Sprudeln, eine Betriebsamkeit, die mich zu ergreifen begann. Ich war schmutzig und hungrig, aber ich war frei! Zumindest für den Augenblick. Ich war mir sicher, mein Herr würde mich nicht einfach fortlaufen lassen, doch noch war mein Herz leicht. So schnell würde er mich schon nicht finden. Und später an diesem Tag würde ich Luc wiedersehen, meinen Retter! Der Gedanke an ihn verursachte ein seltsames Gefühl in meinem Magen. Oder war es nur der Duft von frisch Gebackenem, der aus dem Haus drang, an dem ich eben vorüberging? Ich schnupperte gierig, doch da ich kein Geld besaß, konnte ich nur davon träumen, meine Zähne in ein knuspriges, warmes Stück Brot zu schlagen. Die Angst, dass ich dem Leben allein nicht gewachsen wäre, begann in mir hochzukriechen und das wunderbare Gefühl der Freiheit zu verdrängen. Ich schüttelte mich und ging rasch weiter.

Nein, ich wollte mir den Tag nicht verderben! Bis hierher war ich gekommen, nun würde mir auch eine Lösung für die Zukunft einfallen.

Ich sprach eine ältere Dame an und ließ mir den Weg zur Kirche Saint-Sauveur weisen, die Luc erwähnt hatte. Sie war nur ein kurzes Stück entfernt, der massige Bau erhob sich ganz in der Nähe des Hafenbeckens. Ich überquerte eine Brücke über einen kleinen Kanal, dann stand ich vor der Kirche und blickte am Turm empor, der gleichförmig und rechteckig in den Himmel ragte. Die grauen Steine sahen alt aus im Gegensatz zu denen der Fassade, deren Anblick im Sonnenlicht die Augen blendete.

Ich wandte mich nach links und verließ das Hafengebiet durch einen breiten Durchgang in einem massiven Stadttor, das mit zwei spitzen Türmchen und einem Glockenturm geschmückt war. Dann lenkte ich meine Schritte hinein in die Gassen der Stadt, vorbei an schmalen, einfachen Holzhäusern und prächtigen Steinfassaden. Ich blickte auf zu winzigen Balkonen mit Geländern aus zart verschlungenen Metallstäben, verzierten Giebeln und einem alten eckigen Glockenturm, der eben die achte Stunde schlug.

Vor einer riesigen Brandruine blieb ich stehen. Mein Herz zog sich zusammen. Dies musste einmal ein prachtvoller Bau gewesen sein, eine Kirche wahrscheinlich. Nun waren nur noch schwarz verkohlte Mauern übrig, eingestürzte Dächer und Balken, Scherben und verbogenes Metall. Alles Wertvolle schien schon fortgeschleppt worden zu sein. War dies Gottes Strafe für das Unrecht, das den Bewohnern der Stadt geschehen war? Ich wusste nicht viel über die verschiedenen Religionen, war im Hause Bellier ganz selbstverständlich als Katholikin aufgewachsen. Doch konnte der andere Glaube so falsch sein, dass dafür Menschen zu Tausenden verhungern mussten? War dies Gottes

Wille? Ich vermochte es mir nicht vorzustellen. Doch was wusste ich schon? Ich war schließlich nur eine Magd.

Aber nein, das war ich nicht mehr! Sollte ich, durfte ich eine eigene Meinung haben? Mir war klar, dass ich besser darauf verzichtete, sie laut zu äußern. Doch denken, das durfte ich jetzt. Ich musste lachen. Frei zu denken, zum ersten Mal in meinem Leben!

Ich ging einmal um die Ruine herum und spähte in die Dunkelheit. Als ich darin einen Schatten huschen sah, trat ich schnell zurück. Wer wusste schon, was ich dort aufscheuchen würde? Dann jedoch fiel mein Blick auf einen halb verbrannten Holzbalken, und ich konnte nicht widerstehen. Ich schlich mich näher, brach einige Stücke angekohltes Holz ab und stopfte sie in meinen Beutel zu dem Schreiben, das nie seinen Bestimmungsort erreichen würde. Frei zu denken, frei zu zeichnen! Leichten Herzens schritt ich weiter.

Schließlich kam ich am Marktplatz an. Das bunte Gewimmel und Stimmengewirr kannte ich schon aus Saint-Malo, doch zum ersten Mal betrachtete ich es nicht mit den Augen der Dienerin. Früher hatte ich nur rasch die Besorgungen erledigt, und die Angst, zu teuer oder minderwertig gekauft zu haben, war mein ständiger Begleiter gewesen. Nun aber genoss ich es, in aller Ruhe die Waren zu betrachten. Da gab es glänzende Beeren und samtige Aprikosen, die ersten tiefroten Kirschen und die leuchtend grünen Äpfel des vergangenen Herbstes, köstliches Gemüse und silbrige Fische, die zuhauf auf den Tischen der Händler lagen. Mein Magen begann zu knurren. Wenn ich nur einen Apfel bekäme! Ich leckte mir die Lippen.

»Willst du etwas kaufen oder nur starren?«, fuhr mich die Marktfrau an. Ich wandte mich ab und ging davon.

Wie gern hätte ich etwas gekauft, doch die Kohlestückchen in meinem Beutel waren das Einzige, was ich besaß.

Das Einzige? Nein! Dort war auch noch das Papier, und seine Rückseite war leer! Ich lächelte in mich hinein und setzte mich am Rande des Marktes in einen Hauseingang. Ich riss das Siegel ab und warf den verhassten Widderkopf in den Gassenschmutz. Dann teilte ich das Schreiben in zwei Hälften, steckte die eine zurück in den Beutel und begann auf der anderen zu zeichnen. Ich zog Linien, wischte mit dem Finger, pustete Krümel fort, und immer wieder blickte ich zu der Obsthändlerin hinüber. Es fiel mir nicht leicht, der Frau ein freundliches Gesicht zu verpassen, doch sie würde mir sicherlich nichts schenken, wenn ich ihr wahres Aussehen zu getreu wiedergab.

Als ich fertig war, stopfte ich die übrige Kohle in meinen Beutel, atmete tief ein und trat an den Obststand. Ohne ein Wort hielt ich der Marktfrau meine Zeichnung hin. Zunächst wurde ihr mürrisches Gesicht noch faltiger, dann jedoch glättete es sich, und ein offenbar wenig geübtes Lächeln erschien.

»Denkst du, du kannst dir mit diesem Bild etwas von meiner Ware erkaufen?« Die Stimme strafte das Lächeln Lügen, und mein Mut sank.

»Ich hatte auf einen Apfel gehofft«, flüsterte ich und wollte schon gehen, da brach die Marktfrau in schallendes Gelächter aus.

»Jemand, der mich so abbilden kann, dass ich zu erkennen bin und dennoch so schön, wie ich nie war, der hat sich sogar zwei Äpfel verdient! Komm her, Mädchen, gib mir die Zeichnung. Und nimm dir auch noch einige Kirschen.«

Froh reichte ich der Händlerin das Papierstück, das sie sogleich an ihrem Stand aufhängte. Dann sah sie mir zu, wie ich zwei Äpfel in meinen Beutel steckte und eine Handvoll Kirschen ergriff. Meinen Dank wischte sie mit einer Handbewegung fort. Im Davongehen drehte ich mich noch einmal um und stellte fest, dass die Marktfrau viel freundlicher in die Welt blickte als zuvor.

Im Schatten eines Hauses ließ ich mich nieder und stopfte die Kirschen in meinen Mund. Der süße Saft rann über meine Hände und mein Kinn, und ich schaffte es nicht einmal, alle Kerne auszuspucken, so gierig verschlang ich das Obst. Die Menschen, die kopfschüttelnd an mir vorbeigingen, beachtete ich nicht. Nachdem ich auch noch einen knackigen, wundervoll sauren Apfel verspeist hatte, fühlte ich mich endlich besser. Ich suchte und fand einen Brunnen, an dem ich mich säuberte und einen großen Schluck Wasser trank. Nun, da ich gesättigt war, betrachtete ich die übrigen Waren auf dem Markt mit neuem Interesse, die bunten Stoffe, Körbe in verschiedenen Größen, glänzende Metallwaren, laut gackernde Hühner und Häufchen von Salz, das in der Sonne glitzerte. Menschen wühlten, handelten und stritten, und niemand beachtete mich in all dem Durcheinander. Ich wollte ewig dort bleiben, schauen und das ungewohnte Gefühl genießen, allein für meine Handlungen verantwortlich zu sein.

Dann jedoch kam mir wieder in den Sinn, dass ich mich dringend um einen Schlafplatz bemühen musste, denn Luc würde mir dabei vermutlich nicht helfen können. So weit reichte mein Bedürfnis nach Freiheit nicht, dass ich noch einmal draußen übernachten wollte! Also schlenderte ich zurück in Richtung Hafen.

Die Straße, die ich entlangging, war von Bogengängen gesäumt, unter denen teurere Stoffe feilgeboten wurden als die, die es auf dem Markt gab. Hier schienen die bedeutenden Tuchhändler zu verkaufen. Von den Fassaden der hohen grauen Häuser blickten grässliche steinerne Fratzen auf mich herunter, manche mit wildem Haar und aufgerissenen Mündern, so als wäre der Teufel hinter ihnen her, andere mit geschlossenen Augen und so still, als seien sie bereits tot. Ich fröstelte, zog meine Haube tiefer ins Gesicht und beschleunigte meinen Schritt.

Bald hatte ich wieder den Hafen erreicht. Ich trat vorsichtig zwischen den Häusern hervor auf den Kai und sah mich um. Wenn mein Herr herausfand, wohin es mich verschlagen hatte, so würde er hier ankommen. Hatte ich wirklich Vorsprung genug, um ihn noch nicht fürchten zu müssen? Nun, es half nichts, mir diese Gedanken zu machen. Ich musste das Beste hoffen und mir einen Schlafplatz suchen. So schlenderte ich vor den Lagerhäusern auf und ab und bemühte mich, unauffällig auszusehen.

Vor einer Häuserwand blieb ich stehen. Auf einem riesigen Holzbrett waren Zettel verschiedener Größe angenagelt, mit Buchstaben und Zahlen darauf, die ich nicht verstand. Als zwei Männer neben mich traten, wandte ich mich rasch ab, lauschte aber neugierig dem Gespräch, das mich über die Worte auf den Zetteln aufklärte.

»Lies mal, ob es Arbeit für uns gibt, Paul. Du kannst doch lesen.«

»Gut genug, hoffe ich. Sie suchen 'ne Mannschaft für die *Dany*. Was meinst du, sollen wir mal anfragen?«

»Das wär's doch, einmal auf einem Kaperschiff anheuern. Glaube aber nicht, dass wir 'ne Chance haben. Brauchen sie nur Seeleute?«

»Nein, hier heißt es, dass sich auch gesunde Männer vom Land melden können. Im Kontor der Reederei Ronin. Gehen wir?«

»Klar, das versuchen wir!«

»Warte! Schau mal, was da weiter steht: In der nächsten Woche sammelt sich eine Gruppe von Schiffen hier in La Rochelle, um zusammen nach den Westindischen Inseln zu segeln. Das wär doch großartig, stell dir vor, nicht nur vor England rumschippern und Beute machen, sondern ganz weit weg! Es soll herrliche Weiber dort geben!« Schallendes Gelächter ertönte.

»Nur, da steht nicht, ob sie auch Männer suchen. Gehen wir zu Ronin, das ist besser als nichts.«

Die Schritte entfernten sich, und ich musterte die Aushänge mit neuem Interesse. So fanden sich also die Mannschaften der Schiffe zusammen. Was für eine Möglichkeit für junge Burschen, die nach der Ferne strebten! Ich bedauerte plötzlich, kein Mann zu sein. So einfach hätte ich von hier fortkommen können! Andererseits wäre ich dann gar nicht erst in diese Lage geraten …

Ich ging weiter, sah noch mehrere Holztafeln mit Zetteln an den Wänden und Pfeilern des Hafens und Männer, die die Aushänge studierten, Sehnsucht auf den Gesichtern. Nach meiner unerfreulichen Seereise stellte ich mir das Korsarenleben nicht mehr so romantisch vor, wie sie es offenbar taten, aber wer konnte schon wissen, wovor diese Männer flohen?

Plötzlich fesselte ein erstaunliches Pärchen meine Aufmerksamkeit. Eine prächtig herausgeputzte, kräftige Dame in einem grasgrünen Seidengewand stand neben einem Herrn, den sie um Haupteslänge überragte, und dies lag nicht allein an ihrem gewaltigen federgeschmückten Hut. Der kleine Mann war ebenso prunkvoll gewandet, mit glänzenden Knöpfen an seinem samtenen Überrock und goldenen Spangen an den Schuhen. Die hohen Absätze gaben ihm ein stattliches Aussehen, brachten ihn der Größe seiner Gattin aber kaum näher. Das Paar hatte zweifelnde Gesichter aufgesetzt, schien einem dritten, schlichter gekleideten Mann jedoch aufmerksam zu lauschen. Dieser wies mit großer Geste auf das geöffnete Tor eines Lagerhauses.

»Hier wird Eure kostbare Ware warm und trocken auf den Weitertransport warten, Madame und Monsieur. Es ist das beste Warenlager der Stadt, wie geschaffen für die wertvolle Fracht, die Ihr aus Hamburg erwartet.«

Warm und trocken – das klang wunderbar nach der vergangenen Nacht, die alles andere als behaglich gewesen war. Ich schlich mich näher und erhaschte an Madames fülligem Hinterteil vorbei einen Blick in das Halbdunkel. Gab es eine Möglichkeit, später dort hineinzugelangen?

Der Verwalter pries weiterhin in höchsten Tönen seine Räumlichkeit an und führte die edlen Herrschaften schließlich hinein. Meine Gedanken rasten. Das Eingangstor wurde mit Sicherheit abends verriegelt. Ob es noch einen weiteren Zugang gab? An seiner rechten Seite war das Lagerhaus fest mit dem Nebengebäude vermauert, doch links befand sich ein schmaler Durchgang, eben breit genug für eine Person. Das benachbarte Gebäude wirkte jünger als das Lagerhaus. Ob es dort einen alten Seiteneingang gab? Ich schlüpfte in den Spalt zwischen den Häusern – und tatsächlich fand ich eine Tür an der Außenwand des Lagerhauses! Ich konnte mein Glück kaum fassen. Ein winziger Haken hielt die Tür von außen. Sollte es so einfach sein? Ich löste das rostige Metallstück und drückte vorsichtig gegen die Tür. Sie rührte sich nicht. Ich verstärkte den Druck. Nichts geschah. Dann versuchte ich es mit Ziehen, doch auch das brachte keinen Erfolg. Innen befand sich offenbar ein Riegel. Das hieß, ich musste durch den Vordereingang hineingelangen, um ihn zu öffnen.

Ich trat aus dem Durchgang, lehnte mich mit dem Rücken an die sonnenwarme Mauer des Lagerhauses und schloss die Augen. Ich musste abwarten, ob sich eine Gelegenheit ergab, das Gebäude auszukundschaften. So

lange konnte ich in Ruhe die Frühsommersonne genießen, die endlich die Kälte der ungemütlichen Nacht
gänzlich aus meinen Knochen vertrieb.

Bald trat das reiche Ehepaar mit dem Verwalter wieder auf den Kai hinaus. Ich öffnete die Augen.

»So sind wir uns denn einig.« Der Verwalter strich
über sein braunes Wams, als wolle er ein Stäubchen
entfernen, und zeigte ein zufriedenes Lächeln. Mir
schien, er zählte bereits im Geiste seinen Lohn.

»Mein Schiff wird mit dem Vormittagshochwasser
eintreffen. Sorgt dafür, dass alles vorbereitet ist, damit
die Waren sogleich in Sicherheit gebracht werden können.«

»Selbstverständlich, Monsieur.«

Das reiche Paar wandte sich ab, und der Verwalter
rieb sich hinter ihrem Rücken die großen Hände. Nun
war die Gier auf seinem Gesicht nicht mehr zu leugnen.
Der Anblick ließ mich frösteln.

In den folgenden Stunden entfernte ich mich nie weit
von dem Lagerhaus, das ich mir als Schlafplatz ausersehen hatte. Ich schlenderte auf und ab und beobachtete, wie das Wasser stieg und das Hafenbecken sich
langsam füllte. Dann kamen die ersten Schiffe mit der
Flut herein. Ein mächtiger Dreimaster schob sich durch
die schmale Hafeneinfahrt. Für einen Augenblick
dachte ich, er würde die Ruine auf meiner Seite des Hafens rammen, doch selbstverständlich wusste der Kapitän, was er tat. So glitt das Schiff unbeirrt an mir vorbei
und gab den Blick wieder frei auf das ungewöhnliche
festungsartige Bauwerk, das an der gegenüberliegenden Seite die Hafeneinfahrt bewachte. Es bestand aus
zwei aneinander gemauerten Türmen, einem niedrigen
und einem hohen, beide zinnenbewehrt und mit
Schießscharten ausgestattet. So mächtig und abwei-
send es wirkte – die Seefahrer mussten seinen Anblick
herbeisehnen, wenn er nach langer Fahrt die Ankunft

ankündigte. Es musste ein großartiges Gefühl sein, zwischen den beiden Bauwerken die Enge zu durchfahren und in die Stadt einzulaufen. Ganz anders als mit einem Sack über dem Kopf in einem stickigen Frachtraum.

Dann endlich kam die Gelegenheit, auf die ich gewartet hatte. Der Dreimaster legte genau vor meinem Lagerhaus an, und eine Horde von Arbeitern begann, Kisten und Säcke zu entladen und hineinzuschleppen. Eine Weile schaute ich dem Treiben zu, das an die Ameisenstraße erinnerte, die Marthe regelmäßig in Wut brachte, wenn sich die Tierchen vom Hinterhof des Hauses Bellier in einer endlosen Kolonne in die Küche bewegten.

Der Verwalter verließ das Lagerhaus und betrat den Steg, der an Bord des Schiffes führte. Nun hieß es schnell handeln! Doch ich zögerte. Bedeutete Freiheit immer, sich in Gefahr zu bringen? Hatte ich nicht eine andere Wahl? Es war mir fremd, solch gewagte Dinge zu tun. Ich war Sicherheit gewöhnt, Beständigkeit.

Dann geh doch zurück und werde eine Mätresse. Dann hast du deine Beständigkeit!, höhnte eine Stimme in meinem Kopf, die seltsamerweise nach Java klang.

Nein! Niemals! Ich wollte frei sein, und wenn Freiheit Gefahr bedeutete, so war mein Leben nun eben gefährlich!

Ich atmete tief ein, nahm meinen Mut zusammen und schlüpfte zwischen zwei Arbeitern in das halbdunkle Lagerhaus. Niemand hielt mich auf oder sprach mich an. Ich huschte an die linke Wand der großen Halle. Zu meinem Glück stapelten die Lastenträger die Waren an der rechten Seite. Mein Blick suchte die Mauer ab, und ich entdeckte die Stelle, an der das Tageslicht durch mehrere Ritzen in den Raum drang. Ich schickte ein Stoßgebet zum Himmel, schlich hinüber und tastete die Ritzen ab. Ich erfühlte einen rauen eisernen Riegel und schob und drückte mit aller Kraft, um ihn zu bewegen.

Es tat sich nichts. Immer verzweifelter zerrte ich an dem widerspenstigen Ding. Ich wollte mich nicht damit abfinden, eine weitere kalte Nacht in irgendeiner Gasse zu verbringen, nur um am Morgen mit Schimpf und Schande verjagt zu werden. Natürlich hätte ich gleich im Lagerhaus bleiben können, dann aber wäre es mir unmöglich gewesen, Luc zu treffen – ein Gedanke, der mir nicht behagte.

»Komm schon!«, rief ich, dann schlug ich mir die Hand vor den Mund und blickte mich um. Im Lichtkegel, der durch die Eingangstür fiel, sah ich, dass der Strom der Träger weiter stetig in das Lagerhaus herein- und wieder hinausfloss. Niemand hatte mich bemerkt. Ich ermahnte mich, vorsichtiger zu sein, und machte mich erneut ans Werk. Meine schweißnassen Finger jedoch glitten wieder und wieder von dem rostigen Riegel ab, und je länger es dauerte, desto stärker zitterten meine Hände. Ich wollte schon aufgeben, da ertönte ein grässliches Quietschen, und der Riegel sprang auf. Behutsam bewegte ich die Tür und stellte fest, dass sie sich nun leicht öffnen ließ. Ich atmete auf und schob mich durch den Türspalt ins Freie. Heil draußen angekommen, befestigte ich das Häkchen und spähte aus dem Durchgang. Niemand schien etwas bemerkt zu haben, denn noch immer schritten die Arbeiter ein und aus. Ich trat hinaus auf die Kaistraße, lehnte mich gegen die sonnenwarme Mauer des Lagerhauses und beglückwünschte mich. Es war so einfach gewesen! Leise lachte ich auf.

»Mädchen!«, fuhr mich eine Stimme an. Der Verwalter. »Was tust du da?«

»Die Sonne genießen, Monsieur«, gab ich fröhlich zurück, obgleich mir insgeheim das Blut zu gefrieren schien.

»Tu das woanders! Du stehst meinen Arbeitern im Wege!«

Höflich knickste ich und schlenderte betont langsam fort. Als ich mich außer Sichtweite gebracht hatte, gaben meine Beine nach, und ich musste mich auf eine niedrige Mauer setzen. Ich zitterte am ganzen Leib und begann zu zweifeln, ob ich mir mein Nachtlager gut ausgesucht hatte ...

Ich verweilte an meinem Sitzplatz, bis ich die Glocke von Saint-Sauveur dreimal schlagen hörte. Eine Stunde blieb mir noch bis zu dem Treffen mit Luc, doch ich wollte nicht zu spät kommen. So machte ich mich auf den Weg, lief vom Hafen aus am Wasser entlang, wie Luc es mir beschrieben hatte. Wobei das Wasser kaum noch zu sehen war, so weit hatte es sich bereits zurückgezogen. So versperrte kein einfahrendes Schiff den freien Blick auf den Turm an der gegenüberliegenden Hafenseite. Eine Fahne wehte auf seinem Dach, weiß mit den drei goldenen Lilien. Königliches La Rochelle, arme Rebellin.

Ich ging weiter an einer lang gezogenen Mauer entlang, die die Stadt vom Meer abgrenzte, bis ich auf das Gebäude stieß, das Luc als Treffpunkt ausgewählt hatte. *Tour de la Lanterne* hatte er es genannt. Laternenturm. Er war nicht schwer zu finden. Ein breites steinernes Rund mit Zinnen an der Oberkante, darüber ein nadelspitzer achteckiger Turm mit mehreren kleineren Türmchen rundherum.

Als ich die uniformierten Wachen vor dem Eingang bemerkte, wich ich zurück. Denen wollte ich besser nicht begegnen. Ich setzte mich im Schatten eines nahen Baumes nieder und holte den letzten Apfel, ein Kohlestück und die übrige Hälfte des Schreibens aus meinem Beutel. Nachdem ich das Obst verspeist hatte, begann ich zu zeichnen. Zunächst machte ich nur vorsichtige Striche, doch bald flog die Kohle über das Papier, und ich vergaß Ort und Zeit um mich herum.

Wie sehr wünschte ich mir Farben, um das abzubilden, was ich wirklich vor mir sah! Den strahlend blauen Himmel mit den zarten weißen Zeichnungen, das dunkelbraune Holz der massigen Schiffskörper, die bauschigen Segel, einst hellgrau, doch durch Alter und Salzwasser vergilbt und fleckig. Wie viel schöner würde ich malen können, hätte ich Farben, Leinwand! Ich wollte mehr, mein Herz wollte mehr, wollte sich ausdrücken, aus sich herausfließen, nun, da es frei war! Und zum ersten Mal beantwortete ich die Frage, ob mir dies zustand, mit *Ja!*

Plötzlich fiel ein Schatten auf das Papier, und ein »Oh!« ertönte. Ich schrak aus meinen Träumen und sah Luc, der mit verwundertem Gesicht auf mich herabsah. Ich hatte ihn nicht kommen hören. In seinen Augen stand zunächst Verwirrung, dann Interesse. Und schon hockte er sich neben mich und besah sich meine Zeichnung.

»Lianne, das ist wunderschön.« Er zeigte auf das Papier. »Du bist eine Künstlerin! Ich kann den Wind spüren, der das Segel bläht, wenn ich dein Schiff betrachte, und ich meine, den Wellenschlag zu hören.«

»Das ist nichts. Nur ein Zeitvertreib.« Wie konnte er diese Winzigkeit schön nennen, wenn es doch nur Stümperei war, wenn ich so viel mehr ausdrücken wollte!

»Sag das nicht. Es ist gewiss weit mehr als ein Zeitvertreib.«

Ich zögerte, dann sagte ich leise: »Es ist das Einzige, was ich habe.«

»Nicht mehr das Einzige«, erwiderte er und legte seine große Hand auf meine. Ich fühlte Hitze in meinem Gesicht aufsteigen. Schnell zog ich meine Hand aus seiner und schob stattdessen das Papierstück hinein.

»Ich schenke es Euch, wenn es Euch so gut gefällt.« Ich hoffte, er hatte das Zittern meiner Stimme nicht bemerkt.

Luc rollte die Zeichnung sorgfältig zusammen und steckte sie in seine Gürteltasche. Dann zog er ein großes Stück knusprigen, dunklen Brotes und eine verkorkte Flasche aus dem mitgebrachten Beutel.

»Hier, für dich. Du hast bestimmt Hunger. Und versuch den Wein! Ich habe ihn aus Vaters Keller – geliehen.« Luc grinste. »Er ist gut!«

Mit einem leichten Brennen rann die kühle Flüssigkeit meine Kehle hinab. Verwundert stellte ich fest, dass sich eine sonderbare Wärme, ein eigenartig flaues Gefühl, in meinen Gliedern ausbreitete, vom Scheitel bis zu den Zehenspitzen. Ich hatte schon Wein getrunken im Hause Bellier. Jener war jedoch stark verdünnt gewesen und hatte nicht im Mindesten gut geschmeckt. Ganz im Gegensatz zu diesem Getränk, das süß, aber gleichwohl säuerlich, frisch und doch schwer durch mich hindurchfloss und den unbeherrschbaren Drang zu kichern auslöste. Wenn ich zuvor schon vor Scham errötet war, so musste mein Gesicht nun in Flammen stehen, denn meine Wangen glühten. Ich nahm noch einen großen Schluck und biss schnell in das Brot, doch das Glucksen konnte ich nicht mehr verhindern. So kaute und kicherte ich, und Luc brach in lautstarkes Gelächter aus.

»Du verträgst wohl keinen Wein, was, Lianne?«

Ich sah Luc an und musste so lachen, dass ich mich verschluckte. Um mich zu beruhigen, wandte ich mich ab und hob den Blick. Und sah in die Gesichter von zweien der Turmwachen, die ärgerlich zu uns herüberstarrten. Mit einem Schlag war das warme Gefühl verschwunden, und die bekannte Angst kehrte zurück und ergriff von mir Besitz.

»Luc, bitte seid leiser«, flehte ich. »Die Wachen!«

Er blickte erst mich an, dann den Turm, und begnügte sich mit einem lautlosen Kichern. »Oh, Lianne, du fürchtest dich doch nicht etwa vor den Männern dort?«

Ich konnte seine Fröhlichkeit nicht mehr teilen. »Selbstverständlich habe ich Angst!«

»Das ist nicht nötig.« Sein Tonfall sollte mich wohl beruhigen, ich vermochte mich jedoch nicht wieder zu entspannen. Er schien es zu bemerken, denn er hob die Hände und sagte mit treuherzigem Blick: »Es tut mir leid, dass ich diesen Treffpunkt ausgesucht habe. Es musste gestern Abend so schnell gehen, und da du doch eine entlaufene Dienerin bist, konnte ich wohl nur an«, er zeigte auf das Gemäuer, »das Gefängnis der Stadt denken.«

»Gefängnis?« Kalte Finger griffen nach meinem Herzen. »Gerade da Ihr wisst, was ich bin, hätte Euch ein anderer Ort einfallen sollen!« Ich schüttelte den Kopf und rückte ein Stück von ihm ab.

»Lianne, bitte, sei nicht böse!«

»Dachtet Ihr, ich wäre so gleich am richtigen Ort, wenn Ihr mich verratet?«

»Aber ich würde dich niemals verraten, Mädchen, was denkst du von mir?«

»Warum macht Ihr dann solche üblen Scherze?«

»So glaube mir doch, es werden in diesem Land keine Frauen einfach in die Gefängnisse gesperrt. Nun, es sei denn, sie haben den falschen Glauben.« Luc verzog kurz das Gesicht, dann lächelte er wieder. »Dir kann nichts geschehen, Lianne.«

»Vielleicht, solange mein Herr mich nicht findet.«

»Denkst du, er würde dich in den Turm werfen lassen?«

»Nein. Schlimmeres.« Die altbekannten Bilder kehrten in meinen Kopf zurück. Bellier, sein Geruch, seine Stimme, die kräftigen Finger unter meinem Kinn …

»Dein Gesicht ist ganz dunkel geworden, Lianne, lach doch wieder, bitte! Gerade warst du noch so fröhlich. Komm, wir gehen fort von hier, wenn es dir so viel ausmacht. Lass uns ein Stück am Wasser entlangspazieren.« Luc erhob sich und streckte mir seine Hand hin. Ich ließ mir aufhelfen, entzog ihm meine Hand aber sogleich.

Je weiter wir uns vom *Tour de la Lanterne* entfernten, desto mehr beruhigte sich mein rasendes Herz, und die dunklen Wolken verzogen sich aus meinem Kopf. Luc versuchte alles, um mich wieder wohlgesinnt zu stimmen, und es dauerte nicht lange, da hatte ich ihm verziehen. Was wusste er von meinem Leben, von meiner Angst? Er hatte solche Dinge nie fühlen müssen. Ich durfte es ihm nicht übel nehmen, dass seine Seele heil und gesund war. Also entschloss ich mich, auf die Unterhaltung einzugehen, die er zu beginnen versuchte.

»Wo hast du gelernt, so zu zeichnen?«

»Ich habe es nicht gelernt, ich konnte es schon immer. Da ist etwas in mir, ich kann es nicht benennen, aber es befiehlt mir zu zeichnen, seit ich denken kann. Irgendwann habe ich es einfach getan. Kennt Ihr das, Luc? Habt Ihr auch so eine Stimme in Eurem Kopf, die Euch sagt, dass Ihr etwas tun sollt, jetzt, sofort?«

»Du meinst, abgesehen von der Stimme meines Vaters?« Er lachte. »Nein, ich besitze kein besonderes Talent, so wie du. Außer vielleicht – Jungfrauen in Not zu retten?«

»Von so einer Sache sprach ich nicht!«

»Das weiß ich doch. Aber muss denn jeder Mensch ein Künstler sein, eine Gabe haben?«

Ich sann eine Weile über diese Frage nach. Dachte an Monsieur Bellier, an Java, an meine Mutter ... War auch Kaltherzigkeit eine Gabe?

»Ich bin nicht sicher, Luc. Gewiss nicht jeder Mensch. Doch es gibt so viele Fähigkeiten. Manche Leute singen großartig, andere schreiben Bücher, nicht wahr? Wieder andere tanzen, spielen Theater ...«

»Ha! Theaterspielen, ja! Das ist dann wohl mein Talent. Ich spiele meinem Vater den braven Sohn vor und tue doch Dinge, mit denen er gewiss nicht einverstanden wäre, wüsste er darüber Bescheid.«

»Dinge? Meint Ihr damit mich?« Ich blickte auf in Lucs Gesicht und sah, wie es sich zu einem verschmitzten Ausdruck verzog.

»Schon möglich.« Er zwinkerte mir zu. »Da wir gerade davon sprechen: Ich habe nachgedacht. Du benötigst einen Platz zum Schlafen und ich ...«

»Ich brauche keine Hilfe!«, warf ich rasch ein. Ich fühlte mich bereits durch seine bisherigen Taten in seiner Schuld, und ich wollte mich gewiss nicht noch abhängiger von ihm machen! »Ich habe mir schon einen wundervollen Schlafplatz besorgt.« Ich sah die Zweifel in seinem Gesicht und lächelte, wie ich hoffte, überzeugend. »Ehrlich, Luc! Ich komme zurecht.«

»Es ist nur –« Er rieb sich die Augenbrauen. »Ich muss für ein paar Tage ins Inland, eine Lieferung für meinen Vater begleiten, und wüsste dich gern in Sicherheit.«

»Ihr müsst fort?« Ich spürte in mich hinein, dem seltsamen Gefühl nach, das seine Worte ausgelöst hatten. Ich wollte nicht, dass es mir etwas ausmachte! Doch mein Herz schien plötzlich schwerer zu wiegen ... Ärgerlich über mich selbst schüttelte ich den Kopf.

Luc fasste die Geste offenbar als Bekräftigung meiner Ablehnung auf, denn er hob die Hände. »Ich will mich nicht aufdrängen, Lianne. Ich sorge mich nur.«

»Das ist unnötig. Ich habe wirklich einen Schlafplatz, trocken und warm!«

»Und wo soll der sein?«

»Das behalte ich besser für mich. Vielleicht seid Ihr doch noch darauf aus, mich zu verraten.« Ich zwinkerte ihm zu, aber gänzlich im Spaß sagte ich die Worte nicht. Ich kannte diesen jungen Mann zu wenig, um wissen zu können, wie gesetzestreu er wirklich war. Und da ich genau genommen in meinen Schlafplatz einbrechen musste …

»Kannst du nicht ein bisschen mehr Vertrauen haben zu dem Mann, der dich gerettet hat?«

»Vertrauen – das ist eine schwierige Sache.«

»Hast du noch nie jemandem vertraut?«

»Nein, keinem Menschen bisher.«

»Und – ist es vorstellbar, dass ich der erste sein könnte?« Er blickte so treuherzig drein, dass ich lächeln musste.

»Ich werde darüber nachdenken.«

»Und wirst du auch darüber nachdenken, mich endlich wie einen Gleichrangigen anzusprechen?«

»Wir sind aber nicht vom selben Stande.«

»Du ahnst nicht, wie gleichgültig mir diese Dinge sind. Ich würde mich wohler fühlen, wenn wir wie Freunde miteinander reden könnten.«

»Tun wir das nicht längst?«

»Bis auf die Anrede, ja.«

»Dann verspreche ich, darüber nachzudenken, bis Ihr zurück seid.«

»Das ist besser als nichts«, antwortete der junge Mann und strahlte mich an.

Was gäbe ich darum, nur einen Tag meines Lebens so wenige Sorgen zu haben wie er!

Schließlich ließ ich mich von seiner Fröhlichkeit anstecken, und die Stunden vergingen rasch, viel zu rasch. Im Schatten des Kirchturms von Saint-Sauveur nahmen wir beim siebten Schlag der Glocke Abschied.

»Ich will meinen Vater nicht über die Maßen verärgern. Er erwartet mich zum Essen, um die Absprachen für morgen zu treffen. Vorher muss ich mich noch umkleiden, er hält wenig von meiner derzeitigen Aufmachung.« Er deutete auf sein schlichtes Hemd, das er, wie schon bei unserer ersten Begegnung, ohne Überrock trug. »Es ist grauenhaft, ich habe kaum freie Zeit, seit die besten Arbeiter fort sind und mein Vater mich so sehr fordert.«

Luc ergriff meine Hand, führte sie zu seinem Mund und küsste sie. Als er sie losließ, lag eine Münze darin. Ich protestierte und wollte ihm das Geldstück zurückgeben, doch er schüttelte den Kopf.

»Nimm sie, bitte. Es ist wenig genug und wird eben dafür sorgen, dass du nicht verhungerst, bis ich in vier Tagen zurück bin.« Nach kurzem Zögern sagte er leise: »Wirst du dann noch hier sein?« War dort Sorge in seinem Blick?

»Wenn ich bis dahin nicht entdeckt wurde.« Der Gedanke an meinen Herrn verdüsterte meine Stimmung. Oder war es der Abschied von Luc?

»Das wirst du nicht! Und wenn ich wieder in der Stadt bin, kümmern wir uns um deine Zukunft. Also sehen wir uns in vier Tagen auf dem Marktplatz beim zehnten Schlag der Glocke?«

»Ich werde da sein.« Zumindest würde ich es versuchen.

Nach einem weiteren Handkuss verschwand Luc, und in den ersten Augenblicken nach seinem Fortgehen fühlte ich mich verlorener als je zuvor. Dann jedoch setzte ich mich vor der Kirche auf den Bordstein und ließ mir die Fleischpastete schmecken, die Luc mir gekauft hatte, und das würzige Gebäck hob meine Laune gewaltig.

Als ich die Mahlzeit beendet hatte, fuhr ich fort, meine derzeitige Heimatstadt zu erkunden. Mit jedem Schritt machte ich weitere Entdeckungen: Schutt wurde fortgeräumt, neue Bauwerke errichtet, es gab Kirchen und Gärten und einen prächtigen Palast mit einer Mauer darum, an deren Ecke ein Türmchen aufragte. Ich spähte durch den Torbogen in den Innenhof und auf das Gebäude, das nur so strotzte vor Statuen, Säulen und Bögen. Etwas Schöneres hatte ich nie gesehen. Und stetig wehte ein salziges Lüftchen vom Meer her.

Als es zu dämmern begann, kehrte ich zurück zum Hafen und verbarg mich in dem Durchgang neben dem Lagerhaus. Das riesige Handelsschiff war verschwunden. Der Kai war noch belebt, doch an Arbeit dachte kaum einer der Nachtschwärmer mehr. Ich spähte um die Ecke und beobachtete, wie der Lagerhausverwalter das Tor sorgfältig verriegelte und in Richtung Stadt davonschritt. Unbemerkt verschwand ich in dem schmalen Spalt zwischen den Häusern, löste das Häkchen und drückte die geheime Tür auf. Ich schlüpfte hinein und legte den rostigen Riegel vorsichtig in seine Halterung, damit er sich nur nicht wieder verklemmte.

Dunkelheit hüllte mich ein. Ich hielt den Atem an. Kein Laut war zu hören. Eine ganze Weile stand ich still da, dann fand ich den Mut, mich durch das finstere Lagerhaus zu tasten auf der Suche nach einem bequemen Schlafplatz.

Bereits nach einigen Schritten stieß ich auf die ersten Säcke. Ich befühlte den rauen Stoff, presste meine Hände dagegen und versuchte, auf den Inhalt zu schließen. Der Sack ließ sich eindrücken, gab jedoch nur ein klein wenig nach. Getreide? Ich tastete weiter, zog an einem der prall gefüllten Säcke, um ihn anzuheben, doch er war viel zu schwer. Es gelang mir aber, drei von ihnen in eine geeignete Position zu schieben, um mich daraufzulegen. Eine bequemere Schlafstatt würde ich wohl nicht finden. Also kletterte ich hinauf und legte mich nieder. Weich konnte man mein Lager nicht nennen, doch zumindest war der Inhalt nicht steinhart. Nach einer Weile hatte ich mir eine angenehme Kuhle hineingedrückt, dann fielen mir auch schon die Augen zu.

Ich schrak hoch. Wie spät mochte es sein? Hatte ich verschlafen, würde man mich entdecken? Ich horchte, doch alles war still. Ich musste das Lagerhaus vor Sonnenaufgang verlassen, um sicher zu sein, nicht ertappt zu werden. Angespannt wartete ich auf den nächsten Stundenschlag von Saint-Sauveur. Als er endlich ertönte, atmete ich erleichtert auf. Drei Schläge. Ein wenig Zeit blieb mir noch. Ich schloss die Augen und versuchte wieder einzuschlafen, doch es gelang mir nicht. Meine Gedanken begannen zu kreisen. Ich dachte an meine Geschwister, die an diesem Montag umsonst auf mich gewartet hatten, und an meine Kammer im Hause Bellier. Hatten sie bereits meine Schätze gefunden? Ich konnte mir beim besten Willen nicht vorstellen, dass sich Monsieur Bellier damit abfinden würde, mich gehen zu lassen. Zu oft hatte er erklärt, ich sei sein Eigentum.

Schlaflos wälzte ich mich auf meinem Lager hin und her, und bei jeder Bewegung knirschten die Säcke unter mir leise. Was wohl darin war? Ich setzte mich auf, plötzlich neugierig. Der Handelsherr hatte das Lagerhaus sehr sorgsam geprüft. Der Inhalt musste einigen Wert besitzen. Ich tastete nach der Öffnung des Sackes, auf dem mein Kopf gelegen hatte. Schließlich fand ich die straff geknoteten Bänder. Im Finsteren war es beinahe unmöglich, die verschlungenen Fäden zu lösen, doch zuletzt gaben sie nach, und der Sack ließ sich aufziehen. Vorsichtig griff ich hinein. Etwas Körniges rieselte durch meine Finger. Getreide war es nicht, es hatte vielmehr den Anschein, als hätte ich in groben Sand gegriffen.

»Ach, das ist es!«, rief ich aus – und schalt mich sofort eine dumme Gans, einen solchen Lärm zu machen. Salz, es musste Salz sein. Ich griff noch einmal in den Sack. Der Inhalt fühlte sich tatsächlich an wie die weiße Kostbarkeit, die Marthe und ich für die Herrschaften in winzigen Mengen an die Speisen geben durften, um ihren Geschmack zu heben. Es war das einzige Zugeständnis des Herrn, wenn es darum ging, das fade Essen ein wenig wohlschmeckender zu machen. Ich nahm ein paar Körnchen mit zwei Fingern hoch und schob sie mir in Erwartung des stechenden Meerwassergeschmacks in den Mund.

Wie groß war die Überraschung, als sich ein vollkommen anderer Geschmack auf meiner Zunge ausbreitete. Köstlich süß, süßer noch als Honig! Ich griff nochmals in den Sack, holte diesmal eine größere Menge Körner hervor und ließ sie in meinen Mund rieseln. Ich hatte mich nicht getäuscht. Der Wohlgeschmack stellte sich erneut ein. Seufzend schloss ich die Augen. Einen solchen Genuss hatte ich nie vorher gekostet, selbst Honig wurde im Hause Bellier kaum je verwendet. Mein Herr hielt nichts vom Genießen. Er aß stets nur, um seinen Hunger zu stillen. Nie hatte er Marthe gelobt, nie erklärt, dass ihm etwas geschmeckt hatte. Monsieur Bellier war durch und durch Geschäftsmann, sachlich und nüchtern. Ich fragte mich einmal mehr, aus welchem Grunde er überhaupt eine Mätresse haben wollte, denn es war schwer vorstellbar, dass er – *das* – mit Genuss tun würde.

Ich verbannte den Gedanken an meinen früheren Herrn und schleckte meine Finger ab. Eine längst vergessene Erinnerung drängte sich in meinen Kopf. Ein Kuchen zum Geburtstag, weich und süß, dann eine unsagbare Traurigkeit. Abschied und ein Spiegel ...

Ich drang nicht weiter in mich, denn ich vermochte die Gefühle nicht zu greifen. Lieber griff ich noch einmal in den Sack. Dieser Geschmack! Ich konnte nicht an mich halten und stopfte mir mehr und mehr von dem seltsamen Salz in den Mund. Überrascht stellte ich nach einer Weile fest, dass ich mich fühlte, als hätte ich ausgiebig gespeist. So hatte ich seit dem Tag vor meiner Flucht nicht mehr empfunden! Auch die Müdigkeit war verflogen. Das süße Salz schien wundersame Kräfte zu besitzen! Voller Tatendrang sprang ich auf, verknotete sorgfältig den Sack und verließ mein Versteck.

11

Saint-Malo, Februar-Mai 1670

»Wir dürfen nicht!«, stieß Jacquo hervor und schob Robina von sich. Sie starrte den jungen Mann verwirrt an. »Wir könnten ein Kind machen! Das darf keinesfalls geschehen. Du bist verlobt, und ich will zur See fahren.«

»Es wird schon nichts passieren. Bitte ...« Robina wollte nicht, dass der besondere Augenblick vorüberging. Nie vorher hatte sie ein Gefühl in einer solchen Stärke erlebt; selbst die Trauer um ihren Vater schien hinter der Sehnsucht nach Jacquo zu verblassen. Sie wollte ihn spüren, ihm so nahe sein, wie sie es noch nie einem Menschen gewesen war. Verzweifelt presste sie sich an ihn, doch erneut schob er sie fort.

»Es geht nicht, meine Schöne.«

»Magst du mich denn nicht mehr?« Tränen traten in ihre Augen.

»Ich liebe dich, mein Engel«, antwortete Jacquo und küsste sie auf das Haar. »Ich darf dich nicht in Schwierigkeiten bringen.«

»Schwierigkeiten sind mir gleich!« Robina verzog das Gesicht. »Mein elender Verlobter ist mir gleich!«

»Aber was wird ohne ihn aus dir? Ich kann dich nicht ernähren. Wenn ich bereits ein erfolgreicher *corsair* wäre, ja, dann wäre das anders ...«

Sein Blick schweifte in die Ferne, und sie sah, dass er einmal mehr von einer glorreichen Zukunft träumte. So einfach jedoch wollte Robina ihn nicht gehen lassen.

Sie hatte durch ihre Treffen schon einiges über Männer im Allgemeinen und Jacquo im Besonderen gelernt, und so ließ sie ihre Hand zart über seine Hosen wandern, hin und her, bis er ihr wieder seine Aufmerksamkeit zuwandte. Keck sah sie ihn an und sprach: »Du liebst mich, sagst du? Und wenn du nicht so vernünftig wärest, dann würden wir jetzt ...« Sie zwinkerte und fuhr mit der Zungenspitze ihre Lippen entlang. Jacquo stöhnte auf und küsste sie stürmisch. Robina jubelte im Stillen.

Er liebt mich wahrlich! Er kann mir nicht widerstehen!

Doch er konnte. Diesmal sprang er auf und entfernte sich einige Schritte von ihr. Schwer atmend lehnte er sich an einen Felsen. »Bei Gott, es ist eine Qual, nicht schwach zu werden!«

Robina zupfte ihr Kleid zurecht und erhob sich ebenfalls.

»Du darfst ruhig schwach werden. Ich wünsche es mir.«

»So etwas sollte ein Mädchen aus gutem Hause nicht sagen!«

»Dieses *gute Haus* gibt es nicht mehr. Meine Mutter hat es verkauft, genau wie mich, und sie selbst lebt trotz der Trauerzeit mit einem Mann zusammen.«

»Das ist kein Grund, unkeusch zu werden.«

»Das nicht, doch meine Gefühle für dich sind es.«

»Und meine Gefühle für dich sind der Grund, es nicht zu tun.« Die grauen Augen blickten ernst. »Du hast mich vom ersten Moment an bezaubert, Robina. Deine Schönheit und Traurigkeit, dein Freiheitsdrang und deine Tapferkeit. Ich liebe dich ehrlich, aber es gibt keine gemeinsame Zukunft für uns. Du wirst heiraten, und ich armer Schlucker kann nichts dagegen tun.«

Robinas Kehle wurde eng vor Liebe und Stolz über seine innigen Worte. Sie wusste, sie würde ihn an diesem Tag nicht überzeugen können, dass es noch nicht zu spät war. Noch war sie nicht verheiratet, und arm war sie schon seit dem Tode ihres Vaters. Dies war nichts, was sie schrecken konnte. Die Zukunft, die er verneinte, stand Robina deutlich vor Augen. Sie hatte das Schlupfloch gefunden und ihn kennengelernt. Der schwierigste Teil war geschafft! Sie würde auch für den Rest eine Lösung finden. Und mit der Zeit würde sie Jacquo davon überzeugen. Sie musste ihn nur erst einmal dazu bringen, sie weiterhin zu begehren und sich ihr hinzugeben. Er durfte sich nicht aus Gründen der Vernunft zurückziehen. Dann war alles möglich!

Robina trat nah vor Jacquo und sah zu ihm auf. »Wenn ich den Rest meines Lebens mit einem Mann verbringen soll, den ich weder liebe noch begehre, so schenke mir doch wenigstens zuvor ein paar glückliche Augenblicke mit dir, mein Liebster! Ich finde heraus, wie man die Sache mit dem Kind verhindert. Es gibt Möglichkeiten, das weiß ich. Beim nächsten Mal werde ich vorbereitet sein.« Sie legte die Arme um den jungen Mann und presste sich an ihn. »Einverstanden?«

Als Antwort beugte sich Jacquo herab und küsste Robina leidenschaftlich. »Morgen?«, stieß er hervor, und sie jubilierte innerlich.

»Gern«, entgegnete sie. »Dann müssen wir aber jetzt gehen. Ich habe noch einiges zu beschaffen, du verstehst ...«

Jacquo lachte laut auf. »Du bist verrückt, weißt du das? Hier, nimm meine letzten Münzen für deine *Besorgungen*. Sie sind schließlich zu unser beider Nutzen!«

Nach einem weiteren innigen Kuss zog Robina ihren warmen Mantel wieder an und trat als Erste aus der geheimen Felsspalte, um eilig den Weg in die Stadt einzuschlagen.

Vor der Apotheke jedoch verließ sie der Mut. Sie zog ihre Kapuze tief ins Gesicht, bevor sie den kleinen Raum betrat, aus dem ihr ein scharfer Geruch nach Kräutern und Alkohol entgegenströmte. Als sie den alten Mann hinter dem Tresen sah, der mit verschiedenen Flaschen, Tiegeln und Messbechern hantierte, verflog ihre Scheu sogleich. Das zerfurchte Gesicht hatte einen solch weisen Ausdruck, dass sich Robina vorstellen konnte, dem Mann wäre keine menschliche Regung fremd. So verließ sie kurz darauf mit einem Fläschchen und einer Packung Wollzäpfchen die Apotheke. Sie verbarg das Gekaufte unter ihrem Mantel und eilte durch die Gassen nach Hause, um sich für ein weiteres ermüdendes Abendessen bei Lexius' Mutter umzukleiden.

Wenn ihr alle wüsstet, was ich morgen vorhabe!

Das Lächeln wollte ihr den ganzen Abend kaum vom Gesicht weichen, und es machte ihr nicht einmal etwas aus, dass ihr Verlobter sich selbst als den Grund für ihre Heiterkeit ansehen mochte.

Am nächsten Nachmittag, kurz vor Niedrigwasser, setzte sich Robina auf ihr Bett und schob ihre Röcke hoch. Sie öffnete das Fläschchen und schnupperte daran. Sie erkannte Minze, die übrigen Kräuter jedoch nicht. Doch der alte Apotheker hatte ihr zu dieser Mischung geraten. Sie tauchte ein Wollzäpfchen hinein, das sich sogleich mit der grünlichen Flüssigkeit vollsaugte. Ihre Hand wanderte zwischen ihre Beine, dann hielt sie inne.

Vielleicht wäre es schön, ein Kind zu haben ...

Die Hand kam wieder hervor – mit dem Zäpfchen.

Ein Kind mit Jacquo, das könnte mein Schlupfloch werden! Dann müsste ich Lexius nicht heiraten.

Sie schüttelte den Kopf.

Nein, er will doch kein Kind.

Die Hand wanderte wieder nach unten.

Das hat er nur aus Angst gesagt, mir Schwierigkeiten zu machen. Er liebt mich doch!

Erneut kam die Hand hervor – mit dem Zäpfchen. Inzwischen war die Flüssigkeit Robina über die Finger gelaufen, und im Raum breitete sich der durchdringende Kräuterduft aus.

Bin ich denn verrückt?

Sie sprang auf und begann, im Zimmer umherzugehen, das Zäpfchen noch immer in der Hand.

Das kann ich nicht tun!

Doch der Gedanke, einmal entstanden, war nicht mehr rückgängig zu machen, und er brauchte nur wenige Augenblicke, um sich einzunisten und zu gedeihen. Ein Kind mit Jacquo. Die Zukunft, die dieser nicht sehen konnte und sie selbst dagegen so deutlich! Was machte es aus, dass sie arm wären. Sie würden sich lieben und glücklich sein!

Entschlossen stopfte sie das feuchte Zäpfchen zurück in das Paket mit den unbenutzten, um es irgendwo in den Gassen der Stadt wegzuwerfen. Dann strich sie sich mit der immer noch nassen Hand einmal kurz über die Scham. Das Fläschchen mit der Flüssigkeit verkorkte sie und verbarg es unter ihrem Bett. Es konnte nicht schaden, stets ein wenig nach den Kräutern zu duften, wenn sie sich mit Jacquo traf. Schließlich wollte sie ihn nicht misstrauisch machen, sonst würde er womöglich doch wieder *vernünftig* sein wollen. Dabei war das Leben doch ein Abenteuer! Das hatte er selbst gesagt.

So führte Robina ihre zwei Leben weiter, und es gelang ihr, die Heimlichkeiten in beiden vor den Beteiligten zu verbergen. Es überraschte sie, wie leicht es ihr fiel, den Menschen die Unwahrheit ins Gesicht zu sagen.

Wann bin ich nur so geworden? Eine Lügnerin, eine Betrügerin.

Diesen Gedanken verdrängte sie jedoch sogleich. Das Leben hatte sie dazu gemacht, ihre Eltern waren schuld, nicht sie selbst! Über Lexius lachte sie innerlich, während dieser immer stärker auf die Hochzeit drängte und sie ihn tränenreich an ihre Trauer erinnerte und um Aufschub bat, den er ihr aus Zuneigung wieder und wieder gewährte.

Was Jacquo betraf, so schien mit ihrem ersten körperlichen Zusammensein ein Damm gebrochen, und sie konnten bei keinem ihrer Treffen die Hände voneinander lassen. Der junge Mann schien sich keine Sorgen mehr zu machen, und Robina genoss seine ungehemmten Zärtlichkeiten. Von Tag zu Tag wurde sie sich sicherer, dass ihre Entscheidung richtig gewesen war, ihn zu seinem Glück zu zwingen und insgeheim die gemeinsame Zukunft zu planen, über die er noch immer nicht nachdenken mochte. Und nach jeder Vereinigung fragte sie sich: *Ist es diesmal passiert? Werden wir ein Kind haben?*

Als schließlich ihre monatliche Blutung zum zweiten Mal in Folge ausblieb und sie weitere Anzeichen spürte, dass sich ihr Körper veränderte, war Robina sicher, dass sie ein Kind erwartete. Ihr wurde übel vor Freude und Furcht, und ihr Herz quoll über vor Liebe zu Jacquo und dem kleinen Ding in ihrem Bauch.

Mein Schlupfloch, mein liebes süßes Kind, meine Rettung! Ich habe meine Familie verloren, und jetzt entsteht eine neue.

Sie grübelte tagelang darüber nach, wann und wie sie es Jacquo sagen sollte.

Die Entscheidung wurde ihr alsbald abgenommen. Zu Beginn des Monats Mai verkündete Monsieur Lefèvre bei einem Abendessen gebieterisch, dass sie lange genug gewartet hätten und die Hochzeit binnen zwei Wochen stattfinden würde. Robina wurde heiß und kalt. Verstohlen legte sie unter dem Tisch die Hände auf ihren Bauch.

Ich werde mutig sein, mein Kleines, für dich und unsere Familie!

So bat sie Lexius nach dem Essen um einen Spaziergang zu zweit. Der erfreute und hoffnungsvolle Blick des jungen Mannes versetzte ihr einen winzigen Stich des Mitgefühls, der gänzlich unerwartet kam, da sie ihn seit Wochen betrog und noch nie ein schlechtes Gewissen gehabt hatte. Dann aber erinnerte sie sich daran, wie es zu ihrer Verlobung gekommen war und dass es mehr als recht war, dass sie sie nun löste.

»Ich wollte schon lange mit Euch allein sein, meine Liebste.« Lexius ergriff Robinas Hand und küsste sie. »Nun werdet Ihr endlich meine Frau. Ich bin so froh!«

Robina entzog sich ihm. »Es wird keine Hochzeit geben.« Sie schloss die Augen. Nun war es ausgesprochen, es gab kein Zurück.

»Ich verstehe nicht ... Seht mich an!«

Robina gehorchte und blickte in das entsetzte Gesicht des jungen Mannes. Sie sah sein sorgsam frisiertes schwarzes Haar, die feine Kleidung, die nicht zu seinem Körperbau passen wollte, seine gesamte steife Erscheinung. Und sie konnte nur daran denken, dass sie dem Leben an seiner Seite eben noch entkommen war. Eine gewaltige Welle der Erleichterung überrollte sie und ließ alle moralischen Bedenken verschwinden.

»Ich erwarte ein Kind von einem anderen Mann«, platzte sie heraus und musste sich mit großer Anstrengung zügeln, nicht in ein glückliches Lachen auszubrechen. »Ihr wisst, dass ich Euch nie geliebt habe. Ihr habt mich gekauft, und jetzt nehme ich mir zurück, was mir gehört. Mein Leben. Mein Glück und meine Freiheit. Es tut mir leid für Euch, aber vielleicht lernt Ihr so, dass man Liebe nicht erkaufen kann. Das scheinen Euch Eure Eltern nicht gelehrt zu haben.«

Nie hätte sich Robina vorstellen können, so mit ihrem Verlobten zu reden. Das Kind in ihrem Leib schien ihr eine unbändige Kraft zu verleihen. Mutig sah sie Lexius ins Gesicht – und erstarrte. Die Miene des jungen Mannes wechselte von Entsetzen über Verzweiflung und Enttäuschung zu maßloser Wut. Seine großen Hände ballten sich zu Fäusten. Er sah aus, als wolle er sie schlagen! Robina trat einen Schritt zurück, doch Lexius verlor nicht die Gewalt über sich. Mit hochrotem Kopf presste er hervor: »Wer ist der Mann, für den du mich verlässt?«

Robina bemerkte, dass er ihr die respektvolle Anrede schuldig blieb, was sie auf eine seltsame Art mehr bestürzte als die drohende Körperhaltung. Unsicherheit erfasste sie, sie betrachtete den Boden vor ihren Füßen und murmelte: »Ist das nicht gleichgültig?«

»Nein!«, herrschte Lexius sie an. »Ich will wenigstens wissen, wer dich mir wegnimmt! Wen hältst du für besser als mich? Wer ist derjenige, der dir die Unschuld nahm? Mit Sicherheit kann er kein Ehrenmann sein, so wie du kein ehrenhaftes Weib bist! Wie solltest du auch bei deiner Herkunft?«

»Ehre? Du sprichst von Ehre, nachdem du mich gekauft hast?« Nun wurde auch Robina wütend und vergaß gänzlich ihre Umgangsformen. »Jacquo Cartier hat mehr Ehrgefühl im kleinen Finger als du in deinem ganzen gewaltigen Körper!«

»Jacquo Cartier? Der Träumer mit dem Zeichenstift?«
Lexius lachte böse auf. »Von so einem lässt du dich
schwängern?«

»Ich liebe ihn!«

»Selbstverständlich liebst du ihn, er ist ja ein ebensolcher Versager wie dein Vater! Der würde sich übrigens
im Grabe umdrehen, wenn er wüsste, wie du die Trauerzeit verbracht hast. Immerhin ist ein Korsar, wie es
dein Liebster sein will, schuld an seinem Untergang.
Sein mieses Schiff und die unfähige Mannschaft sind
doch Opfer eines Piratenüberfalls geworden! Wie
konntest du dich mit so einem einlassen?«

»Du lügst, es gab keinen Überfall! Und mein Vater
hätte meine Gefühle verstanden!« Nun kämpfte Robina
mit den Tränen. Sie presste die Hände auf ihren Bauch.

»Dann renne mit deinem lächerlichen Seeräuber ins
Verderben, Mädchen. Mir soll es gleich sein. Ja, du hast
recht, ich habe etwas gelernt durch diese Angelegenheit. Nämlich, dass die Liebe nur ein Trugbild ist. Und
von Trugbildern sollte man sich fernhalten.« Er riss
sich seinen feinen Kragen vom Hals und schleuderte
das Stoffstück in den Straßenschmutz. »Ich habe dich
geliebt, Robina, mehr als du ahnst. Leider musste ich
die Gelegenheit ergreifen, dich zu besitzen, als sie sich
bot, da du mich von allein nie beachtet hättest. Du dummes Ding mit deinen lebensfremden Träumen, in die
ich nicht hineinpasste. Ich wäre dir ein guter Mann geworden.«

»Du wärest mir ein *Herr* geworden. Du hättest mich
niemals gleichwertig behandelt, denn du hast mich gekauft und als dein Eigentum angesehen.«

»Das wirst du nun niemals erfahren, nicht wahr? Ich
weiß, du wirst es eines Tages bereuen, aber dann
komme nicht zu mir. Ich wollte mit dir die Liebe erleben, doch du hast mich verraten. Ab sofort gibt es keinen Platz mehr in meinem Leben für die Liebe. Keinen

Platz mehr für die ganze verdammte Verlogenheit, die
in unserer Gesellschaft herrscht! Nun gibt es nur noch
mich und mein Geschäft. Ich werde so viel Erfolg haben, dass mich jeder Mann in Saint-Malo beneiden
wird. Jetzt muss ich nicht länger Rücksicht nehmen!«
Seine Jacke flog zu dem Kragen auf die Straße. »Dieses
ganze vornehme Getue hat nun ein Ende! Ich lasse
mich von niemandem mehr einengen. Am wenigsten
von meinen Gefühlen!«

»Du wirst eine andere Frau lieben«, sagte Robina leise.

»Halt den Mund, Weib! Ich werde nie wieder lieben!
Und nun geh, geh zu deinem Jacquo! Sieh, in welchen
Abgrund die Liebe dein Leben führen wird!«

Robina floh. Eine Weile lief sie ziellos durch die Straßen. Wohin sollte sie gehen? Sie wusste, wo Jacquo
wohnte – in einem der ärmlichen Häuser im Viertel der
Handwerker, wo sein Vater als Helfer bei einem Mes-
serschmied arbeitete. Sie fühlte sich jedoch zu aufge-
wühlt, um ihn gleich zu treffen. Zurück zu Madame
Barthez? Wäre sie dort noch willkommen, oder würde
ihre Truhe bereits auf der Straße stehen, wenn sie ankam?

Sie wagte es, zu dem Haus zu gehen, das seit ihrer Ankunft ihr Heim gewesen war. Madame Barthez kam ihr
in der Diele entgegen.

»Robina, du bist schon zurück? Kind, was ist geschehen? Dein Gesicht ist totenbleich!« Sie griff nach Robinas kalter Hand und zog sie in den Salon. Dann drückte
sie sie vor dem Kaminfeuer in einen Sessel und sah sie
schweigend an. Noch einmal nahm Robina ihren Mut
zusammen.

»Ich habe Lexius gesagt, dass ich ihn nicht heiraten
werde.«

»Oh. Das wird ihn getroffen haben.«

»Das hat es. Madame, es tut mir so leid! Ihr werdet
mich nun sicherlich hinauswerfen müssen, und ich

werde auch bald fort sein, nur heute Nacht würde ich gern noch bleiben.«

»Bald fort sein? Wohin willst du denn gehen, Kind?«

»Es gibt einen Mann, den ich liebe. Zu ihm werde ich gehen.«

Madame Barthez seufzte. »Ich hatte befürchtet, dass du es mit den Freiheiten, die ich dir gelassen habe, übertrieben hast. Doch du warst so glücklich, da wollte ich dich nicht wieder einsperren. Nun hast du also einen anderen Mann gefunden. Kann er für dich sorgen?«

Robina spürte, wie sie errötete. »Nun – ich weiß es nicht. Es wird schon irgendwie gehen. Das Wichtigste ist, dass wir zusammen sind.«

Madame sah sie prüfend an. »Du bist arg verliebt, nicht wahr?«

»Ja. Er ist wundervoll. Wir werden eine richtige Familie sein.« Wieder legte Robina ihre Hände auf ihren Bauch.

»So weit ist es schon? Ach, Mädchen! Freust du dich?«
»Sehr!«

»Und dein Liebster? Freut er sich ebenfalls?«

Robina senkte den Kopf. »Er weiß es noch nicht«, flüsterte sie. »Aber ich bin sicher, er wird sich freuen! Morgen sage ich es ihm. Dann wird alles gut.«

»Ich wünsche es dir, mein Kind. Nun geh zu Bett, du bist erschöpft. Eines noch: Was auch geschieht, hier kannst du immer bleiben. Ich lasse dich nicht fallen, selbst wenn mein Schwager und mein Neffe es von mir verlangen. Ich war auch einmal jung und verliebt, was mir mein Vater gründlich ausgetrieben hat. Ich hatte damals niemanden. Das soll dir nicht geschehen.«

»Ich danke Euch, Madame Barthez.« Robina lächelte. Es war ein schönes Gefühl, dass sich jemand um sie sorgte. Auch wenn es selbstverständlich nicht nötig war, denn schon am nächsten Tag würde sie ihre eigene Familie haben.

Nur noch wenige Stunden ...

12

Saint-Malo, Mai 1670

Robina hoffte, dass sich die Nachricht von der gelösten Verlobung noch nicht in der Stadt herumgesprochen hatte. Zumindest Jacquo schien keine Kenntnis davon zu haben, denn als sie sich am Nachmittag an ihrem üblichen Treffpunkt begegneten, verhielt er sich nicht anders als sonst. Vielleicht war er noch ein wenig redseliger, was Robina sehr recht war, denn sie war schweigsam vor Aufregung und hörte gar nicht richtig zu, was er sagte. Die Worte *Sommer* und *Schiff* drangen an ihr Ohr, doch sie war zu vertieft in ihre Gedanken. Was kümmerte sie der Sommer? Der Winter würde kommen und mit ihm ihr Kind, sein Kind! Endlich würde sie wieder eine Familie haben, und ihr Kind würde einen Vater haben, ihrem eigenen so ähnlich, einen fröhlichen Vater und eine glückliche Mutter, nicht steif und rücksichtslos wie die ihre, sondern voller Liebe.

Auf der Felseninsel angekommen, konnte sie nicht mehr an sich halten. Sie küsste Jacquo stürmisch und platzte heraus: »Ich habe gestern meine Verlobung gelöst.«

Schweigen. Dann, leise: »Du scherzt.«

»Nein, es ist wahr. Ich bin frei!«

»Du bist – frei?« Der junge Mann schüttelte den Kopf. Er war blass geworden. »Und nun?«

»Jetzt können wir zusammen sein. Für immer!« Sie strahlte. »Ich bin so glücklich, mein Liebster!«

»Robina – hast du den Verstand verloren? Was soll nun aus dir werden? Du weißt, dass ich nicht für dich sorgen kann.«

Warum klingt er so ernst? Weshalb freut er sich nicht?

»Das ist nicht wichtig!«

»Oh doch, das ist es. Wovon sollen wir leben? Von meinen Gelegenheitsarbeiten und den Geschenken meiner Eltern? Ich komme kaum allein damit aus. Wie soll es dann für zwei reichen?«

»Es wird schon genug sein für uns – drei.« Robina legte die Hand auf ihren Bauch und lächelte.

Jacquo lächelte nicht. »Wie meinst du das?« Seine Stimme hatte einen Tonfall angenommen, der Robina zutiefst verwirrte. Er klang nicht liebevoll, nicht erfreut, so wie sie erwartet hatte. Sie hatte das Gefühl, ein eisiger Wind wehe ihr entgegen, doch sie wischte die Zweifel fort.

»Wir bekommen ein Kind!«, rief sie aus. »Wir werden eine Familie sein! Ist das nicht wundervoll?« Jetzt musste er doch lächeln und sie in den Arm nehmen! Warum tat er es nicht?

»Hast du zugehört, was ich dir vorhin erzählt habe?« Noch immer war die Stimme des jungen Mannes ausdruckslos. Robina blickte in das Gesicht, das sie so liebte. Es schien zu Stein erstarrt. Die Kälte in ihrem Inneren wurde schlimmer, und fröstelnd legte sie die Arme um sich.

»Nein«, gab sie zu.

»Ich habe dir erzählt, dass ich endlich zur See fahren darf. Man hat mir einen Platz auf einem Handelsschiff angeboten, das den Sommer über fort sein wird. Wir verlassen Saint-Malo nächste Woche.« Keine Veränderung in der kalten Stimme, kein Gefühl. Tränen traten in Robinas Augen.

»Das ist jetzt nicht mehr möglich! Wir werden eine Familie sein. Du musst bei mir bleiben und mich heiraten!«

Mit diesen Worten erreichte Robina endlich eine Veränderung, eine Regung in den versteinerten Gesichtszügen. Doch es war nicht die, die sie ersehnte.

»Ich muss dich heiraten? Ich *muss*?«, brüllte Jacquo. »Oh nein, das muss ich nicht! Du hast gesagt, es kann nichts passieren. Du hast gesagt, du wirst kein Kind bekommen. Du hast mich getäuscht, um deinen Verlobten loszuwerden! Davon lasse ich mir meinen Traum nicht zerstören!«

»Das ist doch nicht wahr!« Haltlos rannen die Tränen über Robinas Gesicht. »Ich liebe dich! Und du sagtest, dass du mich auch liebst! Was kann denn schöner sein als ein Kind, wenn man sich liebt?«

»Ich dachte, wir waren uns einig, dass das unmöglich ist! Wie konntest du mich nur so täuschen?«

»Das habe ich nicht! Es ist einfach passiert!« Robina wischte das Schuldgefühl fort, das in ihr aufkommen wollte. Sie hatte es schließlich für sie beide getan!

»Lüg mich nicht an!«

»Du bist doch der Lügner! Hast behauptet, dass du mich liebst, damit ich mich dir hingebe!«

Sie wusste, sie tat ihm unrecht mit diesen Worten, und doch kamen sie aus ihrem Mund. Und als sie sie so hörte, laut ausgesprochen, klangen sie wie die Wahrheit. Und diese Wahrheit machte seine Schuld groß und ihre klein.

»Ich habe nicht gelogen.« Jacquo hatte seine Stimme wieder unter Kontrolle. »Ich habe dich geliebt, und doch sagte ich dir stets, dass es für uns keine Zukunft gibt. Du hast mich nicht missverstehen können. Wie konntest du unsere Abmachungen bewusst hintertreiben?«

»Das habe ich nicht!« *Nein, das habe ich nicht! Das Mittel hätte ohnehin nichts bewirkt, denn der Apotheker hat doch gesagt, es sei nicht vollkommen sicher!* »Du hast mich begehrt, und so ist es geschehen!«

»Es hätte niemals geschehen dürfen. Wir sind noch so jung, und du kanntest meine Träume. Und sie waren gewiss nicht derart, dass ich bis an mein Lebensende als Hilfsarbeiter schufte, um eine Familie zu ernähren!«

»Und was ist mit *meinen* Träumen?«

»Für die bin nicht ich verantwortlich, Robina.«

»Liebst du mich denn nicht mehr?«

»Um ehrlich zu sein: Nein. Du hast mich enttäuscht. Du versuchst, mich zu erpressen. Ich kann dich nicht mehr lieben.«

»Weil du mich nie geliebt hast!«, schrie Robina. »Du Lügner, du Schwein!« Sie holte aus und schlug ihn ins Gesicht.

Jacquo blieb ruhig. »Du magst toben, wie du willst. Es ändert nichts an meiner Entscheidung. Ich werde zur See fahren.«

»Und dein armes Kind verlassen?«

»Es ist *dein* Kind, Robina, denn du allein wolltest es haben.« Mit diesen Worten drehte sich der junge Mann um und ging.

Robina wollte ihm nachlaufen, ihn festhalten, doch sie wusste, sie hatte verloren. Mit einem verzweifelten Schrei brach sie zusammen und fiel in den feuchten Sand. Dort lag sie eine Weile und wartete darauf, dass ihr Herz zu schlagen aufhörte. So etwas konnte man nicht überleben.

Doch sie starb nicht und musste erstaunt feststellen, dass sogar ihre Tränen versiegt waren. Die Traurigkeit war verschwunden, dafür stieg ein anderes, viel stärkeres Gefühl in ihr auf, ein flammender Zorn, der alle Verzagtheit verglühen ließ. Die Hände, die eben noch schützend auf ihrem Bauch gelegen hatten, ballten sich zu Fäusten.

Er verlässt mich einfach! Wie kann er nur?

Sie wusste, er hatte allen Grund, doch auch diesen Gedanken verbrannte ihre Wut. Es tat so gut, wütend zu sein!

Er ist ein Lügner! Er hat mich benutzt und lässt mich fallen!

Je länger Robina so dalag, desto mehr wurden Wahrheit und Wirklichkeit ein Opfer der Flammen in ihrem Inneren.

Und jetzt habe ich dieses Ding in mir, das Kind eines Lügners! Ich will es nicht mehr! Es soll verschwinden, so wie er verschwunden ist!

Die Fäuste begannen, auf ihren Bauch zu trommeln, immer stärker und stärker, und in dem Donnerhall der Schläge dröhnten die Gedanken in Robinas Kopf.

Geh weg! Du bist schuld! Wenn es dich nicht gäbe, wäre er noch bei mir! Ohne dich hätte er mich versorgen können, hätte mich sogar mitnehmen können auf das Schiff!

Das Feuer der Wut fraß alles Gefühl der Liebe und des Schmerzes hinweg und hinterließ nichts als ein Häufchen kalte Asche. Als es schließlich erlosch, blieb ein eisiger Hass in Robinas Innerem zurück. Hass auf Jacquo, der sie belogen hatte, der lieber ein elender Pirat sein wollte wie der, der ihren Vater auf dem Gewissen hatte. Hass auf das Ding in ihrem Bauch, das ihren Geliebten vertrieben hatte. Hass auf Lexius, der sie gekauft hatte. Hass auf ihre Mutter, die sie verschachert hatte wie ein Stück Vieh. Hass auf ihren Vater, mit dessen feigem Tod alles begonnen hatte. Hass. Eiskalter Hass, der ihr Herz erfrieren ließ.

Sie rappelte sich auf und machte sich auf den Weg zurück in die Stadt. Brocken von feuchtem Sand fielen von ihrem Kleid, Schuhe und Strümpfe waren durchnässt und verursachten beim Gehen quietschende Geräusche. Sie wusste, sie sah furchtbar aus, doch sie hielt den Rücken gerade und starrte den ganzen Weg stur geradeaus, um nur nicht dem Blick anderer Menschen zu begegnen.

Madame Barthez wollte sie in den Arm nehmen, doch die alte Dame schreckte vor der Steifheit in Robinas Körper zurück.

»Mädchen, was ist geschehen?«

»Er will mich nicht. Mich nicht und das Kind nicht. Er wird zur See fahren.« Robina war überrascht, dass sie es fertigbrachte, die Worte so frostig auszusprechen.

»Armes Mädchen! Was soll nun aus dir werden?« Madame standen die Tränen in den Augen, die Robina nicht mehr weinen konnte. »Kannst du zurück zu deiner Mutter gehen?«

»Lieber würde ich sterben!«, entfuhr es Robina. »Sie ist schuld an allem!«

»Du musst nicht sterben. Hier bei mir darfst du immer bleiben, das sagte ich doch. Nur – auch noch ein Kind versorgen ...«

Robina sah, dass Madame im Geiste ihre finanziellen Mittel abwog, und rief schnell: »Das kann ich von Euch nicht verlangen. Mir wird schon eine Lösung einfallen.«

»Und wenn du Lexius bittest ...«

Robina wollte abwehren, doch dann kam ihr ein Gedanke. Welche Möglichkeit blieb ihr denn? Sie hatte nicht mehr die Wahl, ihr Leben mit oder ohne Liebe zu verbringen. Die Liebe hatte sich verflüchtigt und als ein bloßer Traum erwiesen. Wenn sie überhaupt noch eine Wahl hatte, dann die, ein Dasein in Bequemlichkeit oder in bitterer Armut zu führen. Lexius vermochte ihr ein Leben in Wohlstand zu bieten – falls sie ihn zurückgewinnen konnte. Das Kind würde nicht verschwinden, so sehr sie auf ihrem Bauch herumtrommelte. Wenn sie keinen Mann fand, der sie versorgte, würde sie schuften müssen, um sich und das Kind zu ernähren. Und selbst wenn sie es fortgab – wer würde eine Frau wie sie noch nehmen? Ihr Ruf war zerstört in dieser Stadt, und auch woanders würde sie keinen ehrenwerten Ehemann finden, allein, ohne Familie, die für die Formalitäten sorgte. Wahrscheinlich bekäme sie nicht einmal eine Stellung als Dienstmädchen. Sie konnte sich nur zu gut vorstellen, welche Arten von Arbeit ihr zur Verfügung stünden ...

Madame war hilfsbereit, gewiss, doch Robina befürchtete, dass sie ihre Möglichkeiten überschätzte. War sie nicht abhängig von Lexius' Familie und deren Vermögen? Würde diese es Madame nicht übel nehmen, wenn sie ihr half?

In Robinas Geiste erschien ein Bild von sich selbst in künftigen Jahren, gebückt, vor der Zeit gealtert von harter Arbeit und Mühsal. Sie schüttelte sich. So wollte sie nicht enden! Es gab einen einzigen Menschen, auf den sie hoffen konnte. Lexius. Er liebte sie doch; er würde ihr sicherlich verzeihen!

»Ich mache mich gleich auf den Weg zu ihm.«

»Oh, zunächst solltest du dich waschen und sauber anziehen, mein Kind.« Madame deutete auf Robinas verschmutzte Kleidung. »Ich lasse dir Wasser bringen.«

Robina ging in ihr Zimmer und entkleidete sich. Sie zwang sich, Jacquo und seinen Verrat aus ihren Gedanken zu verbannen, denn sie wollte nicht in hasserfüllter Stimmung vor Lexius treten. Sie wusch sich und zog das schwere rote Kleid an, das sie wegen des zu tiefen Ausschnittes verabscheut hatte. Jetzt erschien es ihr genau das richtige Kleidungsstück für ihr Vorhaben zu sein. Sie zog und zerrte daran, um möglichst viel von ihrem Dekolleté preiszugeben, das in den vergangenen

Wochen deutlich an Größe gewonnen hatte. *Nicht an das Kind denken!*, beschwor sie sich. Dann machte sie sich auf den Weg, ihren Büßergang anzutreten.

Als das Haus der Lefèvres vor ihr auftauchte, sank ihr Mut.

Er hat es mir vorausgesagt.

Lexius' Worte klangen in ihren Ohren. ›*Ich weiß, du wirst es eines Tages bereuen, aber dann komme nicht zu mir.*‹

Robina schnappte nach Luft. Sie durfte jetzt nicht aufgeben!

Er wird mir verzeihen. Er muss! Er liebt mich doch!

Sie schüttelte den Kopf, als die unliebsamen Gedanken kamen.

Und du wirst ihn anflehen um das Leben, das du nie führen wolltest. Wirst betteln, dass er dich in seiner Welt einsperrt.

Sie unterdrückte die Tränen, die in ihren Augen aufstiegen, atmete tief ein und klopfte an die Tür. Das Dienstmädchen ließ sie ein, führte sie in das kleine Empfangszimmer und schloss die Tür hinter ihr. Dann wartete Robina. Sie drängte die Gedanken fort, die sie nicht denken durfte, legte alle verbliebene Kraft, ihr gesamtes Sehnen in das, um was sie bitten wollte. Nach beinahe einer Stunde hatte sie sich selbst überzeugt, dass sie nichts so sehr wünschte, wie Lexius zu heiraten.

Und dann trat der junge Mann ein. Robina widerstand der Versuchung, sich ihm an den Hals zu werfen. Stattdessen blickte sie in sein Gesicht, auf der Suche nach Liebe, Verständnis und Vergebung. Sie wurde bitter enttäuscht.

»Warum bist du gekommen?« Die Stimme klang nicht einmal kalt, nur furchterregend gleichgültig. Robinas Knie begannen zu zittern.

»Ich möchte Euch um Verzeihung bitten«, flüsterte sie. »Ich war so dumm.«

»Du *möchtest* mich um Verzeihung bitten? Nun, ich bin sicher, das ist eine Lüge. Du *musst* mich bitten, nicht wahr? Weil du keine andere Wahl hast.«

Robina senkte den Blick. »Es tut mir leid.«

»Wie ich es dir vorausgesagt habe.« Sie hörte das böse Lächeln in seiner Stimme, bevor sie aufsah, um es auch in seinem Gesicht zu entdecken. Trotz ihrer verzweifelten Lage regte sich Widerstand in ihr.

»Ihr wolltet mich, und nun könnt Ihr mich haben. Ganz und gar und für immer. Ich werde Euch eine gute Frau sein. Vielleicht musste ich diese Erfahrung machen, um das Leben wertschätzen zu können, das Ihr mir bietet. Ohne die Ereignisse wäre ich nie vollkommen die Eure geworden.«

»Nur kann ich leider deine Worte nicht vergessen, niemals vergessen, dass ich nur deine zweite Wahl bin. Meine Achtung vor dir ist verloren. Und dann ist da noch das Kind.«

Robina schöpfte Hoffnung, denn die Gleichgültigkeit war nun gänzlich aus seiner Stimme gewichen.

»Niemand müsste wissen ...«, begann sie eifrig, doch sein »Schweig!« zerstörte alle Zuversicht.

»*Ich* würde es wissen, jeden Tag meines Lebens! Jedes Mal, wenn ich dich oder das Kind ansähe, würde ich es wissen!«

Die nachfolgende Stille rauschte in Robinas Ohren. Nun war alles verloren. Was sollte sie nur tun? Bei ihrer Mutter betteln gehen? Niemals! Ihre Hände ballten sich zu Fäusten. Dieses Kind, dieses elende Geschöpf! Ohne das Kind hätte sie Lexius zurückgewinnen können, ohne das Kind wäre all dies nicht geschehen, ohne das Kind ...

»Du siehst aus, als wolltest du einen Mord begehen, Robina.« Da war sie wieder, die Gleichgültigkeit. »Wen willst du töten, mich? Ihn? Oder das Kind?«

Robina erschrak.

Wäre ich fähig ...

Schweigen legte sich erneut über den Raum, während Robina verzweifelt versuchte, klare Gedanken zu fassen, und Lexius ihr erbarmungslos ins Gesicht starrte, wie um sich ihre Qual für immer einzuprägen.

Nach einer langen Weile sprach er gelassen: »Wie dem auch sei, ich bin kein Unmensch. Ich lasse nicht zu, dass du zugrunde gehst, denn bis vor wenigen Stunden habe ich dich geliebt. Ebenso werde ich verhindern, dass du zur Mörderin wirst. Ich weiß eine Lösung, die dein Überleben und das des Kindes sichert und mich für immer daran erinnern wird, dass die Liebe trügerisch ist und ich mich nie wieder auf sie einlassen darf.«

Robina hörte aufmerksam zu, was er ihr vorzuschlagen hatte, und während er sprach, erschien plötzlich, in weiter Ferne, die Aussicht auf ein neues Leben ...

13

Wieder einmal brach die Dämmerung herein. Endlich war der Tag vergangen, der letzte ohne Luc! Ich wollte ihn nicht vermissen, doch ich konnte nicht umhin, es zu tun. Am nächsten Morgen würde ich ihn wiedersehen, auf dem Marktplatz, beim zehnten Schlag der Uhr. Bei dem Gedanken tat mein Herz einen Sprung.

Wie das Wetter doch zu meiner einsamen Stimmung gepasst hatte! Die vergangenen Tage waren stürmisch gewesen, ein grauer Himmel mit jagenden Wolken hatte über der Stadt und dem tobenden Meer gelegen. Abends war ich durchnässt und frierend auf meine Schlafstatt gekrochen. Zurückgesehnt nach der Kammer im Hause Bellier hatte ich mich jedoch kein einziges Mal.

Und an diesem Abend kurz vor der Dämmerung war der Himmel plötzlich aufgerissen und hatte die untergehende Sonne freigegeben. Als ob er wüsste, dass die Zeit der Einsamkeit vorüber war. Ich stand am Hafen, blickte über das Meer und träumte davon, den rötlichen Schimmer des Horizonts, den letzten goldenen Glanz auf dem Wasser und den dunkelvioletten Himmel auf eine Leinwand bannen zu dürfen ...

Widerwillig riss ich mich von dem herrlichen Anblick los, trat in meinen Durchgang und wartete darauf, dass der Verwalter das Lagerhaus verlassen würde. Für eine ganze Weile jedoch geschah nichts. Es wurde stockfinster, nur hinter wenigen Fenstern schien spärliches Licht. Hatte ich den Verwalter verpasst, war er früher als üblich gegangen?

Das Gemurmel in den dunklen Gassen wurde lauter, und Gestalten huschten umher. Wer zu dieser Zeit seinen Geschäften nachging, konnte nichts Gutes im Sinn haben. Ich bekam es mit der Angst zu tun und schlich zu der geheimen Tür. Sie öffnete sich leise knarrend, und das vertraute Geräusch beruhigte mein rasendes Herz. Ich glitt in das finstere Lagerhaus, legte den Riegel vor und tastete mich voran zu meinem Schlafplatz.

Plötzlich flammte Licht auf und blendete mich.

»Man hat mir schon geflüstert, dass es hier Ratten gibt!«, dröhnte eine Stimme. »Hab ich also endlich eine gefangen!«

Blind rannte ich vorwärts, fort von der Stimme, die schweren Schritte hinter mir her.

»Bleib stehen!« Eine Hand griff nach mir, doch ich dachte nicht daran, dem Befehl Folge zu leisten. Ich raffte mein Kleid, schlug Haken, sprang über Säcke und Kisten, hetzte hin und her, bis ich wieder sehen konnte. Ich stürzte auf meine Tür zu und erreichte sie mit letzter Kraft, fingerte an dem Riegel herum, bis sich dieser endlich löste und die Tür aufschwang. Doch bevor ich entwischen konnte, krachte es, und ein heftiger Schmerz fuhr durch meine linke Schulter. Der Stockschlag hatte meinen Kopf um Haaresbreite verfehlt, ich hatte den Luftzug im Gesicht gespürt. Ich stöhnte, Übelkeit wallte in mir auf. Ich war sicher, mein Arm würde jeden Moment abfallen, so sehr brannte er. Meine Beine wollten nachgeben, doch ich fing mich und rannte um mein Leben. Der zornige Verwalter verfolgte mich schnaufend, bis er endlich aufgab, wütende Flüche hinter mir herschickend. Ich lief noch eine ganze Weile weiter durch die dunklen Gassen, und der Schreck und der Schmerz ließen die Tränen über meine Wangen rinnen. Es war so einfach gewesen. Zu einfach ...

Schließlich blieb mir die Luft weg. Die Welt drehte sich vor meinen Augen, ich stürzte zu Boden und erbrach mich. Das gleißende Brennen aus meiner Schulter breitete sich in meinem ganzen Körper aus, ich wimmerte und wand mich unter der Qual. Doch es war niemand da, den es scherte. Niemand, der sich um mich kümmerte. Freiheit. Einsamkeit.

Nach einer Weile konnte ich mich aufrichten. Ich schleppte mich vorwärts und fand einen Brunnen. Nachdem ich getrunken hatte, ebbte die Übelkeit ab, die Furcht jedoch nicht. Was sollte ich nun tun? Ich musste eine Schlafstatt finden, irgendwo ausruhen, wo ich sicher war. War ich überhaupt noch an irgendeinem Ort in Sicherheit?

Ein halb voller Mond war aufgegangen und erhellte die Dächer der Stadt spärlich. Ich sah den alten eckigen Glockenturm an der nächsten Straßenecke in den dunklen Himmel ragen, stolperte auf ihn zu und versuchte, die Tür zu öffnen. Sie war verschlossen. Ich taumelte weiter voran. Die Brandruine tauchte vor mir auf. Ich dachte an den huschenden Schatten, doch der Schmerz und die Müdigkeit waren größer als die Angst. Ich kletterte über verkohlte Balken und Steinblöcke auf ein Licht zu, das im Inneren schien. Es war zunächst nicht auszumachen, woher es kam, dann jedoch erkannte ich die kleine Gruppe Menschen, die um ein Feuer saßen. Ein Mann sprang auf, einen Knüppel in der Hand.

»Was suchst du hier?«

Oh nein, nicht noch einer, der mich erschlagen will!

»Bitte ...«, brachte ich mit letzter Kraft hervor, dann schwanden mir die Sinne.

Das Erste, was ich wieder wahrnahm, war Kälte auf meiner Stirn. Ich schlug die Augen auf und blickte in das ausgezehrte Gesicht einer Frau.

»Gut, du lebst. Bist du verletzt?«

Ich versuchte ein Nicken. »Schulter. Links.«

Die Frau zog mein Kleid herab und sog die Luft ein. »Rot und geschwollen.« Sie tauchte den Lappen noch einmal in den Wassereimer und legte ihn auf meine Schulter. Ich jaulte vor Schmerz. »Schon gut, Kind. Wer hat das getan?«

Ich konnte nicht antworten, mir fehlte die Kraft zum Sprechen.

Sie nickte. »Heute Nacht kannst du an unserem Feuer schlafen. Morgen suchst du dir aber eine eigene Nische hier drinnen. Wir können uns nicht um dich kümmern. Wir können uns kaum um uns selbst kümmern.«

Morgen war mir gleichgültig. Ich schloss die Augen, und alles Leid und aller Schmerz versanken in gnädiger Ohnmacht.

Es dauerte jedoch nicht lange, und ich war wieder wach und bei Bewusstsein. Die drei Menschen neben mir schliefen, das Feuer war nur noch glimmende Glut. Meine Schulter pochte unaufhörlich, und dasselbe Hämmern schien meinen Kopf platzen lassen zu wollen. Nie zuvor hatte ich solche Schmerzen erlitten. Die Luft um mich herum stank nach altem und frischem Rauch, ich hatte das Gefühl zu ersticken. Ich wollte hinaus, nur fort von hier! Nun aber suchte mich nicht nur mein Herr, sondern auch der Lagerhausverwalter. Wie sollte es nur weitergehen? Hätte ich doch die Stadt rechtzeitig verlassen! Nun war ich zu schwach.

Am Morgen war ich mit Luc verabredet. Sollte ich ihn um Hilfe bitten? Aber dann würde ich mich von Neuem abhängig machen, einmal mehr meine Freiheit verlieren. Obwohl – was hatte mir diese bisher eingebracht außer Angst und Qual? Verzweifelt begann ich zu weinen. Ich fühlte mich wieder so ohnmächtig wie an Bord des Schiffes.

Doch hatte es nicht auch aus jener scheinbar aussichtslosen Lage einen Ausweg gegeben? Ich wollte mich zwingen, nicht die Hoffnung zu verlieren. Im Angesicht der Pein, die meine Wunde verursachte, gelang es mir jedoch nicht recht.

In dieser Nacht dämmerte ich noch mehrmals in einen unruhigen Schlaf, aus dem ich ebenso oft wieder aufschreckte. Bei Tagesanbruch war das heftige Pochen in meiner Schulter einem stetigen dumpfen Schmerz gewichen. Solange ich mich nicht bewegte, war er erträglich, doch als ich mich aufsetzte, entfuhr mir ein Schrei.

»Ah, guten Morgen, Kind. Ich sehe, du hast die Nacht überstanden.« Eine eiskalte Hand legte sich auf meine Stirn. »Kein Fieber, das ist gut.« Tageslicht schien in die Ruine. Die magere Frau betrachtete mich. »Wirst du zurechtkommen?«

»Ich denke schon. Vielen Dank für deine Hilfe.«

»Nun, wir Ausgestoßenen halten zusammen. Doch such dir heute Abend bitte eine andere Nische.« Sie sah mich mitleidig an. »Wir erbetteln eben genug für uns selbst zum Überleben.«

»Ich weiß. Ich werde euch nicht zur Last fallen.«

Nur ...« Ich starrte den Knüppel an, der neben einem der noch schlafenden Männer ruhte, stets bereit zum Einsatz.

»Dir wird hier keiner etwas antun.« Die Frau grinste. »Nun stinkst du nach Rauch, ebenso wie wir. So erkennen wir dich als eine von uns.«

Ich wusste nicht recht, ob ich mich darüber freuen sollte.

***

Java saß müßig im weichen Sessel am Fenster und ließ sich die Sonne ins Gesicht scheinen. Endlich Ruhe! Die vergangenen Tage waren anstrengend gewesen. Ihr Vater hatte sie gezwungen, die Zeichnung von Lianne wieder und wieder zu kopieren, damit sie sie am Hafen aufhängen konnten. Die Bilder waren recht gut gelungen, doch leicht gefallen war es ihr nicht. Wenigstens war so der leidige Unterricht bei dem unerträglichen Schulmeister ausgefallen, und sie hatte eine feine Ausrede gehabt, der Mutter nicht bei deren stundenlangen Stickarbeiten Gesellschaft leisten zu müssen. Warum diese so häufig nach ihr verlangte, war Java unverständlich. Ihre Mutter war an nichts interessiert, was die Tochter zu erzählen hatte, lebte in ihrer eigenen Welt der Handarbeiten und des Gebets. Nicht einmal die Sache mit dem Mädchen hatte sie wissen wollen, nur milde lächelnd den Kopf geschüttelt.

Lästig, diese Verpflichtungen, eine wie die andere. Java drehte den Kopf hin und her und spürte dem Schmerz nach, der ihren empfindlichen Nacken befallen hatte, da sie so lange vornübergebeugt am Tisch gesessen und gezeichnet hatte. Bitterlich hatte sie sich bei ihrem Vater beklagt, doch dieser war hart geblieben. Seit dem Verschwinden der Dienstmagd war Java bemüht, ihn nicht zu reizen, denn seine Laune war beständig schlecht. Daher hatte sie gehorcht und die ihr auferlegte Aufgabe erfüllt. Am Vortag hatte ein Botenjunge die Zeichnungen aufgehängt.

Java hoffte inständig, das Mädchen möge Qualen leiden, wo immer es war. Die Vorstellung ließ ein kleines Lächeln um ihren Mund erscheinen. Sie seufzte und schloss die Augen, vollkommen mit sich im Reinen. Als sie eben dabei war, einzudösen, hallte lautes Klopfen an der Vordertür durch das stille Haus. Missmutig runzelte Java die Stirn, doch die Faulheit besiegte die Neugier, und sie rührte sich nicht von der Stelle.

Die Köchin führte den Besucher in das Arbeitszimmer des Hausherrn. »Monsieur, dieser Mann behauptet, etwas zum Verbleib der Magd aussagen zu können.« Marthe brachte die Worte nur widerwillig über die Lippen. Sie hatte bemerkt, wie unglücklich Lianne über die Nachstellungen Belliers gewesen war, und sie hatte das Mädchen bemitleidet, ja sogar gern gehabt. So ein angenehmes Wesen, ganz im Gegensatz zur Tochter des Hauses! Die Köchin verließ rasch das Arbeitszimmer und zog sich in die Küche zurück, denn sie hatte kein Interesse zuzuhören, wie der Besucher das bedauernswerte Ding ans Messer lieferte.

Doch auch beim Gemüseschneiden ließen Marthe die Gedanken an Lianne nicht los. Wenn der Herr sie fände, was würde er mit ihr anstellen? Sie zurückholen, um sie sich gefügig zu machen? Oder würde er sie einsperren lassen? Ihr fiel die Entscheidung schwer, welches Schicksal das schlimmere für das Mädchen wäre …

Plötzlich flog die Tür des Arbeitszimmers auf, und die Stimme des Hausherrn dröhnte durch die Stille.

»Wie konntet Ihr solch einen dummen Fehler begehen?«

Schnelle Schritte erklangen. Nun war Marthes Neugier doch geweckt, und sie eilte zur Küchentür, um in die Diele hinauszuspähen. Oben an der Treppe sah sie eine Bewegung. Offenbar war auch Javas Interesse an dem Disput erwacht.

»Es war ein Versehen, eine Verwechslung!« Der viel kleinere Mann zog sich noch ein Stück weiter zurück.

»Eine Verwechslung? Ein Versehen? Euer *Versehen* hat mich wahrscheinlich meine Dienerin gekostet!«

»Ich habe dadurch ebenfalls Verluste erlitten! Das Schiff hat ohne die wichtige Nachricht ...«

»Schweigt! Was kümmern mich Eure Verluste? Eure eigene Dummheit hat dazu geführt!«

Der Besucher schnappte nach Luft, das Gesicht zornesrot. Er reckte sich, so hoch er konnte, dann brüllte er in einem Ton, der dem des Hausherrn in nichts nachstand: »Wäre ich nur nicht hierhergekommen! Ich wollte nur helfen, und jetzt werde ich so behandelt! Hätte ich mich doch um meine eigenen Angelegenheiten gekümmert, das ist das einzig Dumme, das Ihr mir vorwerfen könnt! Mich wundert inzwischen nicht mehr im Geringsten, dass Euch das Mädchen fortgelaufen ist, und ich verfluche mich dafür, dass ich Euch ihren Aufenthaltsort verraten habe!«

Dann duckte sich der Mann, als befürchte er einen Schlag, wandte sich um und rannte aus dem Haus.

Monsieur Bellier blieb in der Diele stehen, er schien nachzudenken. Plötzlich rief er die Treppe hinauf: »Java! Pack deine und meine Sachen, wir verreisen.«

Und auf dem zornigen Gesicht breitete sich ganz langsam ein böses Grinsen aus. Marthe erschauderte.

***

Beim zehnten Schlag der Uhr verließ ich die Ruine, nachdem ich mir Stirn und Wangen mit dem Lappen der freundlichen Frau abgewischt hatte. Ich schlich, an die Häuserwände gedrückt, zum Markt. Die Haube trug ich tief ins Gesicht gezogen, nicht nur, um nicht erkannt zu werden, sondern auch, damit man mir den Schmerz nicht ansah, der bei jedem Schritt in meine Schulter stach wie ein Messer. Lange würde ich nicht mit Luc zusammenbleiben können, wenn ich vermeiden wollte, dass er etwas bemerkte. Und das war das

Letzte, worauf ich aus war. Er sollte keinesfalls aus Mitleid nett zu mir sein!

Als ich den Marktplatz erreichte, war mir bereits wieder übel. Ich schleppte mich zu dem Brunnen, an dem ich schon öfter getrunken hatte, und ließ mir das kalte Wasser über das Gesicht laufen.

»Lianne! Da bist du ja!«

Ich richtete mich auf und stand tropfend und mit verrutschter Haube vor Luc. Einen netten Anblick musste ich darstellen! Schnell wischte ich mir mit dem Ärmel – dem rechten – über das Gesicht, zog meine Kopfbedeckung zurecht und versuchte ein Lächeln.

»Es ist schön, dich zu sehen, Luc.«

»Ah, ich stelle fest, du hast wie versprochen über unsere Freundschaft nachgedacht und dich entschlossen, die Förmlichkeit zu vergessen. Ich freue mich sehr darüber!« Er trat noch einen Schritt näher, dann verzog er das Gesicht.

»Puh!« Luc sah mich mit schräg gelegtem Kopf an. »Du riechst nach Rauch. Wo hast du heute Nacht geschlafen?«

Ich blickte auf meine Hände und sah die verräterischen schwarzen Spuren unter den Fingernägeln, denen das Wasser nichts hatte anhaben können. Schnell versteckte ich sie hinter meinem Rücken.

»Ach, du weißt doch – ich schlafe hier und da.«

»Wo hast du geschlafen, Mädchen?«

»In der Brandruine neben dem alten Glockenturm«, brachte ich zögernd hervor.

»In der verfallenen Kathedrale? Da, wo sich all das Pack der Stadt aufhält?«

»Oh nein, die Menschen dort sind sehr freundlich, und ich besitze eine eigene Nische, mit jeder Menge Raum nur für mich allein«, log ich.

»Wie lange soll das so weitergehen, Lianne?«

Ich sah in seine schönen Augen und seufzte. »Bis er nicht mehr hinter mir her ist.«

»Was macht dich so sicher, dass er dich sucht? Es gibt so viele Dienstmädchen, wieso ...«

»Ich weiß es einfach!«

Luc runzelte die Stirn. »Mir scheint, dich verbindet mehr mit deinem Herrn als nur die Arbeit.«

»Da täuschst du dich«, versicherte ich schnell. Ich würde ihm nicht sagen, wie recht er hatte.

»Es kann jedenfalls so nicht weitergehen! Lianne, denk doch nach. Ein Mädchen wie du, ganz allein ...«

»Lass das meine Sorge sein, Luc. Du bist nicht für mich verantwortlich.«

»Irgendwie bin ich das schon, oder? Ich habe dich gerettet.«

»Ich bin dir dankbar, dass du mich nicht verraten hast. Und für die Verpflegung. Doch das macht mich nicht zu deiner Verantwortung.«

»Wo wir gerade von Verpflegung sprechen ...« Er zwinkerte mir zu. »Du bist sicherlich hungrig.« Er öffnete seinen Beutel und zog ein Brot heraus. Übelkeit stieg in mir auf, doch ich bemühte mich, erfreut zu schauen.

»Ein bisschen, danke.«

»Soll ich noch Wurst kaufen? Ich gehe schnell ...«

»Nein, Luc. Ein Stück Brot genügt mir.« Schon bei dem Gedanken an Wurst rebellierte mein Magen. Das trockene Brot jedoch würde mich hoffentlich etwas zu Kräften kommen lassen. Luc zuckte die Schultern und nahm meinen Arm – den linken. Zum Glück blickte er gerade nicht in mein Gesicht, denn sonst hätte er den stummen Schrei gesehen, der meine Züge verzerrte. Ich biss mir die Zunge blutig, um ja keinen Schmerzenslaut zu äußern. Luc führte mich zu einer Treppe und ließ mich endlich los. Erleichtert sank ich nieder. Einen Augenblick später hätte mir der Schwindel ohnehin die Beine weggezogen.

Luc reichte mir ein Stück Brot und biss selbst herzhaft in seine Hälfte. Ich knabberte vorsichtig an meiner, denn nun tat mir auch noch die Zunge weh. Da ich nicht weinen durfte, lachte ich verzweifelt. Luc jedoch schien den Unterschied zu einem echten Lachen nicht zu bemerken, denn er sah mich fröhlich an.

»Nun, trotz der unerfreulichen Umstände scheinst du dich recht wohlzufühlen.«

Ich nickte vorsichtig. »Es geht.«

»Aber zurück zu meiner Frage: Wie soll es weitergehen mit dir?«

»Das – das sage ich dir bald. Ich muss nun gehen, ich habe da etwas – in Aussicht.« Ich schlang das letzte Stück Brot herunter und erhob mich. Eile war vonnöten, wenn ich meinen Zufluchtsort erreichen wollte, ehe mir wieder die Sinne schwanden.

»Sehen wir uns morgen?« Luc klang enttäuscht.

»Gern.« Ich quälte mir ein Lächeln ab und eilte davon. Tatsächlich erreichte ich gerade noch die Ruine, dann sank ich in mich zusammen. Nach einer Weile, in der mir zu meinem Glück niemand übel nahm, mitten im Wege zu liegen, raffte ich mich auf. Halb kletterte, halb stolperte ich durch das verfallene Gebäude, über verkohlte Balken, zerbrochene Steine und Glassplitter, vorbei an Ecken, aus denen mir heftiger Uringestank entgegenschlug, bis ich schließlich eine unbewohnte Nische fand, in der der Geruch auszuhalten war und es genug Platz gab, um mich niederzulegen. Dies tat ich, nachdem ich mit dem Fuß den gröbsten Unrat, Gesteinsbrocken und Scherben beiseitegeschoben hatte. Ich wälzte mich hin und her, bis ich eine Lage gefunden hatte, in der mir nicht der gesamte Körper schmerzte. Danach konnte ich nicht mehr tun, als zu beobachten,

wie sich das einfallende Tageslicht veränderte, erst
stärker, dann langsam immer schwächer wurde, bis es
schließlich verschwand.

Ich schlief besser in jener Nacht, doch Albträume
quälten mich, in denen Monsieur Bellier und der Verwalter zu ein und derselben Person wurden, die mich
mit Stockschlägen verfolgte. Am nächsten Morgen
konnte ich mich kaum noch an den Vortag erinnern.
Ich wusste, ich hatte Luc getroffen und mich wieder
mit ihm verabredet, doch mehr war mir nicht im Gedächtnis geblieben. Wo wollte ich ihn an diesem Tag
treffen? Ich hatte es vergessen.

Behutsam streckte ich meine Glieder und stellte fest,
dass es sowohl meinem Kopf als auch meiner Schulter
besser ging. Schnelle Bewegungen mit beiden waren zu
vermeiden, aber ansonsten hatte ich keine größeren
Probleme mehr. Die Übelkeit war ebenfalls vorüber.
Ich zog mein Kleid ein Stück herunter, um die Verletzung zu begutachten, und erkannte aus dem Augenwinkel einen schwarzroten Fleck, der sich von der
Schulter abwärts über meinen Arm ausbreitete.
Schnell rückte ich den Stoff wieder zurecht.

Ich blickte an mir hinab. Das Grau meines Dienst-
magdkleides war inzwischen zu einem schmutzigen
Braun mit Rußflecken geworden. Meine Finger waren
schwarz, ebenso meine Pantoffeln. Ich fühlte mich un-
sagbar dreckig und sehnte einen Wassertrog herbei, in
den ich mich mitsamt meiner Kleidung versenken
konnte.

Vorsichtig kletterte ich aus meinem Versteck, um mir
keine der herumliegenden bunten Scherben in den Fuß
zu rammen, und blickte hinaus in den hellen Frühsom-
mermorgen. Meine Träume waren noch allzu gegen-
wärtig, und eine kalte Angst hielt mein Herz umklammert. Ich würde mich nicht mehr so frei in der Stadt
umherbewegen können wie noch in den vergangenen

Tagen. Ich wurde gesucht, von mehr als einer Person. Doch ich würde mich irgendwo waschen müssen.

Dann sah ich ihn. Luc. Er starrte die Ruine an, sah sich um, ging ein paar Schritte, starrte wieder die Ruine an. Suchend. Konnte es wahr sein? Suchte er – mich? Ich trat aus dem Schatten.

»Luc?« Für einen Augenblick dachte ich, ich hätte zu leise gesprochen. Dann aber wandte er sich mir zu.

»Lianne! Da bist du ja!« Sein Lächeln ließ sein Gesicht erstrahlen. Ich war fassungslos darüber, dass irgendwer eine solche Freude empfand, wenn er mich sah. Es hatte erst einen einzigen Menschen gegeben, bei dem ich dies erlebt hatte, und das war so lange her, dass ich mir nicht einmal sicher war, ob es wahrhaft eine Erinnerung war oder nur die Einbildung eines ungeliebten kleinen Mädchens.

Lucs Stimme riss mich aus meinen Gedanken. »Ich habe ein Geschenk für dich.« Er streckte mir ein Päckchen entgegen. Ich zögerte, danach zu greifen. »Du darfst es annehmen. Meine Schwester schickt es dir, mit vielen Grüßen!«

Ich rieb meine schmutzigen Finger in meinem nicht weniger dreckstarrenden Kleid ab und ergriff das Stoffpäckchen. Als ich das Band löste, entfaltete sich ein Gewand, wie ich es bisher nur hatte in der Hand halten dürfen, um es für Java zu pflegen oder ihr beim Ankleiden zu helfen. Es war schwer, viel schwerer als mein dünnes Dienstmagdkleid. Der hellblaue Stoff fühlte sich fest an, und doch wirkte er durch seinen seidigen Glanz und die violetten Blumenstickereien luftig und zart. Das Oberteil war eng geschnitten und besaß einen breiten Halsausschnitt, der Rock schien ein wenig weiter zu sein. Für eine junge Dame aus guter Familie mochte es ein eher schlichtes Alltagsgewand sein, nicht so auffällig ausladend und aus unzähligen Lagen Stoff genäht wie die Kleider, die man so viele Frauen tragen sah, die damit kaum durch die Türen passten. Für mich jedoch hätte es schöner nicht sein können. Ein schwacher Lavendelduft stieg mir in die Nase, so als seien die gestickten Blüten echt und nicht aus Garn. Ich starrte Luc an.

»Schau nicht so ungläubig. Es ist nichts Besonderes.«

Nichts Besonderes? Wie konnte er das sagen? Zu mir, die ich bisher nur Grau in Grau hatte tragen dürfen, die noch nie ein eigenes Kleid besessen hatte, das nach etwas anderem als nach Dienstmagd aussah. Ich presste den Stoff an meine Brust.

»Ist das wirklich für mich?«

»Natürlich! Adelais braucht es nicht mehr. Sie hat – wie soll ich sagen – etwas zugelegt, seit sie verlobt ist.« Er zwinkerte mir zu, und ich spürte, wie gern er seine Schwester hatte, trotz der frechen Bemerkung über ihr Aussehen. »Komm schon, zieh es an!«

»Aber Luc! Ich kann mich unmöglich hier umkleiden.«

»Ich dachte, du hast so viel Raum für dich allein?« Er sah mich herausfordernd an.

»Habe ich auch. Aber – ich bin so schmutzig, ich würde das Kleid ruinieren. Erst muss ich mich gründlich waschen.«

»Oh, demnach bist du nicht der weitverbreiteten Ansicht, dass Wasser krank macht?« Luc grinste. »Bin ich übrigens ebenfalls nicht. Ich hätte nicht übel Lust, Wasser kübelweise über die ekelhaft parfümierten Damen zu schütten, die das Haus meiner Eltern besuchen!«

Ich musste lachen. »Ich wasche mich schon immer. Und ich trinke das Wasser auch. Wenn es Seuchen verbreiten würde, hätte ich sie sicherlich längst bekommen. Weißt du, wo ich mich reinigen könnte?«

»Leider nicht. Früher soll es öffentliche Bäder gegeben haben, doch die wurden geschlossen. Hmm – ah, ich weiß! In der Nähe ist ein Garten, rundherum von

Hecken umschlossen und von der Straße nicht einsehbar. Dort gibt es einen kleinen Teich.«

»Ich kann doch nicht am hellen Tag in einem fremden Garten in einen Teich springen! Luc, was denkst du von mir?«

Er brach in sein übliches lautes Lachen aus, und ich erschrak. Alle Menschen in der Nähe starrten uns an. Ich zog meine Haube tiefer ins Gesicht und trat zurück in die Schatten der Ruine.

»Ich gehe besser wieder hinein.«

»Was hast du, Lianne?« Luc runzelte die Stirn. »Oh, ich verstehe. Du denkst immer noch, dass dein Herr dich sucht. Nun, wenn du das neue Kleid trägst, wird er dich sicherlich nicht erkennen. Komm schon, lass uns zu dem Garten gehen. Du kannst doch mit deiner Kleidung hineinspringen, sie hat es nötig!« Er zwinkerte mir zu. »Und dann finden wir ein stilles Plätzchen, wo du dich umkleiden kannst. Einverstanden?«

War ich einverstanden? Durfte ich es sein? Ich wusste es nicht, doch der auffordernde Blick aus den strahlenden blauen Augen war so unwiderstehlich, dass ich meine Angst beiseiteschob und den angebotenen Arm ergriff.

»Wem gehört der Garten eigentlich?«

»Irgendwelchen Kirchendienern, glaube ich. Mach dir keine Gedanken, Lianne. Sie werden uns nicht entdecken.«

Wir erreichten den Garten nach kurzer Zeit. Es gab nicht einmal einen Zaun, nur Gebüsch um ihn herum, durch das wir uns mühelos zwängen konnten. Kein Mensch war weit und breit zu sehen, und der kleine Teich funkelte einladend im Sonnenlicht. Unter Lucs fröhlichem Blick legte ich die Haube ab und schlüpfte aus meinen Pantoffeln, glitt vollkommen bekleidet ins Wasser und tauchte unter. Kühle umfing mich. Ich öffnete die Augen und sah grünliches Licht, sanft wogende Pflanzen, eine so friedliche Welt auf dem Grund dieses Teiches, dass ich mir wünschte, nie mehr auftauchen zu müssen. Ein silbernes Fischchen schwamm vor mein Gesicht und, erschreckt von den Blasen, die aus meinem Mund entwichen, wieder fort. Ich musste lächeln. Könnte ich mich doch in einen Fisch verwandeln! So müsste ich niemals mehr in die Welt zurück, in der ich gesucht und misshandelt wurde ... Dann jedoch wurde mir die Luft knapp, und prustend tauchte ich auf. Luc hockte mit besorgtem Blick am Rande des Teiches.

»Ich dachte schon, du kämest nicht wieder hoch!«

»Ein schöner Gedanke ... Doch es bleibt mir nichts anderes übrig, nicht wahr?«

»Glücklicherweise nicht! Es wäre furchtbar, wenn ...«
Er verstummte und senkte den Blick. Wurden seine Wangen rot, oder täuschte ich mich? Dann lief mir Wasser aus meinem Haar in die Augen, und ich musste sie mir reiben. Als ich wieder zu Luc blickte, war der Eindruck verschwunden.

»Kommst du nun heraus, oder willst du krank werden?«

»Ich dachte, du glaubst nicht an das *böse* Wasser?«

»Tue ich nicht. Aber daran, dass die Kälte nicht gut für dich ist.«

»So kalt ist es nicht. Es ist erfrischend!« Ich nahm eine Handvoll Wasser und spritzte es Luc ins Gesicht.

»He!«, rief er aus, wich zurück und plumpste auf den Hosenboden. Ich lachte und tauchte unter. Gedämpft hörte ich seine Stimme, konnte die Worte jedoch nicht verstehen. Sie wurden auch unwichtig, sobald sich das Wasser über meinem Kopf schloss und die grüne Welt erschien. Ob ich sie malen könnte? Würde ein Betrachter des Bildes ermessen können, wie viel Zauber hier unten war?

Ach, hätte ich doch Papier und Farben, ich würde Blatt um Blatt füllen mit den Wundern dieser unentdeckten Schönheit!

Plötzlich geriet alles in Bewegung. Vor meinen Augen erschienen zappelnde Beine, dann ein ganzer Männerkörper und schließlich Lucs Gesicht, von seinem langen Zopf umflossen und sonderbar bleich und fremd in der stillen Welt des Teiches. Erschrocken schnappte ich nach Luft, die es hier nicht gab, und tauchte keuchend auf, mit dem Gefühl zu ersticken. Wasser ergoss sich aus Mund und Nase, ich nieste heftig, dann endlich kam ich wieder zu Atem.

»Luc, du Esel!«

Der Besagte stand grinsend vor mir. »Habe ich dich erschreckt? Das wird dich lehren, mich nass zu spritzen!«

Ich wollte etwas erwidern, stattdessen nieste ich erneut, ganz undamenhaft, ohne die Hand vor das Gesicht zu nehmen. Ich schniefte, und Luc lachte laut und hielt mir seinen Arm hin.

»Komm, Lianne. Du bist mit Sicherheit sauber genug.«

Ich ließ mir von Luc aus dem Teich helfen und hinter ein nahes Gebüsch ziehen, sodass wir weder von der Straße noch vom Gartenweg aus zu sehen waren. Da standen wir, beide tropfnass und vor unterdrückter Heiterkeit kichernd. Plötzlich verstummte Luc und biss sich auf die Unterlippe. Sein Blick wanderte an mir hinab. Auch ich blickte von seinem Gesicht herunter auf den Rest von ihm. Das Hemd klebte an seiner Brust und seinen Armen und zeichnete deutlich seinen Körper nach. Erschrocken begriff ich, dass auch mein Kleid an mir haftete und meine Formen ebenso preisgab, als stünde ich nackt vor Luc. Ohne nachzudenken, sprang ich in das Gebüsch.

»Au!«, entfuhr es mir, als mir die Zweige ins Gesicht schlugen. Dann fand ich eine Lücke, eben groß genug, um darin zu stehen. »Reichst du mir bitte das neue Kleid?« Das Zittern in meiner Stimme ärgerte mich. Lucs Antwort ließ auf sich warten, dann hörte ich ein Räuspern und ein leises »Natürlich.« Die Äste gerieten in Bewegung, und eine Hand mit dem blauen Stoffbündel erschien. Ich nahm es, und die Hand verschwand.

Die Büsche piksten und kratzten, als ich mein durchnässtes Dienstmagdkleid abstreifte. Als ich nackt war, erfasste mich ein seltsames Gefühl, eine sonderbare Mischung aus Scham und Erstaunen. Ein sanftes Lüftchen fuhr durch die Blätter und streichelte meinen feuchten Körper. Noch nie war ich im Freien nackt gewesen, die Undenkbarkeit meines Verhaltens und der Gedanke an Luc vor dem Gebüsch trieben mir die Röte ins Gesicht. Und doch fühlte ich mich mit einem Mal frei, leicht und abenteuerlustig. Ich versuchte, es zu unterdrücken, doch ein Kichern entfuhr mir, das nicht aufzuhalten war.

»Lianne, still!«, zischte Luc. »Königliche Soldaten auf der Straße!«

Ich lauschte. Die schnellen Schritte zahlreicher Füße näherten sich geräuschvoll. Ich traute mich nicht, zu atmen, und wagte mir kaum vorzustellen, was eine Horde Soldaten mit einem nackten Mädchen anstellen würde, das sie in einem fremden Garten im Gebüsch fanden. Die Schritte wurden leiser, doch erst als Luc Entwarnung gab, schnappte ich nach Luft und raffte mein neues Kleid auf. Die Abenteuerlust war mir gründlich vergangen.

Ich entfaltete das Gewand. Schwer fiel der Stoff bis auf den Boden. Das Anziehen gestaltete sich schwieriger als vermutet, und als ich endlich Unter- und Überkleid zurechtrückte, waren meine Arme und Beine mit blutigen, brennenden Kratzern übersät. Doch es störte mich nicht. Ich sah an mir hinab und meinte, eine andere Person zu betrachten. Konnte dies mein Körper sein, in diesem edlen Stoff, der bei jeder Bewegung leise raschelte? Ich strich über meinen Bauch, und die raue Haut meiner Hände blieb an den zarten Stickereien hängen. Noch einmal zog ich den tiefen, eckigen Ausschnitt zurecht und schälte mich aus dem Gebüsch. Als ich vor Luc stand, sog dieser scharf die Luft ein. Fand er mich so schön? Mein Herz tat einen Freudensprung. Dann aber bemerkte ich, dass er nicht verzaubert, sondern vielmehr entsetzt war.

»Was ist das?«

Ich gefalle ihm nicht, schoss es mir durch den Kopf, und im selben Augenblick ärgerte ich mich darüber, dass es mir etwas ausmachte.

»So schlimm sieht es sicherlich nicht aus!«, giftete ich.

»Schlimm, allerdings!«

Seine Frechheit verschlug mir die Sprache. Ich öffnete den Mund, doch es wollte einfach keine passende Erwiderung herauskommen, und das machte mich noch ärgerlicher!

»Wer hat dir das angetan?«

Wer – wovon sprach er nur? Meine Wut wandelte sich in Verständnislosigkeit.

»Au!« Ich schrie auf, als er unvermittelt meine Schulter berührte. Und sogleich wurde mir klar, was er gemeint hatte: die schwarzrote Verfärbung, die durch den weiten Ausschnitt des Kleides zum Vorschein gekommen war.

»Das ist nichts«, versicherte ich rasch und versuchte, den Stoff höher zu ziehen.

»Das ist mit Sicherheit nicht *nichts*!« Luc runzelte die Stirn. »Sag schon, wer war das?«

Widerwillig gab ich das unerfreuliche Zusammentreffen mit dem Verwalter zu, was Luc zu einer erneuten Predigt über mein Leben auf der Straße veranlasste. Ich tat reumütig und versprach, bald über meine Zukunft zu entscheiden. Für dieses Mal ließ er sich noch vertrösten, doch ich wusste, er würde schon in Kürze wieder davon anfangen.

Ich wrang mein nasses Haar aus, setzte die alte Haube auf und stopfte meine langen Strähnen darunter. Luc sah mir zu.

»Diese Haube passt nicht zu dem Kleid. Wir werden etwas anderes für dich finden müssen.«

»Nun, für den Augenblick muss es genügen. Schlimmer sind die Schuhe, nicht wahr?« Ich deutete auf meine schmutzigen Pantoffeln.

»Du siehst trotz der Haube und der Schuhe wunderschön in dem Kleid aus.« Er griff in seine Gürteltasche und zog etwas heraus, das nach seinem Ausflug in den See genauso nass war wie der Rest von ihm, und reichte es mir.

»Hier, der Schleier für den Ausschnitt. Damit wird auch deine Verletzung bedeckt.«

Ich nahm das Stoffstück, legte es mir um die Schultern und steckte es im Ausschnitt fest.

»Gut so?«

Vorsichtig strich Luc ein paar Falten glatt. Ich spürte seine Hand durch das dünne Tuch, und erneut wurde mir heiß. Schnell trat ich einen Schritt zurück.

»Gehen wir?« Meine Stimme zitterte, obwohl ich nur diese zwei Worte sprach.

»Ja, leider müssen wir, denn ich habe noch zu arbeiten. Ich muss wieder geschäftlich fort.« Sein Gesichtsausdruck wechselte von offensichtlichem Missmut zu ehrlicher Sorge? »Ich kann dich nicht in diese Ruine zurückkehren lassen, Lianne.«

»Ebenso wenig kannst du mich mit nach Hause nehmen, nicht wahr?«

»Nein ...« Luc blickte drein, als hätte er es am liebsten getan. Was sollte ich davon halten? Sein offensichtliches Interesse an mir verunsicherte mich. Ich hatte im

Hause Bellier gelegentlich, bei den seltenen gesellschaftlichen Veranstaltungen, das Verhalten von Männern und Frauen beobachten können, sowohl Javas Wimperngeklimper als auch die Gier in den Mienen ihrer Verehrer. Nicht weniger Verlangen lag in den Gesichtern der Damen, die ins Haus kamen und Monsieur Bellier anschmachteten. Doch einen Blick wie den von Luc, voller Wärme und Aufmerksamkeit, hatte ich nur ein einziges Mal gesehen, als Marthe einmal von ihrem Mann und ihren Kindern abgeholt worden war. Der stämmige Fleischhauer hatte seine Gattin angelächelt, wortlos ihren Arm genommen, und die viel kleinere Köchin hatte in Vertrautheit und Achtung zu ihm aufgeblickt. War es nicht sonderbar, dass die scheinbar einfachen, ungebildeten Menschen zu Gefühlen fähig zu sein schienen, die der besseren Gesellschaft verborgen blieben? Nun, zu jener gehörte Luc ebenfalls. Was also war von seinen Blicken, seiner Sorge zu halten?

»Du starrst mich an, Lianne, und dein Gesicht ist nachdenklich. Was hast du?«

Beschämt senkte ich die Augen. »Ja – ich habe nachgedacht.«

»Und worüber?«

»Das ist ein Geheimnis.« Ich wandte mich ab, zerrte mein altes Kleid aus dem Gebüsch und wrang es aus. Dicke Tropfen fielen vor mir ins Gras. Dann faltete ich den grauen Stoff sorgfältig zusammen und legte ihn über meinen rechten Arm.

»Ich bin sicher, du wirst das schäbige Ding nicht mehr brauchen.« Sein Tonfall ließ mich aufblicken, denn er stand im Widerspruch zu den Worten. Von Sicherheit keine Spur, vielmehr so etwas wie – Verwirrung?

»Ich bin sicher, ich werde es schon bald wieder tragen. Alles andere wäre ein schöner Traum.« Ich quetschte mich durch die Büsche, die den fremden Garten begrenzten, bis ich auf der Straße stand. Am liebsten wäre ich fortgelaufen, denn der Ausdruck, den ich soeben in Lucs Gesicht gesehen hatte, beunruhigte mich. Ich wartete jedoch, bis Luc wieder neben mich trat.

»Und warum nicht einmal träumen, Lianne?« Er setzte unser Gespräch fort, als hätte ich es nie unterbrochen. Ich sah, wie er sich um seinen üblichen Frohsinn bemühte, aber irgendetwas war anders in seinem Blick. »So beginnen doch Veränderungen, mit Träumen und Wünschen, oder nicht?«

»Du denkst, die Welt sei gerecht und alles sei zu schaffen, nicht wahr, Luc?«

Er zögerte, dann sprach er leise: »Ich dachte es, bis ich dich traf.«

»Dann hast du zu viele Jahre in einem schönen Traum gelebt.«

Ich sah das Erkennen dieser Wirklichkeit in seinem hübschen Gesicht widergespiegelt, all die Mutlosigkeit und die Zweifel, die ich in mir spürte. Sein Blick wanderte zu meiner linken Schulter, wo die Verletzung, nur von dünnem Tuch bedeckt, von einem anderen Leben als dem seinen zeugte. Einem wahren Leben, das ihm in der Geborgenheit seiner wohlhabenden Herkunft verborgen geblieben war, von dem er vielleicht etwas geahnt hatte, vielleicht aber auch nicht. Beinahe tat es mir leid, sein schönes, verzerrtes Bild von der Wirklichkeit zerstört zu haben.

Dann jedoch, ganz plötzlich, glätteten sich seine Züge.

»Mag die Welt ungerecht sein, wie sie will – solange es Menschen gibt, die sich damit nicht abfinden wollen, ist sie nicht verloren! Du und ich, wir sind solche Menschen. Du bist aus deinem vorbestimmten Schicksal ausgebrochen, und ich werde dir helfen, diese Flucht zu vollenden. Du bist nicht mehr allein, Lianne!«

Luc griff nach meinen Händen und zog mich nah zu sich. Ich sah ihm ins Gesicht. Die Zweifel waren verschwunden, er strahlte. Ich verlor mich in seinen Augen, so blau, so voller Zuversicht, spürte die Stärke seiner Finger, und beinahe hätte ich seinen Traum von der gerechten Welt mit ihm geträumt. Beinahe. Dann rutschte der nasse graue Stoff von meinem Arm und fiel mit lautem Platschen zwischen uns auf den Boden. Ich machte mich los und blickte an mir hinab.

»Nur weil du mich in ein schönes Kleid gesteckt hast, bin ich doch keine andere. Ich bin ungebildet, da ich nie die Möglichkeit hatte zu lernen. Ich bin arm, da ich keine reichen Eltern besitze. Ich bin ein Opfer der Mächtigen, eine Spielfigur. Und das bleibe ich, für immer. Nur weil du nicht mitspielen willst, werden sie nicht das Spiel beenden!«

»Das Wichtigste ist, dass du nicht länger mitspielst!«

»Seit wann entscheidet das die Spielfigur?«

Für einen Augenblick schien es, als habe Luc keine Antwort mehr. Dann legte sich wieder das unbekümmerte Lächeln auf sein Gesicht, dieser Ausdruck des absoluten Vertrauens, dass alles in Ordnung war.

»Du hast es doch entschieden, Lianne! Du bist aus dem Spiel ausgestiegen, indem du in das Schiff eingestiegen bist. Du bist frei!«

Er wollte oder konnte es nicht verstehen. Ein letztes Mal versuchte ich, mich zu erklären.

»Ich bin kein bisschen freier als vorher. Ich hatte das Glück, dich zu treffen. Jeder andere hätte mich zu seinem Spielzeug machen können – und letztlich könntest du das auch. Das ist keine Freiheit. Ich bin nur von jemand anderem abhängig als zuvor.«

»Du bist doch nicht von mir abhängig.« Luc runzelte die Stirn. »Warum sagst du so etwas?«

»Bin ich es nicht? Könntest du mich nicht umgehend anzeigen? Du weißt, dass ich eine entlaufene Dienerin bin. Auf das Wort eines angesehenen Kaufmanns würde jeder sogleich hören. Ich wäre im *Tour de la Lanterne*, bevor ich den Gedanken an Flucht zu Ende gedacht hätte!«

»Du denkst so schlecht von der Welt, misstrauische Lianne. Ist nicht jedermann abhängig? Ich von meinem Vater, mein Vater von seinen Kunden, die Prediger von den Gläubigen, das Kind von der Mutter. Selbst unser König ist auf das Wohlwollen seiner Untertanen angewiesen, ebenso wie umgekehrt. So ist das Leben, jedes Leben! Man muss nur achtgeben, dass einen die Abhängigkeiten nicht verletzen.«

Ich sah nicht, wie ich darauf Einfluss nehmen konnte. Luc hätte hierfür sicherlich auch wieder eine Erklärung gehabt, doch ich schwieg. Es war mir unmöglich, ihn zu überzeugen, so wie es ihm unmöglich war, mir seine Vorstellungen glaubhaft zu machen. Er kannte mein Leben nicht. Er war zu heil und ganz, um es zu begreifen. Er hatte Vater und Mutter, ein Auskommen, Freiheit. Ich hatte nichts, und das verstand er nicht, würde es niemals verstehen. Ich verschränkte die Arme vor der Brust und trat einen Schritt zurück.

»Wenn du so abhängig von deinem Vater wärest, müsstest du dann nicht längst bei der Arbeit sein?« Ich erschrak vor dem abweisenden Klang meiner Stimme. Doch ich wusste, ich hatte recht. »Was glaubst du, was mein Herr mit mir täte ...«

»Das ist nicht zu vergleichen, ich weiß. Und ja, tatsächlich sollte ich längst dort sein. Doch für den Augenblick warst du mir wichtiger.«

Ich ließ mein Inneres zu Stein werden, kalt und hart, und so ließ ich auch meine Worte klingen. Ich wollte nichts mehr fühlen für diesen jungen Mann, der ein Träumer war und nur gefährlich für mich. Beinahe hätte er mich eingelullt mit seiner sonderbaren Sicht

der Welt. Doch ich war nicht wie er, würde es niemals
sein.

»Deine Beweisführung war dir wichtiger, nicht ich.«

»Das ist nicht wahr. Warum bist du plötzlich so ver-
stockt? Ich wollte nur nett sein!«

Und nett war er, viel zu nett.

Ungewohnt. Unnatürlich. Unmöglich.

Ich wünschte, ich könnte das Kleid zurückgeben.

»Hör mal, Lianne. Ich muss fort, doch lass uns nicht
im Streit auseinandergehen.«

»Haben wir denn Streit? Nur weil ich eine eigene Meinung äußere? So frei bin ich also, dass ich nicht
einmal ...«

»Schon gut!«, unterbrach er mich harsch, dann lachte
er wie gequält auf. »Ich merke, ich kann heute nichts
mehr richtig machen. Dennoch habe ich dich sehr
gern, Lianne. Ich hoffe, das wirst du eines Tages erkennen.« Sein feuchter Zopf klatschte ihm auf den Rücken,
als er sich ruckartig umdrehte und mit langen Schritten davonging.

Und mein dummes Herz fühlte sich plötzlich gar
nicht mehr an wie ein Stein ...

14

La Rochelle, Mai 1688

Starrten mich die Menschen an? Ich konnte es nicht sagen. Ab und zu fing ich einen Blick auf. Erkannten sie, dass in diesem feinen Kleid ein Dienstmädchen steckte, ja eine Verbrecherin? Mit jedem Schritt durch die Gassen der Stadt wurde mir unwohler zumute. Bald kehrte ich in die Ruine zurück. Meine Schulter schmerzte wieder stärker, und ich wollte mich ausruhen. Als ich in das Zwielicht trat und mir meinen Weg über verkohltes Holz und Geröll bahnte, bemerkte ich drei unbekannte Männer in einer Ecke. Diese starrten mich ganz gewiss an, daran bestand kein Zweifel. An diesem Ort erregte das neue Gewand verständliche Aufmerksamkeit. Schnell verschwand ich in meiner Nische. Ich breitete das alte graue Kleid auf dem rußigen Boden aus und setzte mich vorsichtig darauf. Erschöpft schloss ich die Augen.

Sie gaben sich Mühe, leise zu gehen, dennoch hörte ich sie herbeikommen. Meine rechte Hand tastete nach einer geeigneten Waffe, und schnell hielt ich ein scharfkantiges Stück Stein umklammert. Gegen drei würde es mir nur nicht viel nützen ...

Unvermittelt sprang ich auf, wodurch es mir tatsächlich gelang, die Männer zu erschrecken.

»Das hier ist mein Platz!«, herrschte ich sie an, obwohl mir das Herz zum Zerspringen klopfte und das Stechen in meiner Schulter mir durch die plötzliche schnelle Bewegung den Atem nahm.

»Wir wollen nicht deinen Platz, Mädchen. Nur dein Geld.« Der Mann, der dies sagte, sah halb verhungert aus. Die schäbige Bekleidung hing an seinem Körper wie an einem Ast. Offenbar trübte der Hunger seine Sinne.

»Würde ich hier leben, wenn ich Geld besäße?«, gab ich schroff zurück.

»Hättest du solch ein Kleid am Leib, wenn du arm wärest?«, sagte der zweite Bursche, jünger und offensichtlich noch nicht gar so heruntergekommen. Machte ihn dies gefährlicher oder nicht?

»Hab ich gestohlen.« Ich wies auf den Stoffhaufen auf dem Boden. »Eigentlich trage ich so etwas.«

Der dritte Mann nahm das alte Kleid, betrachtete es kurz und ließ es wieder fallen. Er trat nah vor mich – viel zu nah! Und plötzlich wusste ich, dass keiner der beiden anderen so gefährlich war wie dieser hier. Ich sah es in seinen Augen, in denen sich der schwache Lichtschein spiegelte, der durch die Lücken im eingestürzten Dach fiel.

»Ich hörte es klimpern, als du vorbeigingst.« Er lächelte. Obwohl man ihn nicht gerade wohlgenährt nennen konnte, hätte er doch als ein gut aussehender Mann gegolten, groß und dunkel, wenn nicht die drohende Haltung gewesen wäre, der bösartige Blick, seine ganze gefährliche Erscheinung.

Wenn er nicht so viel Ähnlichkeit mit Monsieur Bellier gehabt hätte.

Übelkeit wallte in mir auf.

Er ist es nicht!, beschwor ich mich, doch meine Beine wurden schwach. Dann packte der Mann mit seiner Pranke mein Kinn. Wie gut ich diesen Griff kannte! Verzweiflung stieg in mir auf. Ich wollte schreien, ihm sagen, dass ich kein Geld besaß, doch ich brachte kein Wort heraus.

»Wo ist es, in deinen Röcken?« Er presste mich gegen die Wand. Glühend heißer Schmerz durchfuhr meine Schulter, aber ich war sogar zu schwach zum Stöhnen. Die Furcht lähmte mich. »Nun, du musst es mir nicht freiwillig geben. Ich reiße dir einfach die Kleider vom Leib, und wenn ich mit dir fertig bin, werde ich in Ruhe alles durchsuchen.« Mit seiner freien Hand umschloss er meine rechte Brust und drückte sie zusammen.

Er ist es nicht! So wehre dich schon!, schrie es in meinem Kopf, doch das Wissen, dass mein Herr genau dies mit mir tun würde, sobald er mich in die Finger bekam, nahm mir jeglichen Mut. Der Mann lachte. Dunkle Augen, böse. Atem in meinem Gesicht. Männergeruch. Hände auf meinem Körper. Monsieur Bellier. Kalter Stein hinter mir. Bellier. Lachen. Hände. Atem. *Ist es das, was Ihr von mir verlangt, Frau Mutter?* Sein Körper an meinem. Hände. Bellier. Diese Augen ... Die Angst wuchs und wuchs und wuchs – und war fort. Ein Rauschen schwoll in meinen Ohren an, in meinem Kopf, wurde immer stärker. Schreie gellten hell, meine eigenen Schreie, plötzlich veränderten sie sich, klangen tiefer, eine Hand lockerte ihren Griff, danach die zweite. Ich konnte wieder atmen. Dann verschwand das Rauschen, mein Blick wurde klar.

Vor mir krümmte sich der dunkle Mann, Blut floss zwischen den Fingern hindurch, die seinen Kopf hielten.

»Komm weg von hier, die ist verrückt!« Die anderen Kerle zerrten an ihm, zogen ihn mit sich, und er ließ es geschehen. Warf mir noch einen Blick zu. Gar nicht mehr bedrohlich. Schmerzerfüllt und – ängstlich, er? Ich lachte laut auf und riss den Arm mit dem spitzen Mauerstück in die Höhe. Die dunklen Augen weiteten sich. Dann waren sie fort.

Erschöpft sank ich in die Knie. Der Stein in meiner Hand schien plötzlich schwerer zu wiegen. Was hatte ich getan? Meine Haut gerettet. Mich gewehrt, zum ersten Mal in meinem Leben. Oder nicht? Auch gegen Luc hatte ich mich aufgelehnt, auf andere Art. Was geschah mit mir? Sollte ich doch Freiheit gewinnen, langsam, Stück für Stück?

Ich warf den Stein fort und ergriff stattdessen ein Kohlestück. Dort, wo ein Lichtstrahl vom zerstörten Dach aus die Wand hell färbte, ließ ich mit schnellen Strichen ein Bild entstehen, das geradewegs aus meinem Herzen kam. Es zeigte mich selbst an der Reling eines Dreimasters unter vollen Segeln, allein, mit wehendem Haar, den Blick der Sonne zugewandt. Im schaumgekrönten Wasser trieben hilflose Gestalten ohne Gesichter, doch ich wusste, wer sie waren. Und ich ließ sie hinter mir.

***

Java wurde es müde, in die Landschaft zu blicken. Die ewigen gleichförmigen Äcker und Wiesen, Kühe und Pferde und anderes Getier, Blumen über Blumen und nicht ein Mensch zu sehen außer braun gekleideten Mönchen auf den Feldern bei den Abteien. Außerdem taten ihr vom Geruckel der Kutsche alle Knochen weh, ihr Nacken brannte wieder so arg wie nach dem stundenlangen Zeichnen. Sie hatte sich gefreut, der Eintönigkeit ihres Daseins zu entkommen, endlich einmal etwas zu erleben! Nicht Tag für Tag in ihrem Hause eingesperrt zu sein, kaum je mit gesellschaftlichem Umgang, den ihr Vater so ablehnte und den ihr auch die Mutter aufgrund ihres ewigen Kränkelns nicht bieten konnte. Und nun eine solche Ödnis, diese unendliche Fahrt durch den hässlichsten aller Landstriche, in einem abscheulichen Pferdefuhrwerk. Das Einzige, was sie je in dem tödlich grausamen Unterricht bei ihrem

Schulmeister gelernt hatte, war, dass es in anderen Gegenden so viel aufregender zuging. Am Königshof zum Beispiel oder in England. Aus welchem Grund nur war ihr ein so schweres Schicksal beschieden?

»Herr Vater, warum musste ich denn mitkommen? Es ist so ermüdend! Wie lange müssen wir noch fahren?«

»Es kann kaum langweiliger sein, als die Tage im Bett zu verbringen, wie du es sonst zu tun pflegst.« Bellier sprach, ohne sie anzusehen. »Außerdem macht es einen besseren Eindruck auf meine Geschäftspartner, wenn meine Tochter dabei ist, wenn ich meine entlaufene Dienerin an den Haaren nach Hause schleife. Ich will schließlich nicht meinen Ruf verlieren.«

Als ob Euch Euer Ruf schert, dachte Java, hütete jedoch ihre Zunge. Seit Lianne fort war, war ihr Vater furchtbar gelaunt und geradezu unberechenbar. Und sie wollte gewiss nicht riskieren, wieder zum Opfer eines Wutanfalls zu werden. Also gab sie das Quengeln auf und hielt sich mit dem Gedanken bei Laune, dass der väterliche Zorn schon bald die Richtige treffen würde ...

***

Am nächsten Morgen war das Hochgefühl vergangen. Ich konnte mich vielmehr glücklich schätzen, dass die Männer nicht rachedurstig zurückgekehrt waren, um mich im Schlaf zu meucheln. Meine Zeichnung, die nun im Schatten lag, betrachtete ich mit gemischten Gefühlen. Ein schöner Traum von Freiheit war es gewesen, doch die Gestalten im Wasser waren nur allzu lebendig und vermutlich noch immer auf der Suche nach mir. Mühsam rappelte ich mich auf und klopfte Staub und Ruß von dem Kleid, das mich beinahe meine Unschuld gekostet hatte.

Da hörte ich das Klimpern. Warum war es mir am Vortag nie aufgefallen? War das Geräusch zu abwegig, zu unbekannt, sodass mich erst die fremden Männer auf den Gedanken gebracht hatten? Konnte es denn sein?

Ich tastete mich durch die Stofflagen des Rockes, bis ich auf etwas Hartes stieß. Ich legte den eingenähten Beutel frei, schüttete seinen Inhalt in meine geöffnete Hand und hielt sie ins Licht. Und traute meinen Augen nicht.

Ich konnte den Blick nicht von den Münzen abwenden, die dort in meiner Hand funkelten, als das Sonnenlicht auf sie fiel. Ich nahm eine und drehte sie herum. Das Bild unseres Königs im Profil erschien. Nie war es mir erlaubt gewesen, eine solche Menge an Geldstücken an mich zu nehmen. Marthe hatte mir eines oder höchstens zwei mitgegeben, wenn ich zum Markt gegangen war.

Schwer wogen die Münzen in meiner Hand. Wie viel mochten sie wert sein? War es ein Versehen, dass sie sich in dem Kleid befanden? Oder sollten sie mir gehören? Nein, es musste sich um ein Versehen handeln. Lucs Schwester hatte wohl vergessen, dass der Beutel gefüllt war, als sie ihm das Kleidungsstück überließ. Dieses Geld durfte ich nicht behalten, sonst wäre ich eine Diebin! Ich musste es Luc zurückgeben. Er hatte genug für mich getan, und nach dem Gespräch vom Vortag konnte ich sie unmöglich ausgeben.

Dann jedoch knurrte mein Magen, und meine Gedanken schweiften zu all den Leckereien, die ich mir von dem Geld würde kaufen können. Brot, Kuchen, Früchte, ein schönes Stück Braten ... Nur ein einziges Mal richtig satt sein nach der ganzen langen Zeit. Nur einmal die Wärme spüren, die ein voller Bauch aussandte, die wohlige Müdigkeit im Anschluss an eine reichhaltige Mahlzeit. Vielleicht würde es sogar für eine Weiterreise ausreichen, denn je mehr Abstand ich zwischen mich und meinen Herrn brachte, desto besser.

Nein, diese Gedanken durfte ich nicht haben. Die Münzen gehörten mir nicht, nichts gehörte mir, nicht einmal dieses Kleid, Geschenk oder nicht. Ich ließ die glänzenden Geldstücke zurück in den Beutel gleiten, richtete meine Röcke und bahnte mir den Weg zur Tür mit allergrößter Vorsicht, um nur kein Klimpern zu erzeugen. Die Männer jedoch waren nirgends zu sehen. Erleichtert trat ich ins Sonnenlicht.

Eine Weile schlenderte ich unschlüssig durch die Straßen, die Haube wie immer weit im Gesicht. Heute würde ich Luc nicht finden; er hatte erwähnt, geschäftlich fortzumüssen. Also musste die Rückgabe der Münzen warten. Und danach? Es war längst an der Zeit, über meine Zukunft nachzudenken. Worauf wartete ich eigentlich? Doch es fiel mir so schwer, Pläne zu machen. Ich hatte nie für mich selbst entscheiden dürfen, es aber auch nie gemusst. Woher sollte ich wissen, wie man es machte?

War ich weit genug fort von Monsieur Bellier? Noch immer erwartete ich, aus jedem Stimmengewirr in den Straßen von La Rochelle seine harte Stimme herauszuhören, hinter jeder Biegung plötzlich seine Gestalt zu sehen, sein Gesicht. Nein, ich war nicht weit genug fort. Aber würde ich es je sein? Jemals Ruhe finden, egal wie fern ich ihm war?

Unvermittelt stieß mich jemand so grob von hinten, dass ich vorwärts taumelte und mich nur mit Mühe auf den Beinen halten konnte.

»Was bleibst du so plötzlich stehen, genau vor meinen Füßen, Mädchen?«, polterte eine – glücklicherweise unbekannte – Stimme hinter mir. Erschrocken blickte ich mich um und sah, dass mich alle Umstehenden anstarrten. Der Bauer mit dem Handkarren, der mich beinahe zu Fall gebracht hatte, stürmte wütend seines Wegs. Ich stand in der Mitte des Marktplatzes und erregte entschieden zu viel Aufmerksamkeit. Das hatte ich nun davon, dass ich so gedankenverloren durch die Straßen irrte. Hatte mich der Hunger unbewusst hergezogen? An das ständige flaue Gefühl hatte ich mich mittlerweile gewöhnt, aber langsam konnte ich wirklich etwas zwischen die Zähne gebrauchen.

Ob ich doch eine Münze nehmen sollte, eine von den kleinen? Ein Fleischkuchen wäre jetzt fein oder ein Stück Brot. Doch was, wenn der Verkäufer bemerkte, dass ich keine Ahnung vom Wert der Geldstücke hatte? Würde ich nicht ein leichtes Opfer für Betrüger werden? Was hatte sich Luc nur dabei gedacht, falls er es gewesen war, der die Münzen in meinem Kleid ...

»Das ist mein Kleid!«

Ich schüttelte den Kopf. Nun bildete ich mir schon ein, Stimmen zu hören! Ich hatte nicht geahnt, dass mein schlechtes Gewissen wegen des Geschenks so groß war. Ich hätte es besser nicht annehmen sollen.

Dann jedoch gellte der Ruf so laut über den Marktplatz, dass er keine Einbildung mehr sein konnte.

»Sie trägt mein Kleid!« Die Stimme war klangvoll, ohne schrill zu sein, trotz der hohen Tonlage. Kurz wunderte ich mich, dass es mir auffiel. Dann bemerkte ich, dass sie nicht im Geringsten freundlich klang.

Oh, ich dumme Gans!

Oh, Luc, du Esel!

Ich erkannte sofort seine Züge in dem Gesicht der jungen Frau wieder, das zwar um einiges pausbäckiger war als seines, jedoch ebenso hübsch und, wäre die Dame nicht gar so ärgerlich gewesen, genauso anziehend. Sie baute sich vor mir auf und zeigte mit dem behandschuhten Finger auf mich, doch ihre Worte wurden von dem Gelächter der umstehenden Marktbesucher übertönt.

»Euer Kleid?«, brüllte die Fischverkäuferin mit Tränen in den Augen. »Wenn Ihr Euch da nur nicht täuscht, Madame, es mag der gleiche Stoff sein, doch bräuchtet Ihr wohl zwei Kleider dieser Größe, um Euch schicklich zu bedecken, nicht wahr?« Zur Bekräftigung ihrer Worte ergriff sie mit der linken Hand einen zarten silbrigen Fisch und mit der rechten ein gewaltiges Exemplar mit dunkler Haut und harten Schuppen. Sie zeigte die Tiere in die Runde, und die Umstehenden schütteten sich aus vor Lachen. Weitere freche Bemerkungen über die üppige Statur der jungen Dame folgten, und sie ballte die Fäuste.

Da meldete sich ihre Dienstmagd zu Wort. »Doch, es ist das Kleid von Mademoiselle, ich selbst habe es genäht!«

»Lang ist es her, nicht wahr, Mädchen?« Ein bärtiger Bauer lachte schallend, und seine Kameraden stimmten ein.

Mir wurde übel, ich wollte nur noch fort. Doch ich musste erkennen, dass wir von kichernden und feixenden Menschen umzingelt waren. Niemals hätte ein Fluchtversuch Erfolg gehabt, sondern wäre höchstens ein Schuldgeständnis gewesen.

»Wie kommst du an mein Kleid?«

»Ich habe es nicht gestohlen!« Diese Feststellung schien mir die einzig wichtige zu sein, und meine Stimme zitterte auch nur ein wenig. Die junge Frau musterte mich von Kopf bis Fuß, von der grauen Haube bis zu den dreckstarrenden Pantoffeln – und wartete schweigend auf eine Erklärung. Ich räusperte mich und flüsterte: »Euer Bruder hat es mir geschenkt.«

»Warum sollte er das tun? Er kann zweifellos auf andere Weise für deine Dienste bezahlen.«

Ich fühlte, wie mir das Blut ins Gesicht schoss. »Ich bin keine Dirne!«, rief ich und erschrak im selben Augenblick über meinen Tonfall, der mir in dieser misslichen Lage gewiss nicht zustand. Aber es war doch die Wahrheit!

Wieder wartete Mademoiselle schweigend. Immerhin schien sie sich nicht übertrieben aufzuregen. Wenn ich mir Java im gleichen Falle ausmalte …

»Er wollte nett sein. Er hilft mir – schon seit Tagen. Ich wusste nicht, dass Ihr ihm das mit dem Kleid nicht erlaubt habt. Er grüßte mich sogar herzlich von Euch.«

Mein Gegenüber brach in schallendes Gelächter aus, und die Umstehenden trollten sich, da nun kein Ärger mehr zu erwarten war.

»Das klingt ganz nach Luc! Er ist ein Schelm – aber ein liebenswerter. In welcher Lage bist du denn, dass er dir hilft?«

»Das – kann ich Euch nicht sagen.« Ich blickte zu Boden. Ich hatte an diesem Tag schon so viel Aufmerksamkeit erregt, dass es besser gewesen wäre, die Stadt schnell zu verlassen. Nun konnte ich nicht auch noch Lucs Schwester meine Geschichte erzählen. Ich kannte ja ihre Einstellung zu entlaufenen Dienern nicht – obwohl das Mädchen, das die Einkäufe trug, recht zufrieden schien.

»Aber natürlich kannst du das. Die Freunde meines Bruders sind auch meine Freunde. Ich heiße Adelais, und dies ist Marie.«

»Lianne.« Ich versuchte ein Lächeln. Adelais strahlte über das ganze Gesicht, was ihre Wangen noch fülliger aussehen ließ.

»Nun, Lianne. Du siehst ziemlich verhungert aus. Kann ich dich zu einer kleinen Mahlzeit einladen?« Sie deutete auf eine nahe Bäckerei. »Und dann erzählst du mir, was mein Bruder mit dir zu schaffen hat.« Sie ergriff meine Hand, und ich ließ mich ohne Gegenwehr mitziehen. Offenbar duldete sie ebenso wenig Widerspruch wie ihr Bruder.

Lucs Schwester bestellte eine Auswahl von süßem Gebäck, das die Bäckerin in ein sauberes Leintuch wickelte und Marie übergab. Als Adelais eine Münze über den Ladentisch reichte, fiel mir der Beutel in meinen Röcken ein. Gleich nachdem wir die Bäckerei verlassen hatten, sagte ich: »Ich muss Euch noch etwas zurückgeben.«

»So, was denn?«

»In dem Gewand befindet sich Geld.«

»Das gehört mir nicht. Ich weiß von dem Beutel, doch er war leer, als das Kleid in meiner Truhe lag. Es muss von Luc sein. Er hat dich offenbar tatsächlich gern – es sei denn, du hast ihm doch irgendeinen Dienst erwiesen.« Sie zwinkerte mir zu.

»Gewiss nicht!«

»Also, dann hat er dich wohl gern.«

»Seit gestern nicht mehr, befürchte ich.« Adelais zog die Brauen hoch, und ich erklärte: »Wir haben gestritten. Er hat so seltsame Ansichten, und ich habe ihn mit den meinen verärgert.«

»Oh, denk das nicht. Er streitet gelegentlich mit Freuden, doch sein Groll ist nie von langer Dauer.«

Wir schlenderten durch die Gassen, bis wir ein schattiges Plätzchen unter einem Baum fanden. Ich war erleichtert, als Marie ganz selbstverständlich neben uns Platz nahm und Adelais ihr, ebenso wie mir, ein Stück Kuchen reichte.

»Und nun erzähle mir, woher du meinen Bruder kennst.«

Also berichtete ich. In Adelais' Gesicht spiegelten sich meine eigenen Gefühle wider, der Ekel, die Angst, die Hoffnung. Mit jedem Wort gewann ich sie lieber, mit jedem Satz wurde mein Herz leichter. Sie schien mich zu verstehen! Mit ihr zu reden, war sogar einfacher als mit Luc, da sie ebenso freundlich war, ich ihr gegenüber jedoch viel weniger Befangenheit verspürte. Sie war eine Frau, das machte einen gewaltigen Unterschied. Am Ende meines Vortrags fühlte ich mich so frei wie lange nicht.

»Da hat mein Bruder ja eine wirklich edle Tat vollbracht, dich zu retten. Du armes, liebes Ding!« Adelais griff nach meiner Hand. »Nun, es sieht ihm ähnlich, ohne große Überlegungen zu handeln. Das hat er nicht von unserem Herrn Vater, ganz gewiss nicht!« Wieder erklang das melodiöse Lachen. »Im Gegenteil, Vater wäre entsetzt! Das ist es wohl auch, was Luc an der Sache besonderen Spaß bereitet.«

Ich ließ mir nicht anmerken, dass mir diese Worte einen Stich versetzten. War ich nur ein Spaß für Luc, eine heimliche Revolte gegen sein Elternhaus? Nicht wichtig als Person, sondern nur ein nicht standesgemäßer Zeitvertreib? Ich schluckte, doch der Kloß im Hals blieb.

»Was willst du nun tun, wie soll deine Zukunft aussehen?« Adelais schien nicht bemerkt zu haben, wie sich meine Stimmung verändert hatte. Gut so.

»Das fragt auch Euer Bruder immerzu. Aber ich vermag das nicht zu beantworten. Ich weiß es einfach nicht. Ich lief fort, ohne nachzudenken, und bis jetzt bin ich noch nicht dazu gekommen. Es geschieht ständig irgendetwas.«

»Willst du wieder als Dienstmagd arbeiten?«

»Ich habe nie etwas anderes getan und kann sonst nichts. Ich durfte nie eine Schule besuchen. So werde ich wohl nie etwas Besseres sein, höchstens etwas Schlimmeres. Aber ...« Ich brach ab. Es gab für mich kein Aber.

»Aber?«, fragte Adelais. »Sicher träumst du von anderen Dingen.«

»Welches Recht habe ich, zu träumen?«

»Jeder sollte das Recht haben, zu träumen. Was ist deine besondere Gabe, was kannst du besser als andere Menschen? Ich zum Beispiel singe ganz gut!«

Adelais stimmte ein Liedchen an, und ihre wohltönende Stimme erfüllte die Luft um uns herum. Marie und ich klatschten begeistert.

»Und? Was ist mit dir? Was ist dein Talent?«

»Talent? Ich weiß nicht ...«

»Jeder Mensch ist zu etwas Besonderem fähig, auch meine Dienerin hier, nicht wahr, Marie? Sag Lianne, was du kannst!«

»Schau an dir herunter, dann siehst du, was meine Begabung ist«, sprach die Magd freundlich.

»Ich habe schon vernommen, dass du dieses Kleid geschneidert hast. Es ist wunderschön!«

»Sie hat es nicht nur geschneidert, sie hat es entworfen! Sie hat sich alles ausgedacht, die Stoffe, den Schnitt. Sie ist eine Künstlerin, und ich habe kein Recht, sie als Dienstmagd zu beschäftigen. Sie gehört nach Paris an den Königshof!«

Marie errötete und sagte: »Ich bin so gern in Euren Diensten, da Ihr mich nie wie eine Magd behandelt.«

»Sie ist eben dabei, mir das gleiche Kleid noch einmal zu machen. Fast identisch, nur – na ja, ein wenig größer, ich weiß es doch selbst!« Adelais brach in schallendes Gelächter aus. »Ich muss zu oft zum Essen zu meinem Verlobten, es ist nicht meine Schuld! Seine Mutter bereitet die Mahlzeiten eigenhändig zu, und das ist *ihr* besonderes Talent. Sie kocht reichhaltig, fett und üppig und – *lecker*!« Die blauen Augen strahlten. Auch ich musste nun lachen.

»Sicherlich benutzt sie das süße Salz für ihre Speisen, nicht wahr?«

»Das süße Salz? Oh, du meinst Zucker! Ja, das tut sie, und zwar in Mengen! Ihre *biscuits* sind göttlich, und sie macht so hübsche kleine Dinger aus Eiklar, Mandeln und Zucker, ganz zart und knackig, die musst du unbedingt einmal versuchen!«

»Die Familie Eures Verlobten klingt nett.«

»Das ist sie. Ich werde nach der Hochzeit in den Haushalt einziehen, und dann wird Marie natürlich mit mir gehen. Doch bis dahin – ich glaube nicht, dass sie ein gutes Mädchen haben. Soll ich dich vorstellen?«

Ich dachte kurz nach. Nicht mehr hungrig in Ruinen schlafen, nicht mehr verprügelt oder bedrängt werden. Ich könnte Schmerzen und Angst hinter mir lassen. Und ich würde selbst für mein Auskommen sorgen, wäre nicht länger auf Lucs Geschenke angewiesen. Schließlich nickte ich. »Gern.«

»Siehst du, so bleibt noch immer Zeit für deine Träume. Du würdest ja nur so lange dort arbeiten, bis ich mit Marie einziehe. Es wären nur einige Monate, denn ich heirate am Ende des Sommers. Danach steht dir die Welt wieder offen. Betrachte es als Übergang, als Möglichkeit, erst einmal zu überleben.«

»Das Problem ist, dass mein Herr nach mir sucht.«

»Bist du sicher? Warum sollte er?«

»Er ist so ein Mensch. Ihm läuft man nicht davon.«

»Über dein Gesicht legen sich Schatten, wenn du von ihm sprichst.«

»Er selbst ist wie ein Schatten, riesig und dunkel, er nimmt allen das Licht und jede Freude, sobald er den Raum betritt. Außer seiner kostbaren Tochter natürlich. Sie ist so schlimm wie er, wenn auch nur innerlich.«

»Nun liegt dieses Leben hinter dir. Im Hause meiner Freunde bist du in Sicherheit.« Sie lächelte aufmunternd, und beinahe hätte ich ihr geglaubt. Wäre ihr Lächeln nur nicht dem ihres Bruders so ähnlich gewesen. Es erinnerte mich daran, dass Adelais aus derselben heilen Welt stammte wie Luc, noch heiler vielleicht für ein Mädchen. Schon wieder jemand, der mich mit Illusionen betören wollte.

Ach, wenn ich ihr doch glauben könnte, es wäre so schön ...

»Nun sag mir aber endlich, was dein Talent ist!«

Oh je, sie war gewiss nicht weniger hartnäckig als ihr Bruder! »Ich zeichne ganz gut.«

»Tatsächlich? Oh, Marie, du hast doch noch den Bleistift, mit dem du die Einkaufsliste ausgestrichen hast. Gib her!« Adelais' Wangen glühten, als sie mir den Stift und ein Büchlein reichte. »Niemand, den ich kenne, kann zeichnen. Außer Marie natürlich, aber die malt nur Kleider und weigert sich zu porträtieren. Komm schon, zeichne mich!«

»Bleistift?« Neugierig betrachtete ich das seltsame lange Holzding mit dem dunkelgrauen Kern von allen Seiten.

»Ja, ich habe diesen gerade erst erhalten, aus England. Eine feine Erfindung, so muss man nicht mehr mühsam Feder und Tinte hervorholen.«

»Du wirst ihn mögen«, ergänzte Marie. »Ich zeichne am liebsten mit ihm. Man kann ganz weiche Striche ziehen, und er verwischt nicht so stark wie Kohle.«

Zögernd blätterte ich in dem Büchlein vor, bis ich die freie Seite hinter den Einkaufslisten fand.

»Sei nicht schüchtern, Lianne. Ich reiße dir nicht den Kopf ab, wenn ich es schrecklich finde!«

Ich blickte Adelais noch einmal ins Gesicht, sah ihre mühsam unterdrückte gespannte Freude – dann begann der Stift, wie von selbst über das Papier zu gleiten. Marie hatte recht, die Linien wurden weich und hellgrau, ein wenig dunkler nur an den Stellen, wo ich stärker aufdrückte. So entstand rasch das Abbild von Lucs Schwester, und selten war es mir leichter gefallen, etwas zu zeichnen. Hier ein Löckchen, das sich unter ih-

rer Spitzenhaube hervorstahl, dort die winzigen Lach-
fältchen neben den hochgezogenen Mundwinkeln und
den strahlenden Augen. Ich bemerkte, dass ich bei der
Arbeit lächeln musste. Als ich fertig war, reichte ich
Adelais das Büchlein und hielt den Atem an. Sie betrachtete ihr Bildnis stumm, dann lehnte sie sich zu mir
herüber und küsste mich auf die Wange.

»Danke, Lianne. Du stellst mich hübscher dar, als ich
bin.«

»Das stimmt nicht. Ihr seid noch viel schöner als auf
dem Bild. Ihr leuchtet, weil Ihr glücklich seid, nicht
wahr?«

Ich spürte, wie ein Hauch von Neid mich erfasste, und
schämte mich dafür.

15

Saint-Malo, Dezember 1678

Endlich war er da, der ersehnte Tag. Robina zitterte vor Anspannung. Würde er kommen? Würde er sein Versprechen halten? Sie hatte so lange gewartet ...

Acht endlose Jahre in Diensten von Madame Barthez, acht Jahre, in denen das Kind größer wurde, jederzeit anwesend, immer ähnlicher dem, den sie verflucht hatte, den sie hasste! Sie hatte ihn nie wieder gesehen und war froh darüber.

Acht Jahre, in denen die Menschen auf der Straße sie schweigend gemustert hatten, missbilligend. In denen sie ihr Gesicht unter ihrer Haube verbarg, um nicht erkannt zu werden. Endlich vorbei! Mit der Zeit würden sie es vergessen. Wenn das Kind fort war, wäre sie wieder nur Robina, noch immer jung, noch immer schön. Eine Dienstmagd zwar, aber in einem ehrbaren Hause, stets ordentlich gekleidet und fähig zu einer gepflegten Unterhaltung. Vielleicht würde sie doch noch einen Mann finden. Sie hatte keine hohen Ansprüche mehr, nicht so wie früher. Gut sollte er zu ihr sein, freundlich. Ein Handwerker womöglich, der sich nicht schämte, ein Dienstmädchen zu heiraten. Ein Dienstmädchen ohne uneheliches Kind.

Sie hätte es nach der Geburt fortgeben können, sicherlich. Es gab zahlreiche Findlingsheime; sie hätte es einfach bei einem vor die Tür legen müssen. Dann wären die quälenden acht Jahre nicht gewesen. Doch sie hätte damit Schuld auf sich geladen, denn diese Heime standen in schlechtem Ruf. Viele Kinder dort erkrankten und starben, und wenn sie überlebten, wurden sie meist zu Verbrechern. Außerdem – was wäre aus ihr selbst geworden, hätte sie Lexius' Plan nicht zugestimmt? Er hätte sie nicht bei Madame Barthez bleiben lassen. Hätte nicht während der Schwangerschaft und im Kindbett für ihr Auskommen gesorgt, nicht die Hebamme für die Geburt bezahlt. Sie wäre zugrunde gegangen, noch ehe das Kind geboren war. Oder kurz darauf, denn ohne einen Menschen auf der Welt, mit einem Ruf wie dem ihren, hätte sie schuften, sich schlimmstenfalls verkaufen müssen. So waren die Jahre vergleichsweise angenehm verlaufen, den Umständen entsprechend. Sie war eher Gesellschafterin als Dienstmagd gewesen, denn das Geld für ihren und den Lebensunterhalt des Kindes war von Lexius gekommen. Würde er nun auch den zweiten Teil seines Vorhabens in die Tat umsetzen?

»Er ist da.« Madame Barthez klang traurig. Sie war alt geworden. »Hör zu, Robina, du kannst es dir noch immer anders überlegen. Ich werde mit ihm reden!«

Robina wusste, Madame liebte das Kind, und das Kind liebte sie, die warmherzige Dame, die es in den Arm nahm, ihm Zeit und Aufmerksamkeit schenkte. Die so anders war als seine kühle, harte, wütende Mutter. Vom ersten Schrei an war ihr jeder Laut, jede Äußerung des Kindes unangenehm gewesen, lästig. Kein zärtliches Wort war ihr je über die Lippen gekommen. Sie wusste, damit hatte sie sich versündigt, doch sie konnte sich nicht dazu bringen, ihr Herz für dieses Kind zu erwärmen. Sie konnte einfach nicht.

Wenn es mir ähnlich wäre, das hätte vielleicht etwas geändert.

Doch vom ersten Augenblick an hatte sie nur den Vater in dem Kind gesehen. Es war schon mit Haaren geboren, braunen Haaren, und nach wenigen Wochen hatten sich die blauen Säuglingsaugen grau verfärbt. *Seine* Augen, Tag für Tag, Jahr für Jahr. Endlich vorbei!

Ihr Herz hüpfte, als wäre es federleicht, als sie sagte: »Es ist besser so, Madame. Ich gehe zu ihm.«

Lexius wartete im Salon.

»Ich bin hier, um mein Pfand abzuholen. Acht Jahre gab ich dir Geld für euer beider Lebensunterhalt, dafür erhalte ich jetzt ebenso lange eine Dienerin, die mich nichts kostet als die Verpflegung. Wie abgemacht.«

Robina nickte. »Ich hole sie.«

»Warte. Ich habe sie gesehen. Sie erscheint reichlich zart; kann sie arbeiten?«

»Sicher. Sie ist kräftig genug.«

»Sie gleicht dir kaum.«

»Da habt Ihr recht. Sie wird meine Statur bekommen und vielleicht einige wenige Gesichtszüge.«

»Es wäre besser, sie sähe dir ähnlich. Um mich täglich an meine Dummheit zu erinnern, dich geliebt zu haben. Mein Pfand, meine Mahnung und Warnung.«

»Ich hole sie«, wiederholte Robina und ging zur Tür. Dann hielt sie inne und sprach, ohne sich umzudrehen: »Ich bin Euch dankbar, Lexius. Das habe ich nie gesagt, nicht wahr?«

»Nein, das hast du nicht. Aber ich weiß, dass du es bist, dass du es sein *musst*. Das war einer der Gründe für meinen Vorschlag. Ein Teil meiner Wiedergutmachung für deinen Verrat.«

Robina verließ wortlos den Salon.

Das Kind saß mit Madame in der Küche und biss genüsslich in ein Stück seines Geburtstagskuchens. Über das Gesicht der alten Dame rann eine Träne.

»Du musst gehen«, sagte Robina kühl.

»Schon?« Die grauen Augen des Kindes weiteten sich. »Aber mein Kuchen ...«

Robina ergriff die kleine Hand und zog das Mädchen auf die Füße. »Verabschiede dich von Madame. Du wirst jetzt deine Stellung als Hausmädchen antreten. Du hast endlich das rechte Alter.«

»Das weiß ich doch«, flüsterte das Kind. »Ihr habt es mir oft genug gesagt.« Dann schlang es die Arme um Madame Barthez und begann zu schluchzen.

»Sei tapfer, mein Liebes. Und wenn du einmal traurig bist, schau in den Spiegel, den ich dir geschenkt habe. Dort wirst du das wunderbarste kleine Mädchen der Welt erblicken, das lächelst du an, und dann ist alles nur noch halb so schlimm. Überhaupt: Du wirst bei meinem Neffen arbeiten, und ich werde dich oft besuchen.«

»Werdet Ihr mich auch besuchen, Frau Mutter?«

Robina wandte sich ab. »Komm.«

Dann stand die Kleine vor ihrem neuen Herrn. Er ragte vor ihr auf wie ein Riese; sie konnte gewiss kaum sein Gesicht erkennen, da es so hoch über ihr war.

»Du gehst jetzt mit mir. Verabschiede dich von deiner Mutter.«

»Das habe ich schon.« Das Kind warf Robina keinen Blick mehr zu, sondern schritt mit geradem Rücken, die Zähne fest in die volle Unterlippe gebissen, voraus zur Tür. Robina horchte in sich hinein, um wenigstens einen Hauch des Bedauerns zu erspüren, der ihr zeigen würde, dass sie keine grausame Mutter war, dass sie ein menschliches Herz besaß. Dass sie nicht war wie ihre eigene Mutter. Doch das einzige Gefühl, das sich regte, war eine schwindelerregende Erleichterung.

16

Saint-Malo, August 1679

Der Pater beendete seine Rede. Robina stand abseits und blickte zur Trauergemeinde hinüber. Sie hatte vorgehabt, an das Grab zu treten, doch dann hatte sie das Mädchen gesehen. Sie hatte nicht erwartet, dass Lexius dem Kind erlauben würde, die Familie zur Beisetzung zu begleiten.

Robina betrachtete ihren ehemaligen Verlobten, wie er so dastand, aufrecht und ungerührt. Vor mehr als acht Jahren hatte er die vornehme Kleidung, die die Gesellschaft von ihm verlangt und die an ihm immer falsch ausgesehen hatte, vor ihr in den Straßendreck geworfen. Und er hatte seine damaligen Worte wahr gemacht. Mit seinen groben Stiefeln, derben Hosen und der nur hüftlangen Jacke unterschied er sich gänzlich von den farbenfrohen, spangenbeschuhten Herren seines Standes. Dennoch war er geworden, was er angekündigt hatte: der erfolgreichste, am meisten beneidete Geschäftsmann der Stadt. Er hatte sich eine Arroganz zugelegt, die er vor ihrem Zerwürfnis nicht besessen hatte. Ein leises Schuldgefühl flog sie an, doch es verging rasch wieder. Sie hatte genug gelitten.

Das zarte Geschöpf neben ihm war kaum einen Monat nach ihrer Trennung seine Ehefrau geworden. Madame Barthez hatte es ihr damals erzählt, und sie war froh gewesen. Ihr Verrat schien seinem Ruf nicht geschadet zu haben. Sie hatten bald eine Tochter bekommen, ebenso strohblond und hübsch wie die Mutter, doch mit der hochfahrenden Haltung des Vaters. Während sich Constance anstandshalber die Augen mit ihrem Taschentuch abtupfte, rümpfte Java ihre winzige Nase und stieß dem weinenden Mädchen neben sich den Ellbogen in die Seite. Ihre Worte schallten zu Robina hinüber. »Lianne, hör auf zu heulen! Das ist ja nicht zum Aushalten! Sie war ja nicht einmal deine Tante!«

»Aber sie hatte mich gern! Sie hat mich besucht! Nun kommt mich niemand mehr besuchen«, schluchzte die Gescholtene.

»Als ob Dienstmägde Besuch bekommen sollten!« Mit einem verächtlichen Blick wandte sich das blonde Mädchen ab.

»Kinder, es ist genug. Wir gehen.« Lexius ließ eine weiße Lilie in das Grab fallen, dann schritt er voraus zum Ausgang des Friedhofs. Constance und Java folgten ihm.

Nur die kleine Magd in dem schlichten Kleid und der grauen Haube, unter der ihr braunes Haar hervorschaute, starrte weiterhin auf das Loch im Boden. Schließlich, als ihr Name immer ungeduldiger gerufen wurde, wischte sie sich mit dem Ärmel die Tränen vom Gesicht. »Ich habe Euch lieb, Tante Barthez!«, rief sie und rannte ihrem Dienstherrn hinterher.

Robina war überrascht, denn der Schmerz des Kindes hatte sie auf ungewohnte Weise berührt. Dennoch war sie froh, als das Mädchen außer Sichtweite war.

Sie blickte das nun verlassene Grab an.

Sie hat die Kleine mehr geliebt, als ihr guttat.

Der Gedanke, dass die Trennung von dem Kind Madame Barthez den Lebensmut genommen hatte, versetzte Robina einen winzigen Stich. Dann schüttelte sie den Kopf. Was war nur mit ihr, dass sie plötzlich solche Gefühle plagten? Madame war schließlich alt und krank gewesen!

»Alles in Ordnung?«, erklang neben ihr eine sanfte Stimme. Froh blickte sie zu dem Mann auf, der einen kräftigen Arm um sie legte und sie an sich zog.

Beschützt, endlich! Zum ersten Mal seit mehr als neun Jahren ...

Robina lächelte und nickte. »Ich war lange Zeit bei ihr. Es ist traurig.«

»Aber ist es nicht auch schön, dass du nun frei bist und bei mir sein kannst?«

»Ja, das ist es.«

Frei. Frei zu heiraten und ein neues Leben als Ehefrau eines angesehenen Schreinermeisters zu beginnen. Frei ein neues Kind zu haben, von einem Mann, der nicht verschwindet, der mich wahrlich will! Endlich, endlich lasse ich alles hinter mir, die Kaufmannstochter mit den schwärmerischen Mädchenträumen, die treulose Verlobte, die verlassene Geliebte, die ledige Mutter, die Dienstmagd. Nun beginnt meine Zukunft, meine Zeit!

Jetzt werde ich für immer glücklich sein!

17

La Rochelle, Mai 1688

Ich streifte durch die Stadt und ließ mir die Sonne ins Gesicht scheinen. Am Meer war es nie zu heiß, es wehte stets ein salziger Lufthauch, selbst an den wärmsten Tagen. Ich sagte mir wieder und wieder, wie gut es mir ging, ich war frei und noch immer nicht entdeckt, sollte schon bald Arbeit bekommen. Und doch wollte kein frohes Gefühl in mir aufkommen. Ich spürte, wie sich meine Stirn immer wieder in Falten legte. Was war nur mit mir? Es war ein schöner Tag, die Zukunft sah schon viel rosiger aus als noch vor kurzer Zeit. Adelais hatte versprochen, heute mit der Familie ihres Verlobten über mich zu sprechen. Natürlich konnte ich mir nicht sicher sein, dass sie mich nicht längst wieder vergessen hatte. Oder, noch schlimmer, sich bereits mit ihren reichen Freundinnen über mich lustig machte, aber es bestand immerhin eine gewisse Aussicht auf eine Verbesserung meiner Lebensumstände. Warum nur hatte ich das Gefühl, sogleich in Tränen ausbrechen zu müssen?

Ich dachte an alle Menschen, die ich kannte, und horchte tief in mich hinein. Meine Mutter, Bellier, Java. Meine Stimmung wurde nicht besser, aber auch nicht schlechter. Nun ja. Meine Geschwister, Adelais, Marthe. Ich spürte ein wenig Wärme, wie von einem einzelnen Sonnenstrahl, doch meine Laune hob es nicht.

Luc.

Ein Stich fuhr in meine Eingeweide, und ein seltsames Gefühl stieg in meinen Hals, beinahe als würde ich überlaufen. Ich schüttelte mich und dachte an etwas anderes.

Herrliches Wetter heute! Und die Luft ist so frisch! Luc.

Es hatte keinen Sinn, dem Gedanken auszuweichen. Er war der Grund für mein Unwohlsein, er allein. Nicht das heiterste Wetter konnte die Schatten unserer unschönen Auseinandersetzung fortwischen ...

Ich rief mir sein Gesicht ins Gedächtnis, die himmelblauen Augen, die unbeschwerte Freundlichkeit. Dann die Veränderung während unseres Streitgesprächs. Ich hatte doch nicht gewollt, dass er seine Fröhlichkeit verlor, sein sonniges Wesen. Er war mein einziges Licht in der dunklen Zeit, und ich hatte es keinesfalls löschen wollen. Wenn es nur nicht zu spät war! Mein Herz zog sich schmerzhaft zusammen. Hatte er mich fallen lassen, so schnell?

Müde schleppte ich mich zurück zur Ruine. Mochte der Tag noch so schön sein, mein Leben blieb dunkel. Ich wollte die Sonne nicht mehr sehen, wollte mich nur noch verkriechen ...

»Warum so griesgrämig, süße Lianne?«

Ich fuhr zusammen, blickte auf, und mein Leben wurde hell. Himmelblau.

Er lächelte. »So ist es besser.« Seine Hand strich kurz über meine Wange. »Du willst doch keine Furchen im Gesicht bekommen von den vielen schlechten Gedanken.«

Ich dachte an mein Bild im Spiegel, als es so erschreckend der Bitterkeit meiner Mutter geähnelt hatte.

»Nein, gewiss nicht!« Mit einem Mal fühlte ich mich federleicht, alle Schmerzen waren verschwunden. Wie hatte ich zulassen können, dass dieser Mann eine solche Macht über mich bekam? Ich wünschte mir die

Freiheit, keine selbstgemachten Fesseln. Ich dummes Ding!

Doch das Lächeln wollte nicht aus meinem Gesicht verschwinden.

»Ich hörte, du hast Adelais kennengelernt.« Luc blickte unschuldig drein.

»Oh ja, das habe ich!« Ich stemmte die Hände in die Hüften und versuchte, böse auszusehen.

»Es ist nicht nötig, mich zu schelten, Lianne. Die Strafpredigt habe ich bereits von meiner Schwester bekommen.«

»Dann ist es ja gut. Verdient hast du sie! Das Treffen hat viel mehr Aufmerksamkeit auf mich gelenkt, als ich gebrauchen kann.«

»Fürchtest du immer noch, entdeckt zu werden?«

»Natürlich. Und inzwischen ist es mir gelungen, mir in dieser Stadt weitere Feinde zu schaffen.«

»Wie meinst du das?« Besorgnis legte sich auf Lucs Gesicht wie ein Schatten. Mein Blick huschte zum Eingang der Brandruine.

»Nur ein kleiner Streit unter Nachbarn.« Ich winkte ab, drehte meiner Behausung den Rücken zu und bedeutete Luc, ein Stück mit mir zu spazieren. »Nichts Schlimmes«, erklärte ich im Gehen, »und übrigens wieder einmal deine Schuld, mein Lieber.« Ich zwinkerte zu ihm hinauf. »Dein Geld in meinen Röcken hat Gesindel angelockt. Warte, ich gebe es dir zurück.«

Luc blickte verwirrt drein. »Es gehört dir. Von welchem Gesindel sprichst du?«

»Es war nichts, ich konnte mich wehren. Dennoch kann ich die Münzen nicht behalten.«

»Du solltest sie nicht behalten, sondern dir davon Essen kaufen.«

»Du kannst mir nicht solche Geschenke machen, Luc. Ich habe doch nichts zurückzugeben.«

Seine Stimme wurde so leise, dass ich ihn kaum verstand. »Du gibst mir mehr, als du ahnst.«

Nun war ich diejenige, die verwirrt war. Was war das in seinem Blick? Es sah fast aus wie – nein! Ich durfte mich keinen Trugbildern hingeben.

»Was gebe ich dir denn? Eine Gelegenheit zur Rebellion gegen deinen Vater?« Mein Lachen klang viel zu laut. Luc runzelte die Stirn.

»Nein! Was denkst du von mir?«

»Deine Schwester denkt es ebenfalls.« Da war es wieder, das enge Gefühl in der Kehle, das Adelais' Worte am Vortag ausgelöst hatten. Ich schluckte, doch es wollte nicht verschwinden.

»Ich weiß, sie erwähnte es bei unserem Gespräch. Ich konnte sie jedoch von dem Gedanken abbringen. Und ich hoffe sehr, dass mir das auch bei dir bald gelingt.« Er sah mich an, als wolle er mich umarmen. Und dann trat er noch einen Schritt näher an mich heran, streckte seine Arme aus ...

Ich wich zurück, obwohl in meinem Kopf nur ein Wort dröhnte.

Ja!

Doch ich durfte es nicht zulassen, mich nicht noch abhängiger machen. Ich beschleunigte meine Schritte, sodass es einige Augenblicke dauerte, bis Luc wieder an meiner Seite war.

»Du bist so scheu wie ein Reh, Lianne! Kannst du denn kein Vertrauen haben?«

»Vertrauen? Haben wir dieses Gespräch nicht schon einmal geführt? Ich sagte doch bereits, ich habe nie gelernt, was das ist. Ich habe meinem Herrn vertraut, dass ich nur eine Dienstmagd für ihn bin, und dann ...«

»Dann was?«

»Ach, es ist nicht wichtig. Ich bin fort von ihm, und ich möchte, dass das so bleibt.«

»Hat er dich bedrängt?«

Ich sah auf meine Hände. Die konnten wirklich eine Wäsche vertragen ...

»Ich sehe es dir an, er hat dich bedrängt. Deshalb bist du fortgelaufen. Das war die richtige Entscheidung. Aber – warum hast du nie Vertrauen gelernt? Was ist mit deiner Mutter?«

Ihr Bild erschien vor meinen Augen, dunkel wie der Schatten von Bellier und ebenso bedrohlich.

»Meine Mutter kenne ich kaum. Sie hat mich fortgegeben, als ich ein Kind war, und sich jahrelang nicht blicken lassen. Im letzten Jahr sah ich sie wieder häufiger. Ich habe alles versucht, ihr zu gefallen, brachte ihr Geld, wie sie es verlangte, doch sie blieb – so kalt. Ich weiß nicht, was ich ihr angetan habe.«

»Du hast ihr nichts angetan, du warst ein Kind.« Lucs Finger streiften meinen Unterarm, dann waren sie schon wieder fort. »Was ist mit deinem Vater?«

»Ach, mein Vater ...«

»Ein noch schlechteres Thema?«

»Gar keines. Ich weiß nicht, wer er ist.«

»Vielleicht ist es das, was du deiner Mutter angetan hast. Eben diesen Vater zu haben.«

»Denkst du?«

Luc hob die Schultern und schwieg. Inzwischen hatten wir das Uhrentor erreicht. Wir durchquerten den Durchgang und schritten auf den Hafen zu. Plötzlich deutete Luc auf eine Traube Menschen am Kai. Sie umringten einen schmalen Holztisch.

»Magst du Muscheln? Ich liebe diese dort. Sie sammeln sie, wenn sich das Wasser zurückzieht und der Meeresgrund zum Vorschein kommt. Dann werden sie kurz in hellem Wein gekocht und verkauft. Du musst doch hungrig sein.«

»Muscheln habe ich noch nie gegessen.«

»Ich dachte, du hast stets am Meer gelebt?«

»Ja, doch wann immer unsere Köchin Muscheln vorschlug, lehnte mein Herr ab. Diese kleinen Fleischkrumen seien nichts für ihn, sagte er, er wolle ordentliches Essen, das rasch satt macht und mit dem man sich nicht lange aufhalten muss.«

»Ein Mann fürs Grobe, scheint mir.«

»Ja, sowohl bei der Kleidung als auch im Benehmen.«

»Oh, meine Kleidung dürfte nach dem Willen meines Vaters auch prächtiger ausfallen, doch ich hoffe sehr, das hat mit meinem Benehmen nichts zu tun.« Er zwinkerte mir zu, aber den Gedanken an Bellier konnte er nicht fortlächeln. Ich schauderte und blickte mich um, doch mein riesiger dunkler Herr war nirgends zu sehen. Ich war bereits seit zehn Tagen fort, und es war unglaublich, dass ich noch immer frei war. Plötzlich war mir der Menschenandrang zu groß, und ich wäre am liebsten geflohen.

Luc sah mir ins Gesicht. »Setz dich dorthin und warte auf mich. Ich bin gleich zurück.« Er deutete auf eine abseits gelegene, niedrige Mauer und verschwand in der Menge. Erleichtert wandte ich den Menschen den Rücken zu und ging zu meinem sonnigen Sitzplatz. Dort schloss ich die Augen, atmete tief die Luft ein, die an diesem Tag besonders stark nach Meer roch, hörte dem Kreischen der Möwen zu und wunderte mich darüber, wie geduldig Luc mit mir war. Hätte nicht jeder andere Mann längst das Interesse an mir verloren, wenn er sich denn überhaupt für mich interessiert hätte in Anbetracht meiner Herkunft und Geschichte?

Ich öffnete die Augen erst, als sich Luc neben mich setzte, ein Holzschüsselchen mit schwarz glänzenden, länglichen Muscheln in der Hand, die einen durchdringenden Duft nach Meer und Wein ausströmten.

»Es ist ein einfaches Essen, aber schmackhaft. Schau, du nimmst eine leere Muschelschale und pflückst mit ihr das Fleisch aus den anderen Muscheln.« Luc bewegte die Muschelschale zwischen seinen Fingern, sodass sie auf- und zuschnappte. Dann griff er damit in eine andere Muschel und holte ein dickes, dunkelgelbes Stückchen Fleisch heraus, das er mir vor den Mund hielt. Ich nahm es und kaute vorsichtig. Ein ungewohnt starker Fischgeschmack, salzig wie die See und sauer von dem Wein, breitete sich in meinem Mund aus, dazu das Aroma von Zwiebeln und Kräutern. Im ersten Augenblick wusste ich nicht, ob ich es lecker oder furchtbar finden sollte. Ich ergriff eine eigene Muschelschale als Besteck und probierte noch ein Stück. Mit jedem Bissen schmeckte es mir besser. Glücklich leckte ich mir die Lippen, und Luc lachte.

»Habe ich deinen Geschmack getroffen?«

»Tust du das nicht immer?«

Ich griff nach einer weiteren Muschel, doch diese zeigte nicht ihren köstlichen goldgelben Inhalt. Die beiden Schalenhälften waren fest geschlossen. Ich versuchte, sie mit einem meiner – wenig sauberen, wie ich zu meiner Schande feststellen musste – Fingernägel zu öffnen.

»Nein, Lianne, du darfst nur die essen, die schon geöffnet sind. Diese ist ungenießbar.« Luc nahm mir die Muschel aus der Hand.

Plötzlich lachte er auf. »Ha! Weißt du was? Diese Muschel erinnert mich an dich.«

»Bin ich denn ungenießbar?«

»So meinte ich es nicht, ich ...«

»Oder rieche ich nach Wein?«

»Auch das nicht. Aber schau: Alle Muscheln um diese herum, so wie alle Menschen um dich herum, haben sich geöffnet. Nur du bist so verschlossen wie immer.«

»Vielleicht will ich nicht gefressen werden?« Ich fand meine Erwiderung ausgesprochen geistreich und hoffte, Luc damit von weiteren Bemerkungen über mein Verhalten abzubringen.

Er jedoch schaute mich eindringlich an und sagte leise: »Es nützt der Muschel nichts, verschlossen zu bleiben. Sie kann zwar nicht gefressen werden, aber tot ist sie dennoch.«

Plötzlich hatte ich keinen Appetit mehr.

Luc lachte erneut. »Jetzt siehst du sogar noch verschlossener aus als die Muschel!« Dann wurde er ernst. »Ehrlich, Lianne. Ich kann verstehen, dass du nicht jeden dein weiches Inneres sehen lässt.«

Er sprach weiter, doch ich hörte nicht mehr zu. Ich dachte an das zarte goldene Fleisch der Muscheln und malte mir aus, es wäre mein weiches Herz, so winzig und verletzlich. Ich stellte mir vor, wie ich meine harte Muschelschale verschloss, versiegelte, nichts und niemanden heranließ an mein Inneres, keinen Schmerz und keine Traurigkeit. Kein Licht. Und keine Luft. Keine Freude ... Mit einem Mal verstand ich, was Luc mir hatte sagen wollen.

Bevor sich meine zusammengepressten Schalen auch nur einen Spaltbreit öffnen konnten, sah ich ein neues Bild vor mir. Eine schwarz glänzende Muschel am Boden, fest verschlossen und sicher. Dann schwere Schritte, ein Stiefel, ein Tritt, und zermalmt war die Muschel, Äußeres und Inneres, die ganze harte Schale sinnlos gegen die Übermacht. Übrig blieb nur ein Häuflein Scherben mit einem winzigen zerstörten Klumpen Herz. Ich schüttelte mich, um die Vision zu verscheuchen.

Da bemerkte ich, dass Luc mich betrachtete.

»Dein Gesicht ist wie ein Buch, dessen Worte ich nicht verstehe.« Er warf die restlichen Muscheln der riesigen silbergrauen Möwe zu, die sich unweit von uns auf der Mauer niedergelassen hatte und uns mit schräg gelegtem Kopf beobachtete. Der Vogel ergriff seine Beute

und machte sich aus dem Staub, bevor seine zahlreichen Artgenossen sie ihm streitig machen konnten.
»Was geht nur in dir vor, Mädchen?«

»Ach, viele dumme Gedanken.«

»Wenn du sie doch nur mit mir teilen würdest. Oder mit irgendwem, damit sie dich nicht auffressen. Gibt es denn niemanden in deinem Leben, auf den du dich verlassen kannst?«

»Ich kann mich darauf verlassen, dass meine Herrin stets schweigen wird, dass ihre Tochter immer boshaft zu mir sein wird, dass mich meine Mutter niemals lieben wird. Dass mein Tag lang sein wird, schwer und entbehrungsreich. Darauf kann ich mich verlassen.« Ich hätte mich ohrfeigen können, kaum dass ich die Worte gesprochen hatte. Als ob Selbstmitleid zu irgendetwas nütze war! Und Lucs Mitleid wollte ich auch nicht.

Glücklicherweise ging er nicht auf meine Äußerungen ein. »Ich meine, kannst du einem Menschen vertrauen?«

»Ich weiß, was du meinst. Nur ist die Sache mit dem Vertrauen nicht so einfach.«

»Es ist sogar sehr einfach. Vertraue mir!«

»Ausgerechnet dir? Warum sollte ich?«

»Versuche es! Ich werde dich nicht enttäuschen.«

»Kannst du mich nicht zuerst nicht enttäuschen, und dann vertraue ich dir?«

»Nein, Vertrauen muss man immer freiwillig und als Vorschuss geben!«

»Oh nein, genau im Gegenteil! Vertrauen muss man sich erarbeiten, verdienen.«

»Wie lange soll ich es mir noch erarbeiten und verdienen? Habe ich nicht gesagt, ich verrate dich nicht, und Wort gehalten?«

»Ja, das hast du.«

»Und wenn wir uns verabreden, bin ich nicht jedes Mal gekommen?«

»Ja, das bist du.«

»Und wenn ich sage, ich bringe dir etwas mit, bringe ich es nicht jedes Mal?«

»Ja, schon ...«

»Ist das nicht Grund genug, mir zu vertrauen?«

»Es sind gerade einmal wenige Tage.«

»Wie lange brauchst du?«

»Ich weiß es nicht! Es ist alles so neu für mich ...«

»Versuche es einfach, Lianne. Jeder braucht jemanden, dem er vertrauen kann. Ich habe dich an Bord nicht verraten, und ich werde es auch in dieser Stadt nicht tun. Lianne, vertraue mir! Sieh mich an!«

So eindringlich – und gleichzeitig wohlmeinend – hatte noch nie ein Mensch mit mir gesprochen. Ich sah in seine schönen Augen und spürte, wie meine harten Muschelschalen begannen, sich zu öffnen, wie mein furchtsames Herz weicher wurde. Ich wollte ihm so gern glauben! Doch ich wusste nicht wie.

»Nun gut, Mädchen. Ich gebe dir noch etwas länger Zeit. Aber dann möchte ich dein Vertrauen haben. Ich werde es nicht enttäuschen. Glaube mir bitte!«

»Ich werde es versuchen.«

»Das ist ein Anfang.« Er lächelte mich an, zwinkerte mir zu – und verschwand.

Ich blieb sitzen, den Geschmack der Muscheln noch auf der Zunge, Kopf und Herz übervoll von Gedanken. Die Möwe kehrte zurück, glitt mit weit ausgebreiteten Schwingen auf mich zu, sodass ich befürchtete, sie würde in mich hineinfliegen. Dann jedoch faltete sie die Flügel, landete mit einem kleinen Hüpfer auf der Mauer und betrachtete mich mit ihren schwarzen Äuglein. Sie öffnete den Schnabel zu einem tonlosen Krächzen, und ich zeigte ihr meine offenen Handflächen.

»Ich habe nichts mehr für dich. Du musst weiterziehen.« Sie schien zu verstehen, denn sie schüttelte ihr silbernes Gefieder, wandte sich um und hüpfte von dannen.

Weiterziehen ... Warum tat ich es dem Tier nicht nach? Gab es wirklich etwas, das mich in dieser Stadt hielt, oder waren es nur dumme Mädchenträume? Die Angst vor dem Unbekannten, Feigheit oder – Luc? Was versprach ich mir von seiner Aufmerksamkeit, was durfte ich davon halten?

Ein Pferdefuhrwerk ratterte so dicht an mir vorbei, dass mir vor Schreck die nutzlosen Gedanken vergingen. Hoch aufgetürmte Weinfässer gerieten ins Schwanken, als das Zugpferd mit dem stämmigen Vorderhuf gegen einen losen Pflasterstein schlug und kurz aus dem Tritt kam. Ich schwang die Beine über die Mauer und stieg auf der anderen Seite hinunter. Von mir unbemerkt war in das Hafengebiet rege Betriebsamkeit eingezogen, die von der bevorstehenden Ankunft der Handelsschiffe kündete. Beladene und leere Wagen rollten herbei, von Pferden oder Menschenkraft gezogen, Rampen und Hebevorrichtungen wurden in Stellung gebracht. Rufe gellten hin und her, und dann kamen sie mit der Flut, die riesigen Dreimaster und die schlanken Fregatten. Sie tauschten die Plätze am Kai mit den auslaufenden Fischerbooten, und ich konnte mich nicht abwenden von der Lebendigkeit, wünschte mir wieder einmal Farben und Leinwände! Dann würde ich malen, die Schiffe vor den Türmen an der Hafeneinfahrt, dahinter die Sicht auf das offene Meer, auf dem die Sonnenstrahlen tanzten. Und ein Porträt der schwarzäugigen Möwe mit einer Muschel im Schnabel und dem klugen Blick.

Und ich würde Luc malen, strahlendes Lächeln und himmelblaue Augen, braune Haut und so viel Leben im

Gesicht, eine Weinflasche unter dem Arm, die andere Hand ausgestreckt.

Würde ich sie ergreifen können – irgendwann?

18

»Mademoiselle Lianne!«

Ich hatte schon länger mit geschlossenen Augen wach gelegen und den Geräuschen des Morgens gelauscht, dem Hufschlag der Kutschpferde auf dem Pflaster der Straßen, dem Kreischen der allgegenwärtigen Seevögel, dem Gemurmel meiner Mitbewohner. Als nun aber der Ruf meines Namens an mein Ohr drang, war ich plötzlich hellwach und sprang auf die Füße. Die Stimme war von außerhalb der Ruine gekommen. War ich entdeckt? Kalte Angst kroch in mir hoch. Da erklang die Stimme erneut.

»Mademoiselle Lianne! Ich habe eine Nachricht für Euch!«

Ich kletterte aus meinem Versteck und spähte vorsichtig ins Freie. Dort stand er, der Rufer. Ein schmächtiger Junge, dem seine Dienstbotenkleidung viel zu weit war. Er schien allein zu sein. Trotzdem zitterten meine Knie, als ich ins Tageslicht trat, nicht ohne mir vorher einen großen, spitzen Stein zu suchen. Ich hatte einmal einen benutzt, und ich würde es wieder tun ...

»Was willst du von mir?« Ich hoffte, meine Stimme klang so böse wie beabsichtigt.

»Mademoiselle Lavie schickt mich.« Der Junge war um einen erwachsenen Gesichtsausdruck bemüht, doch ich konnte sehen, dass er noch nicht lange in der Dienstbotenkleidung steckte. Er schien sich anzustrengen, um die Nachricht fehlerfrei zu überbringen. »Ihr möchtet sie heute Nachmittag um vier Uhr in der *Rue des Merciers* treffen, um Euch bei Madame Durand vorzustellen. Meldet Euch unten im Geschäft, es ist das sechste Haus auf der linken Seite, wo Vorhänge angeboten werden. Dort wird sie Euch erwarten.« Der Junge schnappte nach Luft, denn er hatte während seines Vortrags nicht geatmet. Ich musste lächeln. Es sah Adelais ähnlich, einen Knaben wie ihn einzustellen, so kindlich und fast verhungert. Die ganze Familie schien große Herzen zu besitzen.

»Ich danke dir. Ich werde dort sein.«

Der Junge verschwand, und ich stand für einen Augenblick nur da, zitternd vor Aufregung. Adelais hatte Wort gehalten! Die Angst hatte ein Ende! Wenn ich erst in den Diensten einer angesehenen Familie war, durfte mich Bellier nicht mehr einfach fortschleppen. Ich würde Geld verdienen und dafür sorgen, dass meine Geschwister etwas davon erhielten. Adelais konnte mir sicherlich dabei helfen.

Und ich würde Luc weiterhin sehen können, wenn er seine Schwester zu ihrem Verlobten begleitete. Er hatte mich als heimatlosen Flüchtling gemocht, und er würde mich gewiss auch als Dienerin noch mögen. Ich lachte überrascht auf, als mir klar wurde, dass ich zum ersten Mal bewusst gedacht hatte, dass Luc mich mochte. Dass ich es erstmals für möglich, nein, sogar für sicher hielt! Und noch erstaunter war ich über das warme Gefühl, das dieses Wissen in mir verursachte. Die Sache mit dem Vertrauen war gar nicht so schlimm! Luc hatte recht gehabt, und ich hatte es doch längst begriffen: Wer nichts wagte, nahm sich jede Gelegenheit zum Glücklichsein und wurde nichts als einsam. Und das war ich lange genug gewesen. Hätte mich Luc in diesem Augenblick umarmen wollen, wäre ich nicht zurückgewichen ...

Ich entschied, mich waschen zu gehen, bevor ich mich bei Madame Durand vorstellte. Inzwischen war ich so heimisch in der Stadt, dass ich den fremden Garten mit dem Teich ohne Schwierigkeiten wiederfand. Ich quetschte mich durch das Gebüsch und spähte auf der anderen Seite hinaus, ob jemand zu sehen war. Doch wieder war der Garten menschenleer. Die Ordensbrüder schienen zu beschäftigt, um ihn zu genießen.

Diesmal konnte ich nicht mitsamt dem Kleid baden gehen, das hätte den feinen Stoff ruiniert. Also kniete ich mich ans Ufer, nahm Haube und Zopfbänder ab und tauchte den gesamten Kopf ins Wasser. Die grüne Wunderwelt eröffnete sich mir erneut in ihrer stillen, kühlen Schönheit. Eine Weile betrachtete ich das Schwanken der Wasserpflanzen und das Spiel der Sonnenstrahlen, die durch die Oberfläche eindrangen, bis ich schließlich Luft holen musste. Ich tauchte sogleich noch einmal unter und dann ein weiteres Mal, denn ich konnte mich nicht sattsehen an dem Unterwassermärchenland, den spitzblättrigen, fedrigen Gewächsen, schimmernden Fischchen und – glitt dort nicht eben ein Frosch vorbei, mit lang ausgestreckten Beinen und gespreizten Zehen?

Schließlich aber erinnerte ich mich an das Vorhaben, mich zu reinigen. Ich versenkte ein letztes Mal den Kopf in den Teich, diesmal mit geschlossenen Augen, um ja nicht wieder dem Zauber zu erliegen. Dann rubbelte ich mein Gesicht und die offenen Haare mit den Händen, bis ich sicher sein konnte, dass sie sauber genug waren. Schnaufend tauchte ich auf, warf die triefenden Strähnen zurück, rieb mir das Wasser aus den Augen – und blickte auf eine hochgewachsene Gestalt im bodenlangen schwarzen Mantel, die auf der anderen Seite des Teiches stand. Ohne nachzudenken sprang ich auf, stürmte durch das Gebüsch auf die Straße, rannte weiter und weiter, vorbei an Kirchen und Häusern, Geschäften und Menschen, bis ich nicht

mehr atmen konnte und mich zitternd in einem Keller-
eingang verkroch. Mein Herz schlug wie wild, und ich
rang nach Luft.

Ich wartete, auf das Schlimmste gefasst. Doch niemand erschien, um mich zu bestrafen. Als sich mein
Atem beruhigt hatte, spähte ich vorsichtig auf die
Straße, aber die wenigen Menschen kümmerten sich
nicht um mich. Erleichtert trat ich aus meinem Versteck und versuchte, mich zurechtzufinden. Wohin
hatte mich meine Flucht gebracht? Ich blickte umher,
konnte jedoch kein bekanntes Gebäude entdecken.
Nun, ich würde schon noch rechtzeitig zurückfinden,
um mich bei Madame Durand vorzustellen. Und wenn
sie mich einstellte, würden das ewige Verbergen, die
Heimlichkeiten und Gesetzesbrüche ein Ende haben!

Ein kleines Mädchen an der Hand einer Frau kam mir
entgegen, starrte mich mit riesigen runden Augen an –
und begann zu lachen wie von Sinnen. Der ältere Junge
an der anderen Hand schnitt eine Grimasse in meine
Richtung. Die Mutter zischte dem Mädchen etwas zu,
bedachte mich mit einem seltsamen Blick und zog ihre
Kinder fort. Was hatte das zu bedeuten? Als mich ein
weiterer Passant angaffte, griff ich nach meiner Haube,
um sie tiefer ins Gesicht zu ziehen – und hatte pitsch-
nasse Haarsträhnen in der Hand. Hitze stieg in mir auf,
ich fühlte meine Wangen glühen und zog mich schnell
in die Schatten einer Hauswand zurück. Meine Kopfbedeckung lag noch immer am Ufer des Teiches, und ich
lief wie eine Irre mit offenem nassem Haar durch die
Stadt!

Ich wrang die langen Strähnen aus und glättete sie
mit den Fingern, so gut es ging. Das tagelange Fehlen
einer Bürste machte sich jedoch bemerkbar, denn ich
spürte Knoten und Schlaufen unter meinen Händen.
Selbst wenn ich noch Haarschleifen besessen hätte –
was nicht der Fall war, da sie ebenfalls am Teich

lagen –, wäre es mir kaum gelungen, einen ordentlichen Zopf zu flechten. Ich entdeckte ein gelblich verglastes Fensterchen in der Hauswand neben mir, stellte mich auf die Zehenspitzen und betrachtete mein unscharfes Spiegelbild.

Ein zerzaustes Ding, die grauen Augen schwarz umschattet, blickte zurück. War es noch dasselbe Mädchen, das vor wenigen Tagen in seiner Kammer in den Spiegel geblickt hatte? Veränderte das gelbe Fensterglas die Gesichtsfarbe, oder hatte das tägliche Sonnenlicht die Haut so viel dunkler gefärbt? Die Lippen waren noch immer rot, doch nicht mehr gar so auffällig wie zuvor in dem bleichen Dienstmädchengesicht, das so selten die Sonne gesehen hatte.

Wie ein Kind sehe ich aus, ein wildes Kind, verrückt und – frei!

Der Gedanke schoss mir durch den Kopf und wollte nicht zu meinen heutigen Plänen passen, zu dem Gespräch mit Madame Durand, zu meiner Hoffnung, als Dienerin eingestellt zu werden. Diese Hoffnung, die mich den ganzen Tag getragen hatte, auf ein Ende der Furcht und Verfolgung, auf Ruhe, Frieden. Ich starrte mir in die Augen und sah darin ein Aufblitzen, das mir fremd war. Ein Windstoß fegte durch die Straße und erfasste die nassen Haarsträhnen. Sie erinnerten mich an die Teichpflanzen, wie sie sich schwankend bewegten, und meine Hände krallten sich in den Stoff meines Kleides. Denn eigentlich wollten sie zeichnen, jetzt sofort, mich selbst als Meerjungfrau mit wildem offenem Haar, ganz gleich wie knotig, in den grünen Tiefen, mit Fröschen und Fischen und all dem Zauber ...

Plötzlich war da ein anderes Gesicht, alt und hässlich, das sich in meines mischte. Als wäre die Nixe zur Hexe geworden. Verwirrt starrte ich – bis es an die Scheibe klopfte und böse Worte von drinnen erklangen. Wieder rannte ich los, abermals fortgejagt von jemandem, in dessen Gebiet ich eingedrungen war. Weil ich nirgendwo hingehörte, nirgendwo erwünscht war. Und es war nicht der Wind, der mir die Tränen in die Augen trieb ...

Zurück bei der Brandruine schlüpfte ich in die Düsternis, die sich kühl über meinen glühenden Körper legte und das Brennen in meinen Augen linderte. Ich bemühte mich, nichts zu berühren, mich keinesfalls wieder schmutzig zu machen, denn natürlich würde ich mich bei Madame Durand vorstellen. Selbstverständlich würde ich die Gelegenheit ergreifen, in Sicherheit zu sein, Träume hin oder her. Mein Blick fiel auf die Zeichnung an der Wand, und ich schnaubte. Was war nur mit mir, dass ich mich stets mit offenem Haar zeichnete? Weder war ich Kind, war es nie gewesen, noch Galionsfigur oder Meerjungfrau, weder wild noch frei. Nur ein armseliges, zerzaustes Ding, angewiesen auf die Gnade anderer, erfüllt von einer einzigen törichten Hoffnung: ein bisschen Glück zu finden mit einem jungen Mann, für den ich in Wahrheit nicht gut genug war, den ich aber für so stark hielt, dass er sich darüber hinwegzusetzen vermochte. Plötzlich vermisste ich Luc so sehr, dass es wehtat.

Ich entfernte den in meinem Ausschnitt festgesteckten Schleier und betrachtete aus dem Augenwinkel den verblassenden Fleck an meiner Schulter. Ich hoffte, er würde keine Aufmerksamkeit mehr erregen. Dann band ich mir das Tuch um den Kopf und stopfte die nassen Strähnen darunter. Ich musste zumindest so ordentlich aussehen, dass man mich nicht fortjagen würde, wenn ich versuchte, eine Haube zu kaufen. Münzen besaß ich gewiss genug dafür.

Als ich abermals in die Sonne trat, fühlte ich mich gefasster. Die letzten Tage hatten mich dünnhäutig gemacht, was kein Wunder war. Nun jedoch wusste ich wieder, was zu tun war. Das Haar mit dem Schleier gebändigt, schritt ich mit gesenktem Kopf durch die Straßen. In der Nähe des Marktplatzes fragte ich eine Dame nach der *Rue des Merciers*. Ich wollte schon einmal wissen, wohin ich am Nachmittag musste, schließlich durfte ich nicht zu spät kommen. Die Frau wies mir die Richtung, und ich nahm mir vor, auf dem Weg im nächstbesten Bekleidungsgeschäft eine Haube zu erstehen.

Als ich in die von der Dame beschriebene Straße einbog, wurde mir flau im Magen. Es war diejenige mit den Bögen und Tuchgeschäften, die ich nur ein einziges Mal entlanggegangen war und seitdem gemieden hatte. Wieder schienen mich die Fratzen der Wasserspeier und Statuen an den Fassaden anzustarren, und ich erinnerte mich an die Angst, die ich bei meinem ersten Betreten der Straße gefühlt hatte. Tuchhändler überall, wie mein Herr. Tuchhändler. Wie – Lucs Familie?

Ein blinder Passagier, mitten zwischen Vaters Ladung.

Ein Schiff voller Stoffballen.

Diese Ladung ist für unser Kontor bestimmt.

Ich hatte nie darüber nachgedacht. Nicht einen Augenblick. Hatte er mich so verzaubert? So sehr, dass – ich ihn jetzt vor mir sah, dort vorn bei dem steinernen Rundbogen?

Luc!

Mein Herz tat einen Freudenhüpfer.

Dann blieb es stehen.

Bellier.

Neben Luc.

Noch ein älterer Mann.

Und ein Mädchen. Strohblond.

Ich würgte. Mein Herz schlug wieder, und jeder Schlag war wie ein Messerstich. Javas Hand auf Lucs Arm, Wimpernklimperblick zu ihm hinauf. Luc, auf sie herablächelnd. Mein Herz zersprang mit einem letzten heftigen Schlag. Alles wurde dunkel. Ich wartete darauf, dass ich starb.

Doch mein dummes Herz schlug weiter, obwohl seine Einzelteile wie Glassplitter in mir verstreut waren, wie zertretene Muschelschalenteile, die sich in das weiche Fleisch bohrten. Es wollte einfach nicht stehen bleiben. Meine Augen sahen noch immer, mussten weiterhin sehen, konnten nicht aufhören zu starren. Der Wind wehte Worte zu mir und Lachen, hob eine der blonden Strähnen an, die sich unter der feinen Haube hervorringelten, und legte sie auf Lucs schwarzem Hemd ab. Ich umklammerte meinen Körper, damit nicht auch er noch auseinanderfiel. Ein Schluchzen entfuhr mir, und als ich mir die Hand vor den Mund schlug, um den Laut zu unterdrücken, spürte ich erst meine Tränen.

Fort von hier! Rasch, bevor sie mich bemerkten! Ich fuhr herum und rannte, rannte, so schnell ich konnte. Hatte ich an diesem Tag schon etwas anderes getan, als zu rennen?

Vertrau mir!

Die Worte hämmerten bei jedem Schritt in meinem Kopf, die verlogenen Worte, und das ganze Ausmaß des Verrats trat mir überdeutlich ins Bewusstsein. Seit wann hatte er geplant, mich auszuliefern? Ich hatte sein Schiff zufällig gewählt, ich dummes, unglückliches Ding! Wie lange wusste er bereits, wer mein Herr war, wer mich suchte?

Das Bild, das ich am *Tour de la Lanterne* gemalt hatte, auf der Rückseite von Belliers halbem Schreiben! Und ich hatte es Luc geschenkt, ohne nachzudenken! Hatte nur das wundervolle, einladend leere Papier gesehen, auf dem ich endlich zeichnen konnte, keinen Gedanken verschwendet an die Worte auf der anderen Seite, die ich nicht lesen konnte.

Deine eigene Schuld, du törichtes Mädchen!

Luc hatte das Schreiben mit Sicherheit gelesen. Hatte ich ihm die untere Hälfte überlassen, diejenige mit Belliers Unterschrift? Dann hatte er es vom ersten Tag an gewusst.

Adelais! Wusste sie es auch, war alles nur Lüge gewesen, die ganze Freundlichkeit? Das Kleid, das zufällige Treffen auf dem Markt – Lüge von Anfang an? Der Termin heute in der *Rue des Merciers*, nichts als eine Falle? Nun, sie hatten nicht damit gerechnet, dass ich früher dort erscheinen würde. Fort von hier, so weit wie möglich, so schnell wie möglich! Nichts mehr fühlen, nur nicht an die himmelblauen Augen denken, die Stimme, wie sanft sie meinen Namen gesagt hatte. Wie sie um Vertrauen gebettelt hatte. Und ich war ihr auf den Leim gegangen, ich dumme Gans!

Ich hetzte durch die Straßen, spürte kaum mehr meine Füße, das Kopftuch löste sich, flog davon und gab die noch immer feuchten Strähnen frei. Ich schüttelte mich, wenn sie mir ins Gesicht peitschten und mir die Sicht nahmen, doch ich blieb nicht stehen. Dann, endlich, erreichte ich das Tor mit der großen Uhr und damit das Hafengebiet. Ich hatte es einmal auf ein Schiff geschafft, ich würde es wieder schaffen. Fort, nur fort!

Es lagen Schiffe im Hafen, doch keines davon schien zum Aufbruch bereit. Die wenigen Menschen am Kai verströmten eine Ruhe, die vom Niedrigwasser kündete. Wann kam die Flut an diesem Tag? Etwas Zeit hatte ich noch, denn sie würden bis nach vier Uhr warten müssen, bis sie merkten, dass ihre Falle nicht zugeschnappt war. Ich hielt inne und lehnte mich schwer atmend gegen die Wand eines Lagerhauses.

Das Stehen tat mir nicht gut, es ließ meinen Gedanken zu viel Raum. Ich suchte nach Ablenkung, blickte neben mich. Dort hing eine der hölzernen Aushangtafeln. Darauf die Arbeitsangebote, die ich nicht lesen konnte. Daneben eine Zeichnung.

Ich bemerkte die Ähnlichkeit mit meiner *Handschrift*, meiner Art zu zeichnen, bevor ich mich selbst auf dem Bild erkannte. Dem Bild? Nein, *den Bildern*! Jemand hatte das Selbstporträt kopiert, das ich in meiner Kammer zurückgelassen hatte, und das nicht nur einmal. Ein Stück entfernt an der Wand sah ich eine weitere Zeichnung. Langsam, ungläubig schritt ich voran. An jeder Häuserwand schienen sie zu hängen, alle paar Meter blickte ich in mein Gesicht. Ich hatte meinen Untergang eigenhändig besiegelt, indem ich mein Selbstporträt auf dem gestohlenen Papier meines Herrn angefertigt hatte. Worte standen unter dem Bild; ich konnte mir denken, was sie sagten.

Ich fiel wieder in einen Laufschritt, sah überall nur weitere Kopien meiner Zeichnung, dachte daran, sie abzureißen, sie alle zu vernichten. Doch das hätte keinen Sinn gehabt, es waren zu viele. Jemand hatte sich große Mühe gegeben, genauestens Strich für Strich kopiert, was ich so einfach dahingekritzelt hatte: mich selbst mit offenem Haar, neugierigen, sehnsüchtigen Augen, hinter denen der ganze Trotz der unschuldig Eingesperrten lauerte. Der Zeichner mochte kein Künstler sein, denn die Bilder enthielten nichts Eigenes, doch meine Details waren vorzüglich wiedergegeben ...

Wie konnte ich mir derlei Gedanken machen in solch einer Lage? Fort, rasch! Aber wohin?

So weit weg wie möglich. Auf das größte Schiff, das ich fand. Fort aus Frankreich, denn er würde mich aufspüren, wo immer ich war in diesem Land. Ich zügelte meine eiligen Schritte, sie fielen zu sehr auf in der Ruhe des frühen Nachmittags. Und aufzufallen musste ich um jeden Preis vermeiden. Zu ähnlich sah ich den Bildern, ohne Haube und mit offenem Haar. Ich ließ es mir über das Gesicht fallen und betete, dass ich nicht erkannt wurde.

Auf der Höhe meines ehemaligen Schlafplatzes, des Lagerhauses mit den Zuckersäcken, lag ein riesiges Überseeschiff. Mein Herz schlug wie wild, als ich mich ihm näherte. Sollte ich versuchen, auf dieses Schiff zu gelangen? Und falls ich es schaffte, wo konnte ich mich verstecken? Eine längere Reise würde ich nicht ohne Wasser überstehen. Vielleicht würde man mich anhören, mich nicht über Bord werfen, wenn ich mich auf hoher See zu erkennen gab. Und falls doch, war das allemal besser, als zurück zu Bellier zu gehen. Ohnehin war nichts übrig von mir, das ein Weiterleben lohnte, ich bestand nur noch aus Schmerz und Enttäuschung. Sollte das Schicksal mit mir machen, was es wollte. Nur nicht zurück zu Bellier. Nur nicht, dass Lucs Verrat von Erfolg gekrönt wäre. Diese Genugtuung sollte er nicht erhalten, niemals! Das war der letzte Wunsch, der es mir verbot, mich weinend auf die Straße zu setzen und dem Verhängnis zu überlassen. Das Einzige, was mich auf den Beinen hielt. Nur nicht Bellier. Nur nicht Luc.

Ich vermied den Blick auf das Lagerhaus, dem ich seit den Vorkommnissen jener Nacht ferngeblieben war. Angst kroch dennoch in mir hoch, und ich spürte das leichte Ziehen in der linken Schulter, das nie ganz verschwunden war.

Schließlich stand ich vor dem mächtigen Schiff und spähte die Bordwand hinauf. Wie klein ich mich fühlte! Ein steiler Steg aus Holzbohlen führte auf Deck. Oben sah ich den Kopf eines einzigen Mannes über die Reling ragen. Er hatte die Augen geschlossen. Sollte ich es wagen? Ich blickte mich um und trat einen Schritt näher an den Steg, dann einen weiteren. Hätte ich doch nur eine Haube gehabt! Damit hätte ich in dem schönen

Kleid einen ordentlichen Eindruck gemacht, wäre vielleicht sogar mit einer Ausrede an Bord gelassen worden. So blieb mir nur der Versuch, unentdeckt zu bleiben. Ich schlich vorwärts, setzte behutsam einen Fuß auf die Bohlen. Der Steg schwankte. Wie hatten sie die Ladung über diesen wackligen Aufgang auf das Schiff bringen können? Vorsichtig machte ich einen weiteren Schritt, den Blick fest auf den Mann an Bord gerichtet. Er rührte sich nicht. Ich hielt den Atem an und ging voran.

Da erscholl ein Ruf auf dem Kai.

»Diebin!«

Ich fuhr herum. Jemand stand vor dem Lagerhaus – dem *Lagerhaus!* – und zeigte mit dem Finger auf mich. Mein ohnehin wild hämmerndes Herz überschlug sich, ich wandte mich wieder um, wollte zum Schiff hinauf, doch meine Beine gehorchten mir nicht. Dann sah ich die Männer. Den einen, der nun wach war, und noch drei weitere, nein, vier. Schon hatte einer die Füße auf den Steg gesetzt, der sofort zu schaukeln begann. Verzweifelt versuchte ich, das Gleichgewicht zu halten, drehte mich hin und her auf der Suche nach einem Fluchtweg. Ich musste wieder hinunter! Doch das Schwanken des Holzes unter meinen Füßen wurde immer ärger, brachte mich aus dem Tritt, und zu allem Überfluss blieb ich in dem langen Kleid hängen. *Adelais, du Verräterin!,* dachte ich noch, dann stürzte ich und schlug mit Händen und Knien hart auf den Steinen der Uferstraße auf. Schmerz durchfuhr mich, doch ich rappelte mich auf, rannte los – und wurde an den Haaren zurückgerissen.

»Hab ich dich, du kleine Ratte!«

Meine Kopfhaut schien sich ablösen zu wollen, so brannte sie. Ich spürte, wie Haarbüschel ausrissen, sah meine Chance, hielt dagegen, wollte mich losreißen, da packten mich kräftige Hände um den Hals und drehten mich um. Der Lagerhausverwalter grinste mich an.

»Ich habe dich sofort erkannt auf den Zeichnungen, obgleich ich dein Gesicht in der Nacht nur kurz sehen konnte.« Seine Augen blitzten auf. »Wie gut, dass ich dich damals nicht totgeschlagen habe. Mir scheint, ein reicher Herr sucht nach dir. Da wird gewiss eine Belohnung für mich abfallen, denkst du nicht auch? Los, komm mit!«

Den Männern, die vom Deck des Überseeschiffes gekommen und neben uns getreten waren, nickte er zu.

»Sie hat bei meinem Herrn gestohlen, wollte sich wohl unbemerkt an Bord schleichen, um ihrer Strafe zu entgehen. Das habe ich zum Glück noch verhindern können.« Seine Stimme klang, als hätte er sich am liebsten selbst auf die Schulter geklopft. Ich suchte den Blick der fünf Männer, einen nach dem anderen, formte das Wort *Hilfe* mit dem Mund, doch keiner rührte sich. Der Verwalter schleppte mich weg, hinein in das Lagerhaus, das meine Zuflucht gewesen war und nun meine Falle.

***

Im Anschluss an das Treffen in der Geschäftsstraße der Stadt waren Java und ihr Vater zu den Lavies nach Hause eingeladen worden, zu einem späten Mittagessen für die hungrigen Reisenden. Java war froh gewesen, denn die scheußlich lange Fahrt, das elende Bilderaufhängen am Morgen und die endlosen Gespräche im Kontor hatten sie ermüdet.

Nun jedoch hatte sie anderes im Sinn, als zu essen. Sie pickte auf ihrem Teller herum, ohne zu sehen, was sie sich langsam und in winzigen Bröckchen in den Mund schob. Viel zu sehr war sie damit beschäftigt, den Sohn des Hauses, der ihr gegenübersaß, mit ihrem geübten männerbetörenden Augenaufschlag von unten her anzusehen. Endlich ein junger Mann, der die Anwendung dieses Blickes wert war, des schönsten Java-Lächelns, das sie sich gewöhnlich aufsparte, um ihren Vater zur Erfüllung all ihrer Wünsche zu veranlassen. Dieser Luc hatte besondere Aufmerksamkeit verdient, denn er war ausgesprochen ansehnlich, wohlhabend und noch dazu von einem freundlichen Wesen. Wie nett er mit ihr gesprochen hatte, als sie sich vorgestellt worden waren. Und er roch gut, nicht wie die gepuderten Affen, die einem sonst begegneten. Wie schön, dass ihr Vater eben diesen Geschäftspartner als Übernachtungsgelegenheit gewählt hatte!

Plötzlich bemerkte Java, dass der junge Mann sie fragend ansah, seine blauen Augen unverwandt auf sie gerichtet, doch keineswegs so voller Bewunderung, wie sie es sich erhofft und erwartet hatte. Verwirrt senkte sie den Blick. Verstand er ihre Zeichen denn nicht? Nun, dann würde sie es weiter versuchen müssen. Diese lange, unbequeme Reise musste schließlich zu irgendetwas gut sein! Langsam ließ Java ihre Zungenspitze über die Lippen gleiten und sah auf – nur um festzustellen, dass der junge Herr seine Aufmerksamkeit bereits von ihr ab- und ihrem Vater zugewandt hatte. Java konnte eben noch ein undamenhaftes Schnauben zurückhalten. War dieser Luc womöglich gar nicht an Frauen interessiert? Das wäre die einzig mögliche Erklärung für sein Verhalten, denn schließlich verpasste er eine einzigartige Gelegenheit, die sonst kein Mann ausließ – eine Tändelei mit ihr! So blieb Java nichts anderes übrig, als weiter im Essen zu stochern und der langweiligen Unterhaltung der Herren zu lauschen. Jammerschade, dass nicht einmal die Damen des Hauses anwesend waren, um ein wenig zu tratschen.

»Was führt Euch nun nach La Rochelle, mein lieber Bellier?«, fragte der ältere Monsieur Lavie ihren Vater, dessen Gesicht sich augenblicklich verdunkelte.

»Eine unangenehme Geschichte, mein Freund. Mir ist ein Mädchen entlaufen, eine Dienerin. Sie soll hier in der Stadt sein, und wenn dem so ist, werde ich sie finden.«

Ein Krachen und Scheppern erklang, das Javas Herz beinahe stehen bleiben ließ. Sie starrte den jungen Mann ihr gegenüber an. Er war aufgesprungen, sein Stuhl war nach hinten geflogen, und sein Becher lag in Scherben in einer Rotweinpfütze. Das hübsche Gesicht war bleich geworden, die blauen Augen weit aufgerissen.

»Lucien, was ist denn los, steckt dir ein Bissen im Hals?«, fragte der ältere Lavie mit besorgter Stimme, stand ebenfalls auf und hob die Hand, um seinem Sohn auf den Rücken zu klopfen. Luc jedoch fuhr herum, schob seinen Vater zur Seite, stürzte zur Tür – und prallte mit dem Hausdiener zusammen, der eben eintreten wollte. Beide Männer gingen zu Boden, wobei Lucs Kopf hart gegen den Türrahmen krachte. Der Vorfall sah so lustig aus, dass Java ein Glucksen nicht unterdrücken konnte.

Der Diener rappelte sich zuerst auf, zupfte seine Kleider zurecht und sagte: »Eine Nachricht für Monsieur Bellier. Ich soll ausrichten, man habe gefunden, was Ihr sucht.«

Ein Aufstöhnen erklang, so schmerzvoll, dass es selbst Java auffiel. Sie starrte Luc an. War er zuvor nur blass geworden, so schien nun alles Leben aus ihm zu weichen. Er bemühte sich nicht mehr, auf die Füße zu kommen, sondern ließ das Gesicht auf die verschränkten Arme sinken und wiegte den Kopf hin und her. Der Sturz hatte offenbar sehr geschmerzt. Java hockte sich neben den jungen Mann und legte ihm eine Hand auf die Schulter. Sollte er wider Erwarten doch an Frauen interessiert sein, so könnte ihm ihr Mitgefühl gefallen. Diese Regung war ihr zwar nicht sonderlich vertraut, sie hatte jedoch gehört, dass Männer so etwas an Damen schätzten.

»Java!« Oh weh, diesen Tonfall des Vaters kannte sie. Widerwillig erhob sie sich. »Komm schon, wir müssen zum Hafen!« Er griff nach der Hand seiner Tochter und zog sie mit sich. Bedauernd blickte Java zurück zu Luc, nur um festzustellen, dass er bereits aufrecht stand und sich anschickte, ihnen nachzukommen.

Na bitte! Java lächelte zufrieden.

19

Mit der Flut lief der mächtige Kauffahrer aus und machte Platz für eine Vielzahl von Schiffen, deren Mannschaften aus den verschiedensten Gründen die Stadt aufsuchten: um Waren ein- und auszuladen, Geschäfte zu machen, Seeleute anzuheuern oder vor der Weiterfahrt Proviant zu laden. Es kamen kleine Barken und Schaluppen, größere Fleuten und zwei riesige kanonenbestückte Galeonen mit turmhohen Masten. Bald war das Hafenbecken gut gefüllt. Die wendige Fregatte legte auf dem letzten freien Liegeplatz an der westlichen Hafenmauer an und erregte einige Aufmerksamkeit. Das taten die Korsaren im Auftrag des Königs immer.

René folgte seinem Kapitän über die rasch ausgelegte Planke auf den Kai hinab. Er scherte sich ebenso wenig wie sein Herr um die Blicke und Rufe der umstehenden Menschen. Vor Kurzem noch hatte ihn der Empfang, der ihnen allerorten bereitet wurde, beeindruckt, doch da war er noch ein halbes Kind gewesen. Jetzt war er erwachsen, hungrig wie ein Wolf und sterbensmüde. Es fiel ihm schwer, mit dem Kapitän schrittzuhalten, so forsch ging dieser voran, geradewegs auf das Aushangbrett an der Häuserwand zu.

»Hast du den Zettel, mein Junge?«

Er nickte und hielt das Papier mit dem Mund fest, während er Hammer und Nägel aus seinem Gürtel zog.

»Sehr gut. Häng ihn rasch auf, und dann lass uns etwas zu essen suchen.«

Über das Hämmern hinweg fragte René: »Meint Ihr, wir finden tüchtige Leute für das neue Schiff? Wann kommt es überhaupt an?«

»Ob ein Seemann fähig ist, beweist sich erst auf der Reise. Man weiß im Hafen nie genau, ob einer geeignet ist. Wir müssen das Beste hoffen. Ich erwarte die *Liberté* in zwei Tagen. Wir übernehmen sie, warten auf die anderen Schiffe – und dann ab gen Westen!«

Er hörte auf zu hämmern, und der ältere Mann schritt schon in Richtung der Stadt davon, als Renés Blick auf eine Porträtzeichnung fiel, die seine Aufmerksamkeit erregte.

»Herr Kapitän, seht mal!«

Der Angesprochene wandte sich um, die Stirn gerunzelt.

»Ich habe Hunger, lass uns gehen.«

»Gleich. Schaut Euch das an!« Er deutete auf das Papier, das an die Holztafel genagelt war.

Der Kapitän trat näher und knuffte den Jungen in die Seite. »Oh, René, nun verliebst du dich schon in jedes Abbild eines Mädchens statt nur in die Mädchen selbst? Was wird die schöne Rosa auf Hispaniola dazu sagen, dass du ihr so schnell untreu wirst? Oder die liebreizende Grete in ...«

»Nein, nein!« Hitze schoss in Renés Wangen, und er verzog das Gesicht. Sein Protest ging in dem schallenden Gelächter seines Herrn unter, doch er erhob die Stimme und fuhr unbeirrt fort: »Sie ist hübsch, ja. Aber das meine ich nicht. Seht sie Euch an! Sie sieht Euch ähnlich, Herr Kapitän.«

Das Lachen wurde lauter, der groß gewachsene Mann besah sich den Aushang. Dann wurde er still und starrte mit zusammengezogenen Brauen auf die Zeichnung. Die grauen Augen flogen über die Worte, die darunter geschrieben standen.

»Bellier!«

»Wie bitte? Ich habe Euch nicht verstanden.« René wunderte sich über seinen Herrn, der selten so nachdenklich dreinblickte wie in diesem Moment.

»Ach, es ist nichts ... René, was denkst du, wie alt ist das Mädchen?«

»Hmmm – in meinem Alter vielleicht? Siebzehn, achtzehn?«

»Siebzehn ... Bellier und Saint-Malo ...«

»Ihr stammt von dort, nicht wahr? Saint-Malo, meine ich?«

»Ja, ja ...« Abwesend klopfte ihm der Kapitän auf die Schulter.

René schüttelte den Kopf. »Was habt Ihr nur?«

»Macht Euch keine Sorgen«, ertönte eine Stimme. »Sie ist bereits gefasst, die kleine Diebin!« Ein Arbeiterjunge deutete auf ein weiter entferntes Lagerhaus. »Mein Herr hat sie geschnappt und eingesperrt.« Er riss das Bild von der Wand, sodass nur ein weißer Fetzen hängen blieb.

»Gib mir das.« Der Kapitän nahm dem Burschen die Zeichnung aus der Hand und glättete sie. »Und wieso Diebin? Davon steht hier nichts.«

»Doch, doch!« Der Junge bekräftigte seine Worte mit einem heftigen Kopfnicken. »Mein Herr hat es gesagt. Sie hat im Lagerhaus gestohlen. Er hätte sie vor ein paar Tagen schon beinahe erwischt, aber sie ist seinem Knüppel knapp entkommen. Diesmal wird sie weniger Glück haben, ihr Dienstherr wird jeden Augenblick erscheinen und sie bestrafen.« Ein hämisches Grinsen erschien auf dem Gesicht des Burschen. »Das sehe ich mir an, wird bestimmt ein Spaß!«

Der Kapitän rannte los. Dann drehte er sich nach René um, dass sein brauner Zopf flog. »Los, komm!«

Kopfschüttelnd folgte er seinem Herrn.

***

Ein grober Stoß in den Rücken beförderte mich ans Tageslicht. Ich blinzelte. Dort standen sie im Halbkreis und starrten mich an. Belliers Schatten fiel auf mich, doch in diesem Moment sah ich nur Luc.

Luc, den Verräter.

»Bist du gekommen, um deinen Triumph zu genießen?«, schleuderte ich ihm entgegen. »Ich habe dir vertraut!« Hatte ich das? Ja, ich hatte. Es wurde mir eben bewusst.

Dann trat Bellier so dicht vor mich, dass der Blick auf Luc versperrt war.

Ich nahm die Bewegung seiner Hand erst wahr, als sie mir mit Wucht auf die linke Wange klatschte. Ohnehin wäre ein Ausweichen unmöglich gewesen. Meine Handgelenke waren hinter meinem Rücken gefesselt, und der Lagerhausverwalter hielt mich an den Schultern fest. Der Schlag wiederholte sich auf der rechten Wange, bevor das Brennen des ersten nachließ, härter diesmal. Schon war wieder die andere Seite an der Reihe, doch er schlug kein weiteres Mal mit der flachen Hand zu, sondern mit geballter Faust.

»Mich verlässt man nicht!«, brüllte Bellier, dann folgte ein erneuter Hieb. Mein Kopf bestand aus Schmerz, pochend, stechend. Etwas Warmes lief mir aus der Nase und floss über Lippen und Kinn. Rauschen schwoll in meinen Ohren an, sodass ich die Worte nicht mehr hören konnte, die, begleitet von Speichel und unbändiger Wut, aus dem Mund meines Herrn schossen. Plötzlich blitzte es in seiner Hand auf, er rief nach einer Fackel, die ihm sogleich gebracht wurde. Er hielt das glänzende Ding hinein, dann riss er den Ausschnitt meines Kleides ein Stück hinunter. Er presste mir etwas auf den Brustansatz, gleißender Schmerz durchfuhr mich. Der Geruch von verkohltem Fleisch ließ Übelkeit in mir aufwallen. Ich blickte an mir hinab und sah den Widderkopf, sein Siegel, dunkelrot in meine Haut gebrannt.

»Du bist mein und wirst es immer bleiben!«, brüllte Bellier.

Meine Knie wollten nachgeben, doch der Griff des Verwalters hielt mich auf den Beinen. So starrte ich hilflos und aus brennenden Augen auf die Szene, die sich vor mir abspielte.

Luc packte Belliers Arm, bevor er mir abermals Gewalt antun konnte. Wie eine lästige Fliege schüttelte Bellier ihn ab, Luc aber trat meinem Herrn erneut in den Weg. Warum nur? Es geschah doch genau das, was Luc gewollt hatte!

Das Rauschen ließ nach, und die Worte, die hin und her flogen, erreichten wieder meine Ohren, wirbelten jedoch in meinem rasend hämmernden Schädel umher, ohne dass sie viel Sinn ergaben.

»Luc, was tust du? Lass Monsieur Bellier in Ruhe!«

»Halt dich da raus, Junge!«

»Bellier, dies geht zu weit!«

»Herr Vater, kommt schon, bestraft sie ordentlich!«

»Wie werdet Ihr Euch denn nun erkenntlich zeigen? Schließlich habe ich sie gefangen!«

»Ihr schlagt sie nicht noch einmal!«

»Ich schlage sie, so oft es mir beliebt!«

Und das tat er, mit einer Härte, die meinen Kopf erneut in Stücke zu reißen schien. Tränen schossen mir in die Augen, doch ich wollte nicht weinen, auf keinen Fall! Nicht jetzt, in dieser Lage. Zum Weinen blieb mir genug Zeit, wenn ich zurück im Hause Bellier war ...

Nach dem Schlag waren die Stimmen wieder angeschwollen, doch ich hörte nicht mehr zu, denn sie änderten nichts. Ich ließ meine Zunge an den Zähnen entlanggleiten und wunderte mich, dass alle noch festzusitzen schienen. Dann senkte ich den Kopf und sah an mir hinunter. Das schöne zartblaue Kleid war über und über hellrot getupft und besprenkelt. Der Widderkopf, verschwommen, aber unverkennbar, prangte auf meinem Dekolleté, als unwiderrufliches Zeichen dafür, wessen Besitz ich war. Mir wurde schwindlig, und ich blickte rasch auf.

Plötzlich gesellte sich ein fremder Klang zu den anderen, eine kräftige, befehlsgewohnte Stimme, die sogleich meine Aufmerksamkeit fesselte.

»Bellier! Lass das Mädchen in Ruhe!«

Mein Herr blickte langsam und betont gelangweilt zu dem Neuankömmling hinüber und verzog das Gesicht. Er öffnete den Mund – doch die abfällige Bemerkung kam nicht, dafür blitzte etwas in seinen Augen auf. Nach einem kurzen Moment, in dem Bellier wie erstarrt wirkte, lächelte er.

»Wenn das nicht Monsieur Cartier ist. Berühmter Name und nichts dahinter, nur ein elender Wicht, der Freibeuter spielt.«

Der Mann ging nicht auf die Beleidigung ein. »Wer ist das Mädchen?«

»Dieses Drecksweib dort? Sie ist meine Dienerin. Mein Besitz.«

»Niemand besitzt einen anderen Menschen.«

»Oh doch, ich habe einst jemanden besessen!« Aller Spott war aus der Stimme meines Herrn gewichen, nun schlug flammender Zorn aus seinen Worten. »Du hast sie mir gestohlen. Jetzt gehört diese mir, sie hat sie mir verkauft, als Wiedergutmachung!«

»Nichts hast du besessen, und ebenso wenig habe ich gestohlen. Sie ist dir fortgelaufen, genau wie dieses Mädchen hier.«

»Sie kam angekrochen, bat mich um Verzeihung, nachdem du sie fortgeworfen hattest, um deinen Korsarentraum zu leben. Doch es war ihre eigene Schuld, und ich nahm sie nicht zurück. Nur jenen Bastard dort als Pfand und stetige Erinnerung, wie dumm ich einmal war.«

Eine andere Stimme drängte sich in meinen Kopf, eine, die keinem der Umstehenden gehörte, nicht wirklich da war in diesem Augenblick und doch stets in mir, eingebrannt in meine Seele wie das Siegel in meine Haut.

Sieh dir an, wohin mich die Liebe gebracht hat.
Eiskalt war die Stimme, und hatte sie nicht recht behalten? Ich sah zu Luc hinüber und befahl meinem Herzen, zu Stein zu werden.

»Sie gehört mir, und ich nehme sie mir jetzt zurück.«

Ich erwartete einen erneuten Angriff, doch mein Herr rührte sich nicht, fixierte nur weiter den ebenso hochgewachsenen Mann, der weder wich noch wankte.

»Weniger als jedem anderen gehört sie dir!«

»Aber dir, wie? Der du sie verlassen hast, ehe sie überhaupt auf der Welt war? *Mein* Geld hat sie aufwachsen lassen, *meine* Gnade sicherte ihr Überleben!«

»Und welch ein Leben hatte sie bei dir? Wenn es dem ähnelt, was du ihr im Augenblick antust, dann kann von *Gnade* keine Rede sein!«

Die beiden Männer starrten sich in die Augen, schwarze in graue, sie schienen Funken zu sprühen. Die Umstehenden blickten verwirrt drein. Der ältere Monsieur Lavie schüttelte den Kopf, hin und her, immer wieder, als könne er die Geschehnisse nicht fassen. Ich bekam eine Ahnung davon, warum seine Kinder so wenig von den Übeln der Welt wussten – offenbar war ihr Vater selbst nicht erprobt in diesen Dingen. Sogar Javas Augen waren aufgerissen, ebenso wie die des Jungen, der mit dem Fremden angekommen war. Und Luc... Er stand wie zum Sprung bereit, rührte sich jedoch nicht. Ihre Gesichter spiegelten meine Gefühle wider. Was hatte das alles zu bedeuten?

Der Griff des Verwalters lockerte sich. Vermutlich war er ebenso durcheinander darüber, dass sich zwei erwachsene Männer, ein Kaufmann und ein Seemann, um eine schmutzige Dienstmagd in einem viel zu feinen Kleid stritten. Der Verwalter trat an meine Seite, seine Hand nur noch leicht an meinen Rücken gedrückt, und räusperte sich.

»Wem auch immer sie gehört, ich habe sie gefangen! Wer entlohnt mich jetzt dafür?«

Die beiden Männer lösten nicht die Blicke voneinander. In meinem schmerzenden Kopf wirbelten die Gedanken.

Der du sie verlassen hast, ehe sie überhaupt auf der Welt war.

»Sie hat gestohlen!«, insistierte der Verwalter.

»Habe ich nicht!«, wollte ich rufen, plötzlich wütend auf all diese Männer, die sich das Recht herausnahmen, mein Leben zu bestimmen. Doch es kam nur ein Krächzen über meine Lippen. Der Blutgeschmack verursachte Wellen der Übelkeit. Da trat Luc vor mich und rieb mir mit dem Ärmel seines Hemdes Nase und Mund ab. Es brannte, im Gesicht und im Herzen, das meinem Befehl nicht gehorcht hatte. Ich versuchte, mich ihm zu entziehen. Er versperrte mir den Blick auf den großen, braunhaarigen Mann, der meinem Herrn gegenüberstand, der mich nicht kannte und dennoch für mich kämpfte.

»Lianne.« Luc strich eine Haarsträhne fort, die in meinem Gesicht geklebt hatte. Es ziepte ein bisschen. Ich brauchte Antworten, doch nicht von Luc. Der Verwalter hatte mich losgelassen und war dichter zu Bellier und dem fremden Mann getreten. Ich tat es ihm nach.

Plötzlich wurde mir bewusst, dass ich keine Angst mehr verspürte. Schmerz, Enttäuschung, Mattigkeit, ja. Aber keine Angst. Dort stand jemand, der für mich eintrat, wie es noch kein Mensch je getan hatte.

»Messieurs, was ist mit meiner Belohnung?« Der Verwalter gab nicht auf, und dann hatte er die Aufmerksamkeit der Herren. Mehr als ihm lieb war ... Beide gleichzeitig lösten die Augen voneinander und wandten sich dem viel kleineren Mann zu.

»Lasst uns unsere Angelegenheiten regeln, Monsieur«, knurrte Bellier und hob die Faust, als wolle er dem Verwalter die gleiche Behandlung angedeihen lassen wie mir. Dessen Blick huschte zu mir, zu meinem Gesicht, das gewiss übel aussah, so wie es sich anfühlte. Dann stammelte er eine Entschuldigung und zog sich ein paar Schritte zurück. Seine Einmischung hatte offenbar die Spannung zwischen den beiden Männern gestört, denn sie wandten sich augenblicklich mir zu. Mein Herr starrte mit unverminderter Wut, doch es gelang mir, ihn nicht zu beachten. Das andere Augenpaar – grau und seltsam vertraut – blickte forschend, bestürzt und mit einem Gefühl darin, das ich bisher nur in Lucs Augen zu sehen geglaubt hatte. Doch das waren nur Lügen gewesen.

»Lianne ...« Luc trat wieder zwischen mich und die Männer.

»Verdammt, Luc! Geh weg!« Meine Stimme überraschte mich, denn sie ertönte vollkommen klar und kräftig. Ihn überraschte sie offensichtlich ebenfalls. Er wich zurück, die blauen Augen blickten – verletzt? Er?

»Ich will dich nie wiedersehen«, fügte ich hinzu, damit er es auch sicher verstand. »Verräter!«

»Ich bin kein ...«, begann er, und vielleicht sprach er sogar weiter, doch ich wollte nichts mehr hören. Nicht von ihm, nicht von Bellier. Nicht von all den Menschen, die mich als ein Spielzeug betrachteten. Ich wollte nur noch ihn sehen, ihn hören, meinen – *Vater*?

»Lianne?« Er trat dicht vor mich und strich mir vorsichtig über die Wange. »Deine Mutter ist Robina, nicht wahr?«

»Eine Frau dieses Namens hat mich geboren, das ist auch schon alles.« Ich schmeckte die Bitterkeit meiner Worte auf der Zunge und sah in seinem Gesicht, dass sie bei ihm angekommen war.

»Es ist meine Schuld, sie kann nichts dafür. Sieh dich an, sieh mich an. So ähnlich ...«

»Ich habe es gleich erkannt, als ich ihr Bild sah!«, hörte ich eine Jungenstimme stolz sagen.

Bevor ich den Sprecher ausmachen konnte, höhnte eine andere Stimme: »Wie rührend, Vater und Tochter haben sich gefunden!« Bellier lachte hämisch. »Nur musst du das erst einmal beweisen, Cartier. So lange gehört sie mir. Sie ist mir entlaufen, darauf steht Strafe! Und hat sie nicht gestohlen?«

»Ja!« Der Verwalter nickte eifrig.

Bellier bewegte sich mit einem Satz auf mich zu, so schnell, dass ich nicht ausweichen konnte, legte einen Arm fest um meinen Hals und drückte zu. Ich würgte, versuchte zu atmen, doch es gelang mir nicht. Panik ergriff mich, ich schlug um mich, was nur dazu führte, dass mein Herr den anderen Arm um meinen Körper schlang und mich festhielt. Der Griff war eisern und unerbittlich. Ich röchelte, vor meinen Augen zuckten Blitze.

»Holt einen Ordnungshüter«, befahl er dem Verwalter, der sogleich losstürmen wollte. Der Menschenauflauf aber hatte die Staatsgewalt bereits auf den Plan gerufen. Aus brennenden Augen sah ich, wie ein Uniformierter vor Bellier und mich trat.

»Was immer sie getan hat, hört auf, sie zu würgen. Sie ist schon ganz blau!«

Bellier lockerte seinen Griff, und ein lautes Pfeifen ertönte, als ich die salzige Luft einsog. Meine Kehle brannte, mein gesamter Oberkörper stach. Ich musste husten und konnte nicht aufhören, die Anstrengungen

des Tages taten ein Übriges, die Beine knickten mir ein,
und ich sackte zu Boden.
Dann war nichts mehr.

20

Etwas war anders. *Sonderbar* ... Der Brandgeruch war so schwach, als hinge er lediglich in meiner Kleidung und nicht in den Mauerresten. Und woher kam das Stroh, das ich unter mir fühlte? Ich schlief doch stets nur mit meinem alten Kleid als Unterlage.

Auch das Licht war nicht wie sonst. Welche Tageszeit mochte es sein? Gelbes Flackern drang durch eine kleine Luke in der – *Tür? Seit wann gibt es in der Ruine Türen?*

Ansonsten war es beinahe finster, ein dunkelgraues Rechteck in der Wand gegenüber der Tür, hoch über mir, schien einen Rest Tageslicht einzulassen.

Ich setzte mich auf. Ein Stöhnen entfuhr mir, als Schmerz mich durchzuckte. Mein ganzer Körper fühlte sich wund an, alles pochte und brannte, am schlimmsten mein Kopf. Er wollte keinen klaren Gedanken zulassen. Vorsichtig tastete ich nach meinem Gesicht, berührte es dort, wo mich die Schläge getroffen hatten.

Schläge?

Da war sie, die Erinnerung. Wie ein weiterer Hieb. Bellier und mein Vater ... Ich sah mich um. Hier war niemand außer mir.

Wo sind sie alle?

Wo bin ich?

Furcht legte sich wie ein schwerer Mantel um mich und drohte mich zu lähmen. Langsam gewöhnten sich meine Augen an das spärliche Licht und ließen mich den Raum deutlicher erkennen. Er war klein, die Wand mit dem Fenster war gebogen, die anderen Wände gerade, der Raum wurde zur Tür hin schmaler. Als hätte man ein Stück aus einem runden Käselaib geschnitten. Oder wie ein Zimmer in einem – *Turm*?

Lucs Stimme dröhnte in meinen Ohren.

So glaube mir doch, es werden in diesem Land keine Frauen einfach in die Gefängnisse gesperrt.

Nun, da hatte er sich wohl getäuscht. Oder vielmehr hatte er mich mit Absicht in falscher Sicherheit gewiegt! Wie hatte ich nur so dumm sein können?

Die lähmende Angst verwandelte sich in Panik, die kalten Mauern schienen immer näher zu kommen, wollten mich erdrücken! Ich sprang auf, stürzte zur Tür, riss an dem Griff, doch natürlich war sie verschlossen. So sehr ich auch zog und rüttelte, das schwere Holz rührte sich nicht. Ich schnappte nach Luft, konnte jedoch nur hecheln, so heftig stach es in mir. Es war sinnlos, ich war eingesperrt, mein Schicksal besiegelt. Es war vorbei.

Zu Tode erschöpft ließ ich mich auf das Strohlager fallen und fasste mir an die schmerzende Kehle. Hierher also hatte mich mein Traum von Freiheit geführt. Ich war gefangener denn je. Würden sie mir glauben, dass ich nicht gestohlen hatte? Gewiss nicht. Selbst wenn der Verwalter es nicht beweisen konnte – war es überhaupt Diebstahl, eine Handvoll Zucker zu probieren? –, immerhin trug ich noch Adelais' Kleid. Wenn sie gegen mich aussagte ... Ich schob den Gedanken an die freundliche junge Frau fort. Er schmerzte zu sehr.

Würden sie meinem Vater glauben, wer ich war? Was galt das Wort eines Korsaren gegenüber dem von zwei angesehenen Handelsherren? Wollte mich überhaupt irgendeiner hier herausholen? War es nicht dumm, Hoffnung in einen Vater zu setzen, der mich schon einmal verlassen hatte? Gerade ich sollte doch wissen, dass es gleichgültig war, ob man jemandes Kind war, dass es keine Sicherheit dafür war, dass sich ein Elternteil um einen sorgte. Vielleicht hatte er mich und sein Schweigen längst an Bellier verkauft und segelte von dannen. Oder sie machten sich allesamt gemeinsam einen Spaß daraus, mit meinem Leben zu spielen, saßen zusammen im Wirtshaus und soffen, während ich hier verrottete! Ich spürte die Tränen aufsteigen, und diesmal ließ ich sie fließen. Was machte es noch aus? Ich war allein, niemand würde mich weinen sehen.

Ich wusste nicht, wie viel Zeit vergangen war, als ich schließlich keine Tränen mehr hatte. Stimmengewirr drang an mein Ohr, von irgendwo draußen, wie das entfernte Summen einer Fliege. Ich hob den Ärmel und tupfte mein wundes Gesicht ab. Ein letzter Schluchzer ließ meinen Körper erzittern, dann wurde ich ruhig. Wenigstens war hier niemand, der mich schlug, niemand, der mich zu etwas zwang, niemand, der mir etwas vormachte. Zeit zum Atem holen, Stille für eine Weile. Ich erhob mich und schritt langsam den kleinen Raum ab. Das Fenster war inzwischen in Schwärze getaucht, doch der Fackelschein, der durch die Türluke fiel, erhellte ein Stückchen Wand. Sie schien mit seltsamen Mustern verziert zu sein. Ich trat näher, da erkannte ich es. Ein Bildnis, in den Stein geritzt! Ich ließ meine Finger darüber gleiten und fühlte die Rillen und Kratzer. Es war ein einfaches Schiff, weniger detailreich als meine Zeichnung an der Mauer der Ruine, doch deutlich zu erkennen. Durch das flackernde Licht machte es den Anschein, als würde es auf den Wellen tanzen. Buchstaben standen daneben – was mochten sie bedeuten? Ich tastete weiter die Wand entlang, dorthin, wo der Fackelschein nicht mehr reichte. Ich spürte weitere Kerben, manche flach, andere tiefer, breite und schmale, gerade und krumme. Der ganze Raum schien mit Zeichnungen gefüllt zu sein. Wer waren die Menschen, die diese angefertigt hatten? Sicherlich Gefangene wie ich. Würden sie mir bei Tageslicht ihre Geschichten erzählen? Würde es mir gelingen, auch meine Geschichte hier zu hinterlassen?

Die Stimmen wurden lauter, und vorbei war es mit der Stille. Mein Herz, das eben erst ein wenig zur Ruhe gekommen war, schien sich zusammenzuziehen. Kam schon jemand, um mich zu holen? Wer würde es sein, und was hatte es für mich zu bedeuten? Plötzlich spürte ich, wie trocken mein Mund war. Wann hatte ich zuletzt getrunken? Noch immer war da der Blutgeschmack. Die Übelkeit kehrte zurück, meine Knie begannen zu zittern.

»Lasst mich zu ihr, ich bitte Euch!«

Ich kannte die Stimme nur zu gut. Sie hatte geschmeichelt, um Vertrauen geworben. Gelogen. Jetzt flehte sie.

»Ich muss mit ihr sprechen!« Es klang, als stünde Luc bereits vor der Tür.

»Nein, lasst ihn nicht herein!«, wollte ich schreien, doch dann hörte ich Münzen klimpern und erkannte, ich würde ihn sehen müssen. Noch einmal wischte ich über meine Augen und straffte den Rücken, obwohl mir zum Umfallen übel war.

Der Türriegel wurde zurückgeschoben, und im Lichtschein der Fackel erschien der Verräter. Sein Gesicht lag im Schatten, doch ich wusste nur zu gut, wie es aussah. Es war das Liebste gewesen, das ich je in meinem Leben gesehen hatte. Nun war es das Schlimmste ...

Meine Zunge fühlte sich so schwer an. Ich wollte ihn anschreien, den Lügner, aber ich brachte keinen Ton heraus. Hinter ihm war der Wachmann in meine Zelle getreten. Ich schob Luc zur Seite.

»Wasser! Bitte!« Die Worte kratzten in meinem Hals. Zum Glück ließ sich der Wächter erweichen und rief irgendwem zu, mir einen Krug zu holen. So brauchte ich ihm nicht einmal zu drohen, über seine Bestechlichkeit zu sprechen. Ich leerte das Gefäß vollständig und gierig. Die kühle Flüssigkeit rann meine wunde Kehle hinab, endlich wurde der furchtbare Geschmack fortgewaschen, und der Brechreiz flaute ab. Ich atmete tief ein, räusperte mich, dann baute ich mich vor Luc auf, der bisher kein Wort gesprochen hatte.

»Ich hatte dir gesagt, du sollst verschwinden! Was tust du also hier?«

»Lianne, ich – ich …« Luc hob die Hände, doch sein Stottern und die hilflose Geste rührten mich nicht. Im Gegenteil. Wut übermannte mich, und ehe ich einen klaren Gedanken fassen konnte, stand ich vor ihm und schlug auf ihn ein, mit all meiner eben wiedergewonnenen Kraft.

»Du Schwein, du Verräter! Nun hast du mich, wo du mich vom ersten Tag an haben wolltest! Dreckiger Lügner!« Meine Hände schmerzten, doch sie trommelten weiter auf seine Brust ein. »Ich sollte dir vertrauen, hast du gesagt. *Vertrauen!* Wie gut, dass ich es nie getan habe!« Nun war ich die Lügnerin, aber es war mir gleich. Ich schrie und schrie, damit ich nicht weinend zusammenbrechen konnte. Doch seltsam – Luc rührte sich nicht. Dafür trat der Wachmann näher und hob seine Fackel. Der Lichtschein erhellte Lucs Gesicht. Und die Tränen, die ich nicht mehr hatte, glänzten in seinen Augen. Ich ließ die Fäuste sinken.

»Ich wusste es nicht, Lianne«, flüsterte Luc. »Bis heute Nachmittag hatte ich keine Ahnung. Ich hätte nie …« Seine Stimme versagte.

Das Herz ist ein seltsames Ding, wenn es denn für die Gefühle zuständig ist, so wie alle sagen. Eben noch war meines voller Hass gewesen, und dann brachte es ein Blick in himmelblaue Augen dazu, schneller zu schlagen. Nein! Ich verbot mir strengstens, weich zu werden. Ich konnte ihm doch nicht glauben, nicht schon wieder!

»Willst du mich für dumm verkaufen?« Ich bemühte mich, meine Stimme weiterhin wütend klingen zu lassen, auch wenn ich mich in Wirklichkeit nur noch müde und verwirrt fühlte. »Bellier ist euer Freund, ich habe euch in der *Rue des Merciers* zusammen gesehen.«

»Er ist kein Freund, nur ein Geschäftspartner meines Vaters. Ich wusste nicht einmal, dass er kommen wollte. Ich war doch auf Reisen in den letzten Tagen. Außerdem hast du mir nie gesagt, wem du fortgelaufen bist! Wie hätte ich …«

»Ich habe dir ein Bild geschenkt, bei unserem ersten Treffen an diesem Turm hier. Er ist es doch, oder? Der Gefängnisturm? Das Schreiben auf der Rückseite der Zeichnung war von Bellier. Das hast du gewiss erkannt.«

»Nein! Ich habe die Worte gelesen, ja. Doch sie waren an einen Duchamp gerichtet, und der Teil mit der Unterschrift fehlte. Ich dachte, du hättest es irgendwo gefunden.«

»Selbst wenn ich dies für wahr halten sollte – du hast die Bilder gesehen. Sie hingen überall am Hafen.«

»Erst seit heute früh, und ich war nicht am Hafen. Ich war den ganzen Tag im Kontor!«

Ich wollte ihm glauben und auch wieder nicht. Hilfesuchend sah ich den jungen Wachmann an, als könnte er mir sagen, was ich denken sollte. Er hob die Schultern.

»Lianne, so vertrau mir doch! Ich liebe dich, und das schon lange! Spürst du das denn nicht? Ich hätte dich nie verraten!«

Ich liebe dich.

Warum sagte er so etwas? Mit solch einer Stimme, die so ehrlich und beschwörend klang … Eine andere Stimme drängte sich in meinen Kopf, fern und doch immer da, eingebrannt in meine Erinnerung.

Sieh dir an, wohin mich die Liebe gebracht hat.

Ja, Mutter. Nun sehe ich es. Wäre ich gleich weiter fortgelaufen, immer weiter und weiter, säße ich jetzt nicht in der Falle.

Ich verschränkte die Arme vor der Brust. Mich würden seine Worte nicht wieder erweichen! Hatte er nicht zugegeben, perfekt Theater zu spielen? Ich sah Java vor mir, blondes Haar und Wimpernklimpern, die Hand auf seinem Arm, und die Wut kehrte zurück.

»Du liebst mich? Und was ist mit Java?«

Luc blickte verwirrt drein. »Mit wem?«

»Java! Euch habe ich auch gesehen!«, fauchte ich.

»Belliers schreckliche Tochter? Ich war nur höflich!«

»Ach ja?«

»Ja!«

Ich schnaubte, wie ich hoffte, verächtlich genug. Plötzlich legte sich im Fackelschein ein feines Lächeln auf Lucs Gesicht.

»Du bist ja eifersüchtig.«

»Bin ich nicht!« Die Erwiderung entfuhr mir ebenso unbedacht wie unwahr. Selbstverständlich war ich eifersüchtig, doch nicht auf dieselbe Weise, wie ich es bei einer anderen Frau gewesen wäre. Denn es handelte sich nicht um irgendeine Frau, sondern um Java. Da war mehr als Eifersucht, viel mehr …

»Dieses Mädchen hat mich gequält, seit ich denken kann. Mir das Wenige genommen, was mir geblieben war, als ich in ihren Haushalt kam. Das verstehst du nicht.«

»Mich kann sie dir nicht nehmen.«

Es war zu viel. Die ganzen Umstände, die Ereignisse des Tages. Es war mir unmöglich, weiter mit Luc zu sprechen. Ich wandte mich ab, ließ mich auf das Strohlager fallen und verbarg mein Gesicht in den Händen.

»Bitte geh jetzt, Luc.«

»Ich komme zurück und hole dich heraus!«

»Und dann? Wie soll es danach weitergehen?« Ich brauchte nicht aufzublicken, um zu wissen, dass seine Miene allzu deutlich Ratlosigkeit zeigte. Es hatte sich nichts geändert. Noch immer war es unmöglich, dass er mich mit zu sich nach Hause nahm, selbst wenn er es gewollt hätte. Vielmehr war es undenkbarer als je zuvor, seit klar war, dass sein Vater mit Bellier bekannt war.

»Wir finden einen Weg, ich verspreche es!«

»Das wird nicht nötig sein«, ertönte eine andere Stimme. Nun blickte ich doch auf, denn ich erkannte sie sogleich. »Lasst uns bitte allein, Monsieur Lavie«, sagte mein Vater. Wie ungewohnt sich das Wort anfühlte ...

Luc zögerte nur kurz, und nach einem letzten Blick auf mich verließ er meine Zelle. Der hochgewachsene Seemann nahm dem Wächter die Fackel aus der Hand und steckte sie in eine Halterung, dann nickte er in Richtung Tür. Zu meinem Erstaunen folgte der Mann Luc hinaus. Mein Vater ließ sich neben mich auf das Stroh fallen. Sein Gesicht lag im Schatten und war nur zu erahnen, doch ich wusste von den kurzen Augenblicken an diesem Nachmittag genau, wie es aussah. Er musste jung gewesen sein, als er mich gezeugt hatte. Zu jung? Zuvor war mir nicht in den Sinn gekommen, mich zu fragen, warum er meine Mutter verlassen hatte. Ich war nur glücklich gewesen, dass sich jemand gegen Bellier für mich einsetzte. Nun jedoch kamen mir eben diese Gedanken. Dass meine Mutter so geworden war, wie sie war, wie sie insbesondere zu *mir* war, musste an ihm liegen. War er der Grund, dass sie so schlecht von der Liebe dachte? In diesem Falle hätte ich ihn hassen sollen, oder nicht? Doch ich war nur froh, dass er da war.

Er schien meine Gedanken zu spüren.

»Du musst eine Menge Fragen haben, mein Kind. Die Zeit wird kommen, sie dir alle zu beantworten. Aber erst einmal werde ich dich hier herausholen.«

»Und Bellier?«

»Keine Sorge wegen Bellier. Er hat unterschätzt, wie viel kräftiger die Arbeit auf See im Gegensatz zu einem Dasein am Schreibtisch macht.« Er lachte auf. »Ein gewonnener Faustkampf, einige Drohungen bezüglich dem Leben seiner Tochter im Austausch gegen das Leben meiner Tochter – schon war er ganz zahm.«

Zahm – Bellier? Ich konnte es mir nicht ausmalen.

»Er hat die Stadt bereits verlassen. Dir droht keine Gefahr mehr.«

»Dennoch bin ich im Gefängnis. Ich bin aber keine Diebin, das müsst Ihr mir glauben!«

»Selbstverständlich glaube ich dir. Du bist auch nicht deswegen im Turm. Vielmehr wusste der Ordnungshüter wegen der ungeklärten Situation und der Gefahr, in der du dich befandest, keinen anderen Rat, als dich zu deiner eigenen Sicherheit erst einmal hier unterzubringen. Immerhin hat Bellier dich beinahe erwürgt! Ich schwöre dir, das hätte der Mistkerl nicht überlebt!« Er machte eine Pause, danach klang seine Stimme wieder ruhiger. »Die Anschuldigung, du hättest gestohlen, diente dabei als vortrefflicher Ausweg, dein Einsperren zu rechtfertigen, solange deine – äh, Besitzverhältnisse nicht geklärt waren.«

Meine Hand fuhr zu der Stelle, an der mir Bellier sein Siegel aufgedrückt hatte. Die Haut brannte, und ich spürte deutlich eine Erhöhung, wo sich der Widderkopf befinden musste. Ich brauchte nicht einmal hinzuschauen.

»Jeder kann sehen, wessen Besitz ich bin.«

»Das war unrecht von ihm! So wie alles andere. Doch das ist nun vorbei.«

»Dann darf ich gehen?«

»Das darfst du. Niemand konnte beweisen, dass du gestohlen hast.«

»Habe ich auch nicht. Außer ...«

»Außer?«

»Als ich in dem Lagerhaus übernachtete, habe ich etwas Zucker probiert. Ich kannte ihn zuvor nicht und war neugierig.«

»Zucker?« Mein Vater lachte, ein schönes Lachen, laut, aber nicht so krachend, wie ich es bei anderen Männern gehört hatte. Mir wurde warm. »Du kanntest keinen Zucker? Das sieht Bellier ähnlich. Ich war vor Kurzem dort, wo der Zucker wächst. Weißt du, wo das ist?«

»Weit fort, richtig?«

»Oh ja, die Reise dauert viele Wochen.« Die Stimme wurde weich. »Du hast keinen Unterricht bekommen und über die Welt gelernt, nicht wahr?«

»Nein.«

»Hättest du es gern getan?«

»Oh ja, ich war so neidisch auf Belliers Tochter, denn sie durfte lernen und verabscheute es.«

»Das ist traurig.« Er schwieg eine Weile, dann sagte er: »Deine Mutter war so klug. Sie hatte Unterricht, bis ihr Vater starb, wusstest du das?«

»Nein. Ich weiß nichts über Mutter und ihre Familie. Sie sprach nie mit mir, außer um mich zu maßregeln. Auch Bellier hatte nur abfällige Bemerkungen für sie übrig.«

»Es tut mir weh, das zu hören. Das habt ihr beide nicht verdient. Ich sagte schon, Robina war klug. Nur in einer Sache hat sie sich töricht verhalten: Sie hat sich mit mir eingelassen. Ich habe nie gewollt, wie alles gekommen ist. Sie hat mich überrumpelt. Sie war stur, so bestimmend, und ich war zu jung, zu unreif. Ich wusste nicht einmal, ob ich ihr die Schwangerschaft glauben sollte.

Und selbst in den Augenblicken, in denen ich es tat, redete ich mir ein, sie würde schon eine Lösung finden ...«
Er klang, als seien seine Gedanken weit in der Vergangenheit. Dann fragte er plötzlich: »Soll ich dir etwas über deine Familie erzählen?«

»Sehr gern, Herr Vater.«

Er schüttelte den Kopf. »Lass den *Herrn* weg. Du hast Herren genug gehabt in deinem Leben. Ich wünsche keine Förmlichkeiten. Ich war dir nie ein Vater, aber ich möchte dir ein Freund werden, wenn du es erlaubst.«

»Das würde mich sehr glücklich machen.«

Und in dem finsteren, kalten Turmverlies nahm mich mein Vater in die Arme, ich schmiegte mich an ihn, und seine Stimme malte mir Bilder meiner Mutter, wie ich sie nie gesehen, nie gekannt hatte. Mal waren die Worte bitter, mal voller Liebe, dann wieder ärgerlich, schließlich voller Schuldgefühl. Mit jedem Satz wurde mein Vater für mich wirklicher, mein trauriges Leben bekam eine Geschichte, einen Hintergrund. Alles fügte sich zusammen, die Worte meines Vaters mit denen Belliers, die dieser während der Auseinandersetzung gebrüllt hatte. Meine Mutter war Bellier versprochen gewesen, hatte ihn betrogen und verlassen, und er hatte es ihr nicht verzeihen können, als sie es hatte ungeschehen machen wollen.

Endlich konnte ich mich wieder an die Zeit vor meinem Leben im Hause Bellier erinnern, an Tante Barthez und wie lieb ich sie gehabt hatte. Die Trauer über ihren Tod und meine Einsamkeit, nachdem sie mich nicht mehr besuchen kam, mussten so groß gewesen sein, dass ich sie vollkommen vergessen hatte. Ich erinnerte mich an den Abschied von ihr und verstand endlich, warum ich in Belliers Haushalt gegeben worden war.

Sie hat sie mir verkauft, als Wiedergutmachung.

Das waren seine Worte gewesen. Verkauft von der eigenen Mutter.

Doch mein Vater erzählte mir, dass es ihr nicht anders gegangen war, dass meine Großmutter ihrer Tochter dasselbe angetan hatte. Verschachert, sogar an denselben Mann. Nun wurden mir auch Belliers Blicke klar, seine unerträglichen Annäherungsversuche, die ich mir nie hatte erklären können.

Und ich erfuhr, dass mich mein Vater nicht verlassen hatte, weil er mich nicht gewollt hatte. Er hatte nur sein Leben behalten wollen, seinen Traum erfüllen, eine Zukunft haben jenseits der Armut seiner Geburt. Wie gut konnte ich diese Gefühle verstehen! Für meine Mutter jedoch hatte es Verrat bedeutet.

Als er verstummte, hob ich an, von meinen eben erst wiedergekehrten Erinnerungen zu sprechen. Ich erzählte von einer Mutter, die keine gewesen war, von einer verbitterten, grausamen Frau, der das Leben zum wiederholten Mal kein Glück gebracht hatte. Meine Tränen tropften auf mein Kleid, die meines Vaters in mein Haar, als ich ihm von meiner einsamen Kindheit berichtete. Von meinem trostlosen Dasein im Hause Bellier, das die *Lösung* gewesen war, die meine Mutter für ihre Lage gefunden hatte. Ich sprach sogar von den Vorfällen, die mich zur Flucht veranlasst hatten, und von Luc. Es sollte keine Geheimnisse in meinem Leben geben, jetzt nicht mehr!

So vergingen die Stunden, und irgendwann färbte sich der Himmel hinter dem Fenster rot, dann blau. Im ersten Licht des Morgens sah ich meinem Vater in das müde, noch immer jungenhafte Gesicht. Ich blickte in die Augen, die meinen so sehr glichen, bestaunte die Haare, die dieselbe Farbe hatten wie meine. Mein Eindruck des vergangenen Tages hatte mich nicht getäuscht.

»Ich sehe wahrlich aus wie du. Darum hat sie mich gehasst.«

»Ja, das tust du.« Er streckte Arme und Beine von sich, schüttelte sich und stand auf. »Doch nun genug von traurigen Geschichten. Lass uns frühstücken gehen und herausfinden, ob wir noch mehr gemeinsam haben!«

Ich ergriff die Hand, die mir mein Vater reichte, und ließ mich auf die Füße ziehen. Ein letztes Mal sah ich mich in meiner Zelle um. Mein Blick glitt über die eingeritzten Zeichnungen an den Wänden, die jetzt deutlicher auszumachen waren. Immer wieder Schiffe, manche so kunstvoll, dass jedes einzelne Kanonenloch zu erkennen war, jede Falte im Segel und das Lächeln auf dem Gesicht der Galionsfigur. Aber auch zahlreiche Kreuze waren dort abgebildet. Hatte Gott den Menschen geholfen, die so auf ihn vertraut hatten? Oder waren sie hier gestorben? Hunderte Zeichen und Zahlen an den Wänden – bildeten sie die Namen der Gefangenen? Die Jahre ihrer Gefangenschaft? Wieder einmal wünschte ich mir, lesen und schreiben zu können, aber ich kannte nur einen Buchstaben.

»Gibst du mir dein Messer?« Er reichte es mir, ohne nachzufragen. Ich fand eine freie Stelle und ritzte ein großes L in die Wand. »Lianne war hier und hat euch gesehen«, flüsterte ich. »Ihr seid nicht vergessen.« Dann gab ich meinem Vater das Messer zurück und verließ hinter ihm die Zelle. Mit zitternden Knien schritt ich die steinernen Stufen hinab.

Als wir in das Tageslicht traten, musste ich die Augen zusammenkneifen. Nach kurzer Zeit jedoch öffnete ich sie weiter denn je, schien es mir. Noch nie war ein Tag heller für mich gewesen. Ich hatte eine Familie bekommen, einen Menschen, dem ich etwas bedeutete!

Immer wieder fühlte ich den Blick meines Vaters auf mir, als wir am Hafen entlang in Richtung Stadt schritten. Er führte mich durch die Straßen, die ich bisher allein erkundet hatte, manchmal schweigend, dann wieder auf irgendetwas deutend und erklärend. Ich hörte die Worte kaum, nur die Stimme war wichtig.

Als wir an dem Lagerhaus vorbeikamen und sich mein Himmel kurz verdüsterte, drückte er meine Hand fester, zog mich rasch vorwärts und erzählte eine weitere Geschichte, die mich zum Lachen brachte. So erreichten wir bald die Bäckerei am Marktplatz, in der Adelais die Süßigkeiten für uns gekauft hatte.

»Komm, mein Kind. Ich bin am Verhungern!« Mein Vater riss die Tür auf – und heraus trat, als hätten meine Gedanken sie heraufbeschworen, Adelais, ein Stück Kuchen in der Hand, und bedankte sich höflich. Als sie mich sah, fiel das Gebäck zu Boden.

»Lianne!« Sie stürzte auf mich zu, dann hielt sie inne. Sie schien alle Rollen eines Theaterstückes gleichzeitig zu spielen, so sehr wandelte sich ihre Miene in den wenigen Augenblicken, die wir uns schweigend gegenüberstanden. Ich versuchte noch, ihre Gefühle zu ergründen, als sie vorsichtig die Arme um mich legte. »Du bedauernswertes Kind. Was haben sie mit dir gemacht? Ach, sag nichts, ich weiß es doch! Luc hat mir alles erzählt. Du siehst furchtbar aus.« Sie wandte den Kopf. »Marie! Schnell, hol Wasser und ein Tuch.« Dann drehte sie sich zu meinem Vater. »Wieso lasst Ihr sie in diesem Zustand durch die Straßen laufen? Soll sie zum Gespött werden?« Bei all dem ließ sie mich keinen Moment los und streichelte mir unaufhörlich über den Rücken. Wärme breitete sich in mir aus. Adelais war mir nicht böse, nicht wegen Luc und nicht wegen der Diebstahlsvorwürfe. Sie hatte mich wahrlich gern!

Adelais nahm Marie das nasse Tuch ab und rief: »Kauf rasch eine Haube von der Bäckersfrau, sie wird mehrere haben.« Dann wischte sie vorsichtig mein Gesicht und meinen Hals ab, setzte mir die Kopfbedeckung der Bäckerin auf und zog sie tief in meine Stirn. »So, nun sieht man die Verletzungen nicht mehr so sehr.« Sie stopfte meine Haare unter das Kopftuch und strich mir über die Wange. »Und nun hole ich uns Kuchen!« Sie drehte sich um und stürmte, Marie im Schlepptau, zurück in die Bäckerei.

Ich stand stumm und starr, mein Vater ebenso. Dann brach er in schallendes Gelächter aus. »Diese Frau ist ja göttlich! Und recht hat sie noch dazu! Ich habe nur gesehen, was ich sehen wollte – meine schöne Tochter, die ich endlich gefunden hatte. Ich sah nicht das Blut und die Schwellungen, denn für mich bist du makellos. Doch ich hätte dir zunächst die Gelegenheit geben müssen, dich zu waschen. Was bin ich nur für ein Tölpel!«

»Ich habe selbst nicht daran gedacht, Vater.« Ich hob den Kopf, um ihn unter der Haube hervor anzulächeln. »Der Tag ist viel zu schön, um an gestern zu denken.«

Adelais und Marie kehrten zurück, Letztere mit einem Korb voller Kuchen, den sie mit beiden Händen tragen musste. Es wurde das herrlichste Frühstück, das ich je erlebt hatte!

21

Nach dem Frühstück begann mein neues Leben.

Mein Vater hatte Geschäftliches zu erledigen, weshalb er überhaupt in die Stadt gekommen war. Solange ließ er mich in der Obhut von Adelais, mit der er sich nach den anfänglichen Schwierigkeiten hervorragend verstand. Sie bot mir – nunmehr Tochter eines angesehenen Kapitäns – das ›Du‹ an und brachte mich zur Familie ihres Verlobten, da sie es für unangebracht hielt, mich zu sich und Luc nach Hause mitzunehmen. Ich war ihr dafür dankbar.

Sie berichtete mir, dass Luc es nicht leicht hatte, ihren Vater zu besänftigen, und sich sehr darum bemühen musste, dessen Wohlwollen zurückzugewinnen. Die Sache mit Bellier und Lucs Verhalten in der Angelegenheit hatten den Vater wohl hart getroffen, der von seinem Sohn anderes gewohnt war. Schließlich war er nach außen immer folgsam gewesen. Luc war eben ein vorzüglicher Schauspieler.

Wie viel hatte er mir gegenüber gespielt? Ich traute meinen Gefühlen nicht mehr.

Adelais blieb den ganzen Tag bei mir. Sie und Marie kämmten und flochten mir das Haar, von irgendwoher zauberten sie ein Kleid, das genau passte, sie reinigten sogar meine Finger, von denen ich schon gedacht hatte, sie würden nie wieder sauber. Den Puder jedoch, der die Blessuren in meinem Gesicht überdecken sollte, lehnte ich ab. Zunächst ließ ich mich in der fürsorglichen Obhut fallen, schmiegte mich in den bequemen Sessel, genoss die Aufmerksamkeiten und dachte zum ersten Mal seit meiner Flucht an – nichts. Für eine Weile zumindest. Dann kamen die Gedanken zurückgekrochen, ich begann zu zappeln, hier am Haar zu zupfen und dort das Kleid zu glätten, bis Adelais meine Hände in ihre nahm.

»Was ist mit dir? Du bist plötzlich so unruhig! Stimmt etwas nicht?«

Tausend Gedanken schwirrten in meinem Kopf, die ich kaum fassen konnte, doch dann verbanden sie sich alle zu einem Satz.

»Wie wird es jetzt weitergehen?«

»Weitergehen? Mit dir und Luc, meinst du?«

»Ich meine – einfach alles. Wo werde ich leben, was wird aus mir?«

»Das wird dein Vater entscheiden, denke ich.« Sie zwinkerte mir zu. »Gewöhne dich daran, du bist nun nicht mehr allein.« Sie beugte sich zu mir herunter, sah mir geradewegs ins Gesicht. »Wirst du mit Luc sprechen?«

Meine Finger – so schön sauber ... Das Kleid ist wirklich hübsch, hellblau mit silbrigen Streifen, und die Ärmel so weit und mit Spitze ...

»Lianne! Wirst du mit Luc sprechen? Er wünscht es sich so sehr.«

»Ich denke nicht.«

»Er hat dich nicht verraten.«

»Das nimmst du ihm ab?«

»Ich kenne meinen Bruder. Er mag vieles sein, ein Schelm, manchmal gar ein Feigling, aber auf keinen Fall böse.«

Ich betrachtete die junge Frau, die Luc so ähnlich sah, und wollte ihr glauben. Doch der Gedanke, ihn zu treffen und all die grässlichen Gefühle nochmals zu durchleben, alles ein weiteres Mal besprechen zu müssen, war nicht angenehm. Lieber davonlaufen, weit fort, ihn vergessen, wie ich Tante Barthez vergessen hatte, weil es so viel leichter war.

Du bist kein Kind mehr, Lianne!

Es klopfte, und das Geräusch fuhr mir durch alle Glieder. Doch herein trat nicht Luc, sondern mein Vater, schön und stark. Ein Vater, wie man sich ihn nur wünschen konnte – und doch nur ein Mensch, der seine jugendlichen Fehler zutiefst zu bereuen schien. Wenn er mich ansah, dann stets mit einer Traurigkeit hinter der Freude, die seine Schuld allzu deutlich zeigte. Ich hatte ihm schon verziehen. Würde meine Mutter es können? Und würde ich dann ihr verzeihen, irgendwann, dass sie mich mein Leben lang gehasst hatte, mich dem Mann ausgeliefert hatte, den sie selbst verabscheute?

»Meine schöne Tochter.« Er strich über mein Haar. »Es ist alles vorbereitet. Morgen mit dem Abendhochwasser werden wir auslaufen – wenn du mit mir kommen willst.«

Natürlich wollte ich – und hatte auch keine Wahl.

Er ahnte meine Gedanken. »Du musst nicht! Es gibt andere Lösungen – du könntest vorübergehend in einen Konvent ...«

Adelais gluckste. »Ein Kloster? Sie ist doch eben erst dem Gefängnis entkommen!«

»Sprecht nicht so respektlos, bitte, Mademoiselle!« Marie griff nach dem Kreuz, das schwer an ihrem Hals hing.

»Ach, Marie, ich meine es doch nicht böse. Aber sieh sie dir an, sie braucht ihre Freiheit, sie hat Träume, das weißt du genau!«

»Träume?« Mein Vater lächelte. »Ich werde versuchen, sie dir alle zu erfüllen, mein Liebes. Nachdem meine Träume dich deine Kindheit gekostet haben.« Sein Gesicht verdunkelte sich. »Wenn ich doch etwas tun könnte, um mein Verhalten wiedergutzumachen.«

»Das kannst du!« Ich sprang auf. »Ich habe drei Halbgeschwister, ihr Vater ist verstorben. Sie liegen meiner Mutter wirklich am Herzen, und mir auch. Wenn du bereit wärest, ihnen zu helfen, dass sie nicht hungern und betteln müssen – dann wäre ich wahrlich frei, morgen mit dir fortzugehen.«

»Du bist ein gutes Kind, Lianne. Ich sorge dafür, dass sie Geld erhalten. Und wenn wir von unserer Reise zurück sind, sehen wir weiter.« Er küsste mich auf die Wange, dann sprach er Adelais an: »Kann meine Tochter heute Nacht hierbleiben? Morgen hole ich sie ab.«

Adelais nickte stumm, und mein Vater wandte sich nach einem letzten Lächeln zum Gehen. An der Tür blieb er stehen und warf mir über seine Schulter einen Blick zu.

»*Liberté.* Die Freiheit. So heißt unser Schiff. Ist das nicht passend?«

Dann war er verschwunden.

»Eine Reise, wie aufregend! Am liebsten würde ich sofort aufbrechen. Ich habe ihn gar nicht gefragt, wohin wir fahren. Was meinst du, Adelais?«

Nun war es die Freundin, die ihre Hände betrachtete, den goldenen Verlobungsring auf ihrem pummeligen Finger hin- und herschob.

»Habe ich etwas Falsches gesagt?«

Sie blickte auf. Ihre Augen glitzerten.

»Es ist schön für dich, dass du nun *wahrlich frei* bist, und rührend, wie du dich um deine Geschwister sorgst. Ich sorge mich auch um meinen Bruder. Ohne ihn wärest du nicht mehr am Leben, hast du das vergessen?« Krachend fiel die Tür hinter Adelais ins Schloss. Marie stürmte ihrer Herrin hinterher, und ich blieb allein zurück.

Allein mit den Gedanken, die ich nicht denken wollte.

Ich rannte den beiden nach, erwischte sie auf dem Treppenabsatz und packte Adelais am Ärmel. »Wie denkst du denn von mir? Eben noch hast du gesagt, das Kloster sei nichts für mich, da ich meine Freiheit und meine Träume leben sollte! Und plötzlich machst du mir deswegen Vorwürfe?«

»Das ist es ja nicht, was ich dir vorwerfe!« Ich konnte sie kaum verstehen, so sehr zitterte ihre Stimme. »Doch du willst fort, am liebsten jetzt gleich, ohne Rücksicht und ohne Abschied.«

»Ich habe nicht die Kraft ...«

Und nun hatte ich nicht einmal mehr die Kraft, weiterzusprechen. Zu viel, alles zu viel. Altes Leben, neues Leben, ganz neues Leben, Vergangenheit und Zukunft, Entscheidungen.

Was lasse ich hinter mir, was will ich nie wieder, was will ich wieder, nur nicht im Augenblick, was – was will ich? Wer bin ich, wer darf ich sein, wer will ich sein?

Ich fiel auseinander. Es zerriss mich.

Sie hoben mich auf, schleppten mich fort, ich fiel weich, etwas legte sich über mich, Dunkelheit, Wärme.

»Schlaf jetzt.«

Keine Entscheidungen mehr.

Keine Gedanken.

Schlafen.

Endlich.

***

Als ich erwachte, war ich allein. Ich schlug die Decke zurück und bewegte Arme, Beine, Kopf. Alles am rechten Fleck, unversehrt. Ich erhob mich schwerfällig, trat ans Fenster und zog an den Vorhängen, bis der dicke Samt den Blick nach draußen freigab. Ein unruhiger Morgenhimmel tobte über der Stadt. Schwere, nasse Wolken trieben von der See her, und in der Ferne sah ich den kantigen Glockenturm von Saint-Sauveur, unbeeindruckt von dem Wüten um ihn herum, fest und sicher.

Es musste die Zeit des Morgenhochwassers sein. Noch einmal würde es weichen, noch einmal zurückkehren, dann würde ich mit ihm in die Welt hinaussegeln.

Im Haus war es still, und auch in mir. Zum ersten Mal, seit – zum ersten Mal. Entscheidungen. Nun war die Zeit dafür.

Die einfachen zuerst. Bellier, Java, meine Kindheit, das Dasein als Magd, all das würde ich mit Freuden hinter mir lassen. Schatten würden bleiben, doch mit Glück würden sie nach und nach verblassen.

Die Gegenwart. Reisen mit meinem Vater, ihn kennenlernen, frei sein, träumen und malen und leben. Sorglos, umsorgt.

Die Zukunft? Meine Geschwister wiedersehen. Meine Mutter? Das würde die Zeit zeigen.

Luc.

Die Bilder kehrten zurück, doch diesmal betrachtete ich sie ruhig, wie Gemälde eines Fremden. Was war wirklich in ihnen zu sehen und nicht meinen überschäumenden Gefühlen geschuldet? Luc mit Bellier, der folgsame Sohn des Geschäftspartners, nichts weiter. Luc mit Java. Ich zwang mich, hinzusehen. Sie hatte ihn berührt, nicht umgekehrt. Er hatte sie angesehen, aber – nicht so, wie er mich ansah. Dann, vor dem Lagerhaus, hatte er sich Bellier in den Weg gestellt. Und schließlich im Turm, die Tränen in seinen Augen, die Worte ...

Plötzlich wollte ich ihn sehen, und der Drang wurde so stark, dass ich schon an der Tür war, ehe ich mich zur Ruhe rief. Er würde zu mir kommen. Er würde mich nicht fortgehen lassen, ohne mich noch einmal zu treffen. Ich hatte ihn zuvor fortgeschickt, und er war dennoch gekommen. So würde es auch dieses Mal sein. Wenn nicht, gäbe es ohnehin nichts mehr zu sagen.

Ein seltsames Gefühl breitete sich in mir aus. Wissen, Verstehen. Vertrauen? Sollte ich es wirklich endlich lernen? Ich hatte schon einmal geglaubt, ich hätte es gelernt, doch der winzige Anflug war bei der ersten Gelegenheit wieder verschwunden. Der Anblick einer blonden Locke hatte ausgereicht.

Nun jedoch gab es meinen Vater. Wie das Leben auch um mich herum wüten würde, er war da, er war mein Saint-Sauveur, fest und sicher. Nichts würde mich je wieder umwerfen können.

Ich setzte mich auf das Bett und wartete darauf, dass das Haus erwachte. Dabei beobachtete ich den Himmel über La Rochelle, das für ein paar kurze Tage mein Zuhause gewesen war und das ich jetzt wieder verlassen würde, unter vollkommen anderen Umständen. Würde ich zurückkehren?

Die Sonne mühte sich durch die rasenden grauen Wolken und war doch stets nur für Augenblicke zu sehen. Hell und dunkel wechselten, im Zimmer und am Himmel, Seevögel stemmten sich im Flug gegen den Wind. Die Fahrt würde ungemütlich werden, wenn sich das Wetter nicht besserte. Doch ich sorgte mich nicht. Nicht heute, nicht in nächster Zeit. Ich lebte.

Es klopfte, und ich straffte den Rücken. Adelais erschien in der Tür.

»Ist Luc da?«, fragte ich, bevor sie etwas sagen konnte.

»Natürlich. Das war er gestern schon.«

»Ich möchte ihn sprechen.«

Ein feines Lächeln zeigte sich auf dem molligen Gesicht. »Ich hole ihn.«

Noch einmal trat ich vor den Spiegel, rückte das Kleid zurecht, das vom Schlafen verrutscht war, und nickte mir zu. Die Blessuren, die ich zwei Tage zuvor erlitten hatte, waren deutlich zu sehen, doch es machte mir nichts aus. Sie würden verheilen.

Ich konnte nicht fassen, wie ruhig ich war.

Selbst als Luc vor mir stand und seine unglaublichen Augen auf mich richtete, erfasste mich nicht die herzklopfende Aufgeregtheit der vergangenen Tage. Vielmehr durchströmte mich ein unbeschwertes Glücksgefühl.

»Ich – habe nicht einmal ein Geschenk für dich mitgebracht. Ich war sicher, du würdest mich ohnehin nicht sehen wollen.«

»Du musst mir nichts schenken. Du hast mir immer gebracht, was ich brauchte, doch nun brauche ich nichts.«

»Ich weiß, meine Geschenke waren nie sehr romantisch. Das ist nicht meine Art.« Er atmete tief ein, dann begann er, schnell und immer schneller zu sprechen. Er erklärte, entschuldigte, hörte nicht auf zu bitten, bis ich ihm die Hand auf den Mund legte.

»Das ist nicht mehr wichtig.«

»Aber ...«, nuschelte er.

Ich drückte fester. »Du musst nicht weitersprechen. All dies ist Vergangenheit. Du bist hier.«

Er schwieg, und ich nahm die Hand fort von seinem Mund, legte sie an seine Wange. Sah ihm in die Augen. Himmelblau. So schön und so traurig.

»Musst du wirklich fortgehen?« Die Worte waren kaum zu hören.

»Ich bin noch jung und war so lange eingesperrt. Ich habe bisher nicht gelebt, das muss ich nachholen, verstehst du? Und ich möchte meinen Vater kennenlernen, da ich nie eine Familie hatte.«

»Kommst du zu mir zurück?«

»Wenn du mich dann noch willst.«

Er hob die Hand, strich mit allen Fingern über mein Gesicht, so vorsichtig, dass die Überbleibsel von Belliers

Schlägen nicht einmal schmerzten, die Stirn entlang, an der Wange hinab, dann nur mit dem Daumen über meine Lippen. Er nahm die Hand fort und machte denselben Weg ein weiteres Mal – mit seinem Mund. Wie sanft er war! Und dennoch hinterließen seine Lippen eine brennende Spur auf meiner Haut. Wie gut er roch, nach Seife und Meereswind. Ich vergrub die Hände in seinem Haar, es war feucht – hatte er es gewaschen, oder regnete es schon? Woran man doch denkt in solchen Augenblicken!

Dann dachte ich an gar nichts mehr, spürte nur noch seine Lippen auf meinen und eine so wohlige Wärme in meinem Inneren, dass ich wusste, ich würde zurückkehren, wie auch immer, er würde Teil meines Lebens sein.

Sie ließen uns in Ruhe, gaben uns die Zeit, die wir brauchten. Und wir nahmen sie uns, bis alles gesagt war, bis alles gefühlt war. Ich wollte noch immer mit Vater reisen, und Luc verstand es. Ich würde ihn vermissen, jeden einzelnen Tag, doch das Leben wartete auf mich, und ich würde es zunächst ohne ihn führen, so wie er ohne mich. Doch das Vertrauen, dieses köstliche neue Gefühl, durchströmte mich und ließ mich glauben – nein, wissen! –, dass alles gut werden würde.

Hand in Hand gingen wir nach unten. Vater war schon da, saß am Frühstückstisch, der vor Leckereien überquoll, und verschlang einen Honigkuchen mit einem einzigen Bissen. Dann stand er auf, und Luc übergab meine Hand an ihn. Die beiden Männer musterten sich eine Weile, dann nickte mein Vater und lächelte. »Ich bringe sie Euch zurück.«

»Und nun kommt und esst etwas, Kinder!« Die Dame des Hauses, Adelais' zukünftige Schwiegermutter mit den legendären Kochkünsten, schob uns an den Tisch und häufte Gebäck und andere Süßigkeiten vor uns auf. Dort saßen wir dann wie eine richtige Familie, ich und mein Vater und mein Liebster, Adelais und ihr Verlobter, dem man die Leidenschaft seiner Mutter für das Backen ebenfalls ansah, die Mutter selbst neben ihrem Mann, der nicht viel sagte, aber viel lächelte. Sogar Marie saß mit am Tisch, ebenso der Junge, der mit Vater angekommen war und in meinem Alter sein musste.

»Das ist René«, stellte dieser ihn vor. »Mein Schiffsjunge und zukünftiger Schrecken der Meere. Er fährt schon ein paar Jahre mit mir. Hätte er nicht solch eine Menschenkenntnis und einen Blick für hübsche junge Frauen, hätten wir beide uns niemals gefunden, Lianne.«

René schien augenblicklich einige Handbreit zu wachsen. »Ich habe die Ähnlichkeit sofort erkannt, als ich die Zeichnung sah!«

Und wie gut, dass er das Bild gesehen hat! Sonst wäre ich jetzt wieder bei Bellier ...

Ich verscheuchte den Gedanken, stand auf und küsste den Jungen auf die Wange, die sich daraufhin rötete wie nach einem Schlag. »Ich danke dir.«

»Mach dir keine Hoffnungen, René.« Mein Vater lachte. »Ihr Herz ist bereits vergeben.«

Ich blickte Luc an. Er lächelte. Vertrauen. Liebe.

Sieh dir an, wohin mich die Liebe gebracht hat.

Die kalte Stimme versuchte, sich in meinen Kopf zu drängen, doch der Satz klang nicht mehr bedrohlich. Und in meinem Geiste machte ich die Worte zu meinen eigenen.

Ja, Mutter, sieh du dir an, wohin mich die Liebe noch bringen wird!

Ich war bereit, das Leben geschehen zu lassen und zu schauen, in welche Richtung es mich führen würde. Doch ...

»Vater – wohin geht unsere Reise überhaupt?«

Mein Vater lachte, ergriff ein weiteres Gebäckstück und zeigte auf die braunen Krümelchen auf seiner Oberfläche.
»Wir fahren dahin, wo der Zucker wächst!«
Dann stopfte er sich das Biskuit in den Mund.

22

Die dicken Taue waren zum Zerreißen gespannt. Die *Liberté* zog und zerrte, alle drei Masten unter vollen Segeln, gebauscht von dem wilden Wind, der sich den ganzen Tag über nicht abgeschwächt hatte. Ich stand stumm neben meinem Vater, der hierhin Anweisungen brüllte und dorthin Zeichen machte, ganz Kapitän, befehlsgewohnt und stark. Ein Zittern hatte meinen Körper erfasst, das nicht allein von der Kühle des Tages herrührte. Angst, Neugier, ein klein wenig Traurigkeit – doch das größte der Gefühle war die Aufregung. Es ging endlich los! Die *Liberté* würde ihre Leinen lösen, und ich auch.

Das gesamte Hafenbecken war angefüllt mit Schiffen, die wie unseres auf das Auslaufen warteten, und draußen vor der Stadt lagen so viele weitere, dass zwischen ihren mächtigen hölzernen Leibern kaum noch Wasser zu erkennen war. Einen *Geleitzug* hatte mein Vater es genannt, mit dem wir segeln würden. Dreiundvierzig Schiffe hatten sich in und vor La Rochelle eingefunden, um sich gegenseitig auf der langen Reise nach Westen zu beschützen. Handelsschiffe wie unseres, voll mit Waren und Menschen für die *Neue Welt*, darüber hinaus zahlreiche reine Kriegsschiffe zum Schutz der wertvollen Ladung.

Eine Böe fuhr unter meinen schweren neuen Wollumhang und blähte ihn auf wie ein Segel. Ich zog den Stoff vor der Brust zusammen und blickte an der *Liberté* hinauf, deren Bordwand turmhoch vor mir aufragte. Zwei Reihen schwarzer Kanonenlöcher starrten

249

mir aus hellem Holz entgegen. Darüber war das Schiff in einem kräftigen Rot angestrichen, und hoch über den Segeln wehten vor dem unruhigen Himmel die weißen Fahnen des Königs.

Mein Vater nahm mich bei der Hand und führte mich zum Heck des Schiffes. Dies bot einen weitaus freundlicheren Anblick als die abweisenden Waffenreihen an der Seite. Ein goldenes Kreuz, riesengroß und schnörkelverziert, glänzte in seiner Mitte.

»Siehst du, Tochter, wir segeln mit Gottes Segen.« Er zwinkerte mir zu. »Und mit dem unseres verehrten Louis, was seiner Meinung nach beinahe dasselbe ist.« Er deutete auf das Lilienwappen, das, Gold auf Blau, hoch über dem Kreuz prangte. »Die Fenster dazwischen gehören zu den Räumen, die wir bewohnen werden. Sie werden dir gefallen!«

Er zog mich weiter, zeigte auf die Laderäume, die Quartiere der Mannschaft. Schließlich kamen wir am Bug an.

»Ist sie nicht wunderschön?«

Das war sie, die überlebensgroße geschnitzte Frauengestalt, die dort hing, den stolzen Blick in die Ferne gerichtet. Die wehenden Locken umfingen den Körper bis zu den Knien, sodass zwar die Nacktheit zu erkennen war, jedoch keine Einzelheiten. Sie hielt die Arme seitlich ausgebreitet, an den zart gefertigten Handgelenken waren abgerissene Seile angedeutet, kurz und mit fransigen Enden.

Freiheit.

Wir gingen zurück zur Mitte des Schiffes, wo der Steg aufgestellt war, der uns an Bord bringen würde. Dort standen aufgereiht die Seeleute, die mit uns segeln würden, bereit zum Aufbruch. Mein Vater schritt die Reihe ab, erklärte mit knappen Worten meine Anwesenheit und verteilte letzte Anordnungen. Währenddessen betrachtete ich die Männer, einen nach dem anderen, die zappelnden Jungen mit den geröteten Wangen, die Älteren, beunruhigte Blicke in den Himmel – und auf mich – werfend. Auf manchem Gesicht mochten sich die Sorgen um die Daheimbleibenden abzeichnen, auf anderen wieder die Erleichterung fortzukommen. So viele Männer, so verschieden die Leben. Und ich, ein kleines Mädchen, das mit ihnen reisen würde. Wie würden wir uns vertragen? Der Letzte in der Reihe war René, und ich war froh über seinen Anblick. Einen Freund würde ich an Bord zumindest haben.

Ich wandte mich ab, und dort waren sie, Luc und Adelais, deren Verlobter und Marie. Im Hintergrund stand kopfschüttelnd der Lagerhausverwalter. Ich konnte nicht anders, hob die Hand und winkte ihm zu. Er drehte sich um und verschwand.

Als Erste trat Adelais zu mir und ergriff meine Hände. »Wie schade, dass du bei unserer Hochzeit nicht dabei sein kannst. Marie näht mir ein unglaubliches Kleid! Der Stoff hat die Farbe von reifen Aprikosen, mit Blüten so rot wie Kirschen und sahnefarbener Spitze und Rüschen.«

Ich musste schmunzeln. Adelais dachte immer an Essen, selbst bei der Beschreibung ihres Hochzeitskleides.

»Du wirst wunderschön aussehen, und ich wünsche euch alles Glück der Welt.«

»Und wir wünschen dir eine gute Reise, Lianne.« Der stämmige Bräutigam deutete eine Verbeugung an, und Marie nickte heftig. Adelais küsste mich auf die Wange, dann zogen sich die drei zurück.

Trotz der vielen Menschen am Kai gehörten diese letzten Augenblicke Luc und mir allein.

»Ich habe ein Geschenk für dich, meine Liebste.« Er reichte mir einen Stoffbeutel. In diesem befanden sich ein dicker Stapel Papier und ein Ledertäschchen. Ich öffnete es, und Tränen schossen mir in die Augen.

»Das ist Malkreide, Lianne. Man hat sie mir empfohlen, und ich dachte …«

Seine Stimme ging unter in dem Glücksgefühl, das mich durchströmte. Zwanzig bunte Stäbchen lagen dort, in den verschiedensten Farben, glatt und unbenutzt, nur darauf wartend, dass ich mit ihnen meine Gedanken auf das Papier bannen würde. Vorsichtig verschloss ich die Kostbarkeit und legte sie zurück in den Beutel.

»Ich danke dir, Luc. Du ahnst nicht, was mir dieses Geschenk bedeutet.«

Ich sah zu ihm auf, in sein traurig lächelndes Gesicht, prägte mir alles genau ein, um ihn zeichnen zu können, sobald ich an Bord die Gelegenheit dazu haben würde. Ich fühlte schon diese bekannte Unruhe in mir, wenn ein Bild hinaus wollte aus meinem Kopf, und endlich hatte ich das Material – so perfektes Material! – und die Zeit dazu. Ich konnte es kaum erwarten, das Papier auszulegen, die geeignete Farbe auszuwählen, die Kreide zu ergreifen und …

»Ich weiß eben immer, was du brauchst.« Seine Stimme zitterte, als müsse er sie mühsam unter Kontrolle halten, und meine Gedanken waren augenblicklich wieder bei ihm. Er sprach weiter, bemühte sich um Festigkeit, doch sein Kummer klang aus jedem Wort. »Aber nun sorgt dein Vater für dich, und ich werde mir eine neue Aufgabe suchen müssen, nicht wahr?«

»Willst du eine andere Jungfer in Not retten?«

»Würde es dir etwas ausmachen?«

Es würde, und das wusste er genau.

Er schlang die Arme um mich, ich presste mein Gesicht an seine Brust, lauschte auf seinen Herzschlag, sog seinen Geruch ein, genoss seine Wärme. So standen wir, bis mich mein Vater ansprach.

»Lianne, mein Liebes. Wir müssen gehen.«

Die Traurigkeit über das nun endgültig notwendige Abschiednehmen von Luc versetzte mir einen Stich, doch in dem Nachhall des heftigen Schmerzes fühlte ich schon die Erregung über die bevorstehende Reise, die Neugier auf all das, was ich kennenlernen würde. Ich versuchte, die Vorfreude zu unterdrücken, bis Luc mich nicht mehr sehen konnte, doch es gelang mir nicht. Sein Gesicht zeigte es mir allzu deutlich.

Er küsste mich lange, dann schob er mich von sich fort. »Nun geh schon, ich komme zurecht. Ich werde viel arbeiten, den braven Sohn spielen, das wird mich ablenken. Später werden uns die Vorbereitungen für Adelais' Hochzeit in Anspruch nehmen, und so wird die Zeit rasch vergehen, bis wir uns wiedersehen. Du kehrst doch zurück zu mir?«

»Das habe ich dir bereits gesagt, du Esel. Warum muss man mit dir alle Gespräche zweimal führen?«

»Weil es mir beim ersten Mal nie gelingt, dich zu überzeugen.«

»Aber wenn ich erst einmal überzeugt bin, dann bleibe ich es für immer.«

Nach einem letzten Blick in das schöne Gesicht, das so viele Tage das Licht meines Lebens gewesen war, wandte ich mich ab, dem Neuen zu, und schritt an der Seite meines Vaters den Steg hinauf an Bord der *Liberté*.

Kaum hatten unsere Füße das Deck berührt, wurde die Holzplanke fortgenommen. Hafenarbeiter kamen und versperrten mir die Sicht auf die Freunde, die ich in La Rochelle zurückließ. Die kräftigen Männer mussten sich mühen, die Leinen zu lösen; zu viert zerrten sie an jedem der dicken Taue, bis das Schiff endlich entfesselt war. Wie ein befreites Tier stürmte es voran, und mein Vater verschwand, ging wie alle anderen Seeleute an Bord an seine Arbeit. Ich stand an Deck, allein trotz des Gewimmels um mich herum, den Beutel mit meinem Schatz an die Brust gepresst und mit der freien Hand die Reling gepackt, um nicht fortgeweht zu werden. So sah ich die Stadt und die Freunde kleiner werden, beides jedoch würde in meinem Herzen für immer riesengroß bleiben.

Wir glitten durch die Hafeneinfahrt hinaus. Ich betrachtete ein letztes Mal die Türme der Stadt, rechts den mächtigen Doppelturm mit der königlichen Fahne und links die Ruine, Überbleibsel eines zerstörten Gebäudes, das einst ebenso schön gewesen sein mochte. Es wurde so viel gebaut in La Rochelle, vielleicht würde auch dieser Turm irgendwann wieder errichtet werden und die Ankommenden in Würde begrüßen.

Als wir zuletzt den *Tour de la Lanterne* passierten, dachte ich an die Gefangenen, die ihre Zeichen dort hinterlassen hatten, und an meine eigene Zeit unter dem nadelspitzen Dach. An jenem Ort hatte ich meinen Vater kennengelernt, dort hatte Luc mir seine Liebe gestanden. Auch diesen Turm würde ich malen, jede Einzelheit der Tage in La Rochelle, die der Beginn meines neuen Lebens gewesen waren.

Dann ließen wir die Stadt hinter uns, nahmen unseren Platz zwischen den anderen Schiffen ein und segelten hinaus auf die offene, unruhige See. Möwen umkreisten uns zunächst, machten schließlich kehrt, wollten das vertraute Land in sicherer Reichweite behalten. Ich aber wandte mich um, blickte nicht mehr zurück, sondern voraus in Richtung Westen, in die sinkende Sonne, die den Himmel dunkelgelb und violett färbte, sah die weißen Schaumkronen auf dem tobenden schwarzblauen Meer, all die Farben der Freiheit!

Vorsichtig legte ich den Beutel mit den Malutensilien vor mich auf den Boden und warf meinen Umhang darauf. Dann riss ich die Haube von meinem Kopf, der Wind zerrte an meinem offenen Haar und dem weiten

Kleid. Ich konnte kaum atmen, doch ich blieb standhaft, die Reling umklammert, den Blick in die Ferne gerichtet wie die Figur am Bug der *Liberté*, und genauso fühlte ich mich, entfesselt, stark.

Frei.

EPILOG

Adelais kam schnaufend in das Kontor gestürmt. Luc sah überrascht von seinem Schreibtisch auf. Normalerweise war Rennen das Letzte, was seine Schwester tun würde.

»Ich habe etwas für dich!« Sie stellte das kleine braune Paket vor ihn und ließ sich schwer atmend in den Stuhl ihm gegenüber fallen, der dabei wenig liebenswürdig knackte.

Dem Päckchen war anzusehen, dass es eine lange Reise hinter sich hatte. Es würde nichts über den Zustand des Versenders zum gegenwärtigen Zeitpunkt aussagen, und doch ...

Luc riss das Papier ab und legte einige Gegenstände unbeachtet zur Seite, bis er den Brief fand. Das Einzige, das ihm in diesem Moment wichtig war.

Er entfaltete das Blatt. Als er die geschwungene Handschrift sah, musste er lächeln. Jeder der Buchstaben war eine eigene kleine Zeichnung ...

Luc,
ich habe gelernt zu schreiben. Mein Vater hat es mich gelehrt, wir hatten genug Zeit auf der langen Reise. Wie anders ist diese Schiffsfahrt als meine erste, auf der du mich fandest! Wir haben es bequem, da uns ein schöner Raum zur Verfügung steht, viel größer als meine Kammer bei den Belliers. Zum Glück ist alles gut gegangen auf der Überfahrt, obwohl das Wetter oftmals recht ungemütlich war. Die Männer haben

*schon behauptet, ich würde Unglück bringen! Aber in-
zwischen vertragen wir uns sehr gut.*

*Wir befinden uns in einer Gegend, die nur aus Insel-
chen besteht. Manche gehören unserem König, andere
dem spanischen. Es scheint ständig Streit um die Inseln zu geben, was ich gut verstehen kann, denn sie
sind wunderschön. Es gibt hier Berge, hoch und spitz,
sie scheinen den Himmel berühren zu wollen, so wie
bei uns die Kirchtürme. Einige von ihnen sollen Feuer
spucken können; ich hoffe, sie tun es nicht, solange
ich in der Nähe bin! Alles ist ganz anders als daheim,
das Meer ist unfassbar blau (es erinnert mich an deine
Augen), die Pflanzen wachsen viel höher, haben riesige Blätter und höchst sonderbar aussehende
Früchte, die aber köstlich schmecken. Adelais sollte
hier sein, sie wäre entzückt!*

Luc musste lachen. Er blickte seine Schwester liebevoll an, die sogleich misstrauisch die Stirn runzelte.

»Was denn?«

Doch Luc antwortete nicht und fuhr fort, den Brief zu
lesen.

*Ich lege für sie einige getrocknete Früchte anbei, ich
hoffe, sie haben die Reise heil überstanden. Es sind die
gelben harten Streifen, sie soll sie lange kauen, dann
sind sie ausgesprochen lecker. Natürlich schmecken
sie frisch noch besser.*

*Menschen mit schwarzer Haut bauen hier die Pflan-
zen an, aus denen der Zucker gemacht wird. Es sind
riesig hohe Gewächse, wie Rohre mit vielen langen
grünen Blättern. Ich glaube, ich werde keinen Zucker
mehr essen, denn die Menschen arbeiten hart dafür.
Sie wurden aus ihren Heimatländern einfach hierher
gebracht, als Gefangene, ohne dass man sie vorher gefragt hat. Ich bin so froh, dass die Liberté keinen von*

*ihnen an Bord hatte, ich hätte mich schrecklich ge-
fühlt! Die anderen Schiffe jedoch, die mit uns gereist
sind, hatten solche Menschen an Bord. Gut behandelt
werden sie nicht. Du solltest hier sein, es braucht Re-
bellen an diesem Ort!*

*Ich denke oft an dich und die Zeit in La Rochelle, doch
leider auch häufig an Bellier. Die Verletzung durch das
Siegel hat noch eine ganze Weile geschmerzt, und
selbst als sie verheilt und der Schorf abgefallen war,
wollte der Widderkopf nicht verschwinden. Dann jedoch ist etwas Erstaunliches passiert: Ich bin in einem
Dorf einem Mann begegnet, der Bilder auf seinem
Körper hat, die nicht fortgewaschen werden können.
Er schickte uns zu einer Frau, die solche Zeichnungen
anfertigen kann. Diese hat mir dann mit einer Nadel
wieder und wieder in die Haut gestochen, was sehr
unangenehm war. Danach hat sie eine schwarze Flüssigkeit in die Nadelstiche getropft, und nun ist der
Widderkopf überdeckt von dem Bild einer Blüte, das
zwar auch nie mehr verschwinden wird, aber wenigstens schön aussieht und mich nicht an Bellier erinnert.*

*Mein Vater hat sich entschieden, nur noch Handels-
fahrten zu unternehmen. Das Korsarenleben ist vorbei, sagt er. Er möchte mir mehr Sicherheit bieten und
auch meine Mutter weiterhin unterstützen. Stell dir
vor, wenn wir zurück sind, will er sie sogar treffen
und sich mit ihr aussprechen. Ob sie sich wohl gegenseitig verzeihen können? Ich mag noch nicht daran
denken, sie wiederzusehen, also vermeide ich es besser.*

*Weißt du, was mein Vater außerdem vorhat? Ich kann
es noch immer nicht glauben! Er wird dem König
wertvolle Ladung von hier mitbringen und ihm mittei-
len, dass er kein Korsar mehr sein möchte. Und dann
will er ihn um Unterstützung dabei bitten, für mich*

*eine Lehrstelle bei einer Malerin zu finden! Es gibt
heutzutage Frauen an der Königlichen Kunstakade-
mie, die Lehrmädchen aufnehmen und ausbilden.
Stell dir vor, ich – in Paris! Ich dürfte malen, ich dürfte
lernen! Es kommt mir vor wie ein Traum ...
Ach, Luc, wie sich doch mein Leben verändert hat und
noch weiter verändern wird. Welche Möglichkeiten
mir plötzlich offen stehen! Ich bin jetzt keine Dienstmagd mehr, sondern die Tochter eines Handelskapi-
täns, der den König kennt! All dies wäre nie passiert,
wenn du mich nicht an Bord eures Schiffes gerettet
hättest. Hier ist es wunderschön, doch ich freue mich
auf die Heimat. Nicht nur wegen Paris, auch deinetwegen. (Falls du mich inzwischen vergessen und eine weniger schwierige Frau gefunden hast, streiche das
Letzte bitte).
Was hältst du eigentlich von Paris? Wird dort nicht
auch viel schönes Tuch benötigt?
Wir kommen bald heim.
Lianne*

Luc lachte laut und sprang auf.

»Was ist mit dir?«, nuschelte Adelais und hielt mit
dem Kauen inne. Ein Streifen getrocknete Frucht hing
ihr aus dem Mund wie die Zunge eines hechelnden
Hundes. Das brachte Luc noch viel mehr zum Lachen.

»Nichts. Ich muss fort, mit Vater über Paris sprechen!« Er warf Liannes Brief auf den Tisch und stürmte
aus dem Raum.

Adelais kaute, las, dann lächelte sie.